DISRUPTIVE IMAGINATION®

SARAH NOFFKE
MICHAEL T. ANDERLE

DIE AUSSERGEWÖHNLICHE KRAFT

UNZÄHMBARE LIV BEAUFONT
BUCH 8

Für Kathy.
Dank dass Du mir mein erstes Fantasy-Buch gegeben hast.
Seitdem ist die Welt für mich ein besserer Ort.

Impressum

Die außergewöhnliche Kraft (dieses Buch) ist ein fiktives Werk.
Alle Charaktere, Organisationen, und Ereignisse, die in diesem Roman geschildert werden, sind entweder das Produkt der Fantasie des Autors oder frei erfunden. Manchmal beides.

Copyright der englischen Fassung: © 2018 LMBPN Publishing
Copyright der deutschen Fassung: © 2020 LMBPN Publishing
Titelbild Copyright © LMBPN Publishing
Eine Produktion von Michael Anderle

LMBPN Publishing unterstützt das Recht zur freien Rede und den Wert des Copyrights. Der Zweck des Copyrights ist es Autoren und Künstlern zu ermutigen die kreativen Werke zu produzieren, die unsere Kultur bereichern.

Die Verteilung von diesem Buch ohne Erlaubnis ist ein Diebstahl der intellektuellen Rechte des Autors. Wenn Du die Einwilligung suchst, um Material von diesem Buch zu verwenden (außer zu Prüfungszwecken), dann kontaktiere bitte international@lmbpn.com Vielen Dank für Deine Unterstützung der Rechte der Autoren.

LMBPN International ist ein Imprint von
LMBPN Publishing
PMB 196, 2540 South Maryland Pkwy
Las Vegas, NV 89109

Version 1.02 (basierend auf der englischen Version 1.01), April 2021
Deutsche Erstveröffentlichung als e-Book: September 2020
Deutsche Erstveröffentlichung als Paperback: September 2020

Übersetzung des Originals The Ferocious Force
(Unstoppable Liv Beaufont Book 08) ins Deutsche vom:
4media Verlag GmbH

Verantwortlich für Übersetzungen, Lektorat
und Satz der deutschen Version:
4media Verlag GmbH,
Hangweg 12, 34549 Edertal,
Deutschland

ISBN der Taschenbuch-Version:
978-1-64202-560-6

DE20-0028-00044

Übersetzungsteam

Primäres Lektorat
Astrid Handvest

Sekundäres Lektorat
Anthea Ziermann & Jens Schulze

Betaleser-Team
Jessica Köhler
Jürgen Möders
Sascha Müllers
Anita Völler
Thorsten Wiegand

Kapitel 1

Die rauen Fluten des Atlantischen Ozeans schlugen an das Boot und ließen es heftig schaukeln. Dennoch stand die Riesin sicher, wurde nicht durch die unruhige See aus dem Gleichgewicht geworfen. Bermuda Laurens wusste, dass das Wasser versuchte sie wegzustoßen. Sie konnte seine unkooperative Natur spüren. Genau das war es gewesen, was sie schließlich an diesen Ort gelockt hatte.

Sie hob das Fernglas vor ihr Gesicht und blickte hindurch. Bermuda schüttelte den Kopf, da sie die Anzeichen, auf die sie seit über drei Tagen wartete, noch immer nicht gesehen hatte. Bald würde sie den Anker lichten und aufgeben müssen.

Die Riesin war überall auf der Welt gewesen. Sie hatte Dinge gesehen, die sich die meisten nicht einmal vorstellen konnten und doch erfüllte sie der Aufenthalt an dieser Stelle vor den Kanarischen Inseln mit ständiger Furcht. Der kalte Wind blies ihr den Rücken hinauf und brachte das lockige Haar durcheinander.

Sie holte ihren Hut mit Krempe aus einem nahe gelegenen Abstellraum auf der Brücke und setzte ihn auf ihren Kopf. Bermuda konnte den unerbittlichen Winden und der salzigen Luft noch mehrere Wochen lang trotzen, aber was sie nicht ertragen konnte, war das leere Gefühl, das diese Gewässer hervorriefen. Dennoch war sie entschlossen, dieser Reise eine faire Chance zu geben. Sie würde aufgeben, weil sie nichts gefunden hatte, aber nicht, weil sie Angst vor dem hatte, was irgendwo unter dieser Meeresoberfläche lauerte.

»Wo bist du?«, murmelte Bermuda vor sich hin und suchte immer noch die Wasseroberfläche ab.

»Dir ist bekannt, dass Selbstgespräche ein erstes Anzeichen von beginnendem Wahnsinn sind?«, fragte Plato, der sich plötzlich auf der Brücke des Schiffes neben der Riesin materialisiert hatte.

Von dem plötzlichen Auftauchen der Katze so gar nicht überrascht, nahm Bermuda in aller Ruhe das Fernglas herunter und schaute weiterhin über die Wellen in die Ferne. »Wahnsinn ist ein relativer Begriff. Sage mir, wie wird Wahnsinn definiert?«

»Für gewöhnlich ist es so, dass man von der Realität abgekoppelt ist«, bot der Lynx an und schnupperte die Meeresluft.

»Richtig, und da wir beide in einer Welt leben, in der wir zwischen unterschiedlichen Realitäten wählen können, wer stellt zweifelsfrei fest, dass wir mit der richtigen Realität verbunden sind? Je nach Beobachter könnten wir also zurechnungsfähig sein oder eben nicht.«

Weder die Riesin noch der Lynx sagten eine Minute lang etwas, während sie zuhörten, wie die Segel im Wind flatterten.

»Darf ich einen Vorschlag machen?«, fragte Plato.

»Das ist der Grund, warum ich dich hierher gebeten habe«, sagte Bermuda streng.

»Ich weiß, was du von mir hören möchtest, aber es geht um das Schiff«, erklärte Plato.

»Was ist mit dem Schiff?«

»Es ist nicht getarnt«, antwortete Plato.

DIE AUSSERGEWÖHNLICHE KRAFT

Bermuda rollten mit den Augen. »Natürlich nicht. Wie hättest du mich finden sollen, wenn es so wäre?«

»Ausgezeichnetes Argument«, stellte Plato fest. »Aber jetzt kann Decar Sinclair dich auch finden.«

Bermuda wirbelte herum und suchte den Horizont nach einem weiteren Schiff ab.

»Du wirst ihn nicht sehen können«, bot Plato an. »Er war weise genug, sein Schiff zu tarnen.«

Bermuda verengte die Augen und warf den Finger in die Luft. Einen Augenblick später war das Schiff in Nebel gehüllt, sodass es für andere nicht mehr zu sehen war. »Ich bin nicht begeistert von deiner Andeutung, dass es nicht klug war, mein Schiff nicht zu tarnen.«

»Hast du so meine Worte aufgenommen, Bermuda?«

»Du kannst mich Mrs. Laurens nennen, oder besser noch, nenne mich überhaupt nicht, Lynx.«

»Und doch warst du es, die mich gerufen hat«, verdeutlichte Plato.

»Wirst du mir sagen, wo die verlorene Stadt Atlantis liegt?«, fragte Bermuda verärgert.

»Warum sollte ich wissen, wo sie sich befindet?«, gab Plato unschuldig zurück.

»Spiel keine Spielchen mit mir, Lynx«, schimpfte Bermuda vehement. »Du hast darüber geschrieben.«

»Ich glaube, du verwechselst mich mit dem Philosophen. Das passiert aber ständig.«

»Du kannst vielleicht andere täuschen, Aristokles, aber nicht mich.«

»Oh, nun, dann brauche ich dir ja nicht zu sagen, dass es mit bloßem Auge schwer zu finden ist, wenn man sein Schiff in Nebel gehüllt hat, nicht aber für jemanden, der ein Radargerät benutzt«, sagte Plato beiläufig, gerade als eine stumpfe

Kraft an die Seite des Schiffes prallte und Bermuda fast über Bord geworfen hätte. Der Lynx blieb fest an seinem Platz, wie verklebt.

Sich selbst an der Reling fangend, schaute die Riesin über ihre Schulter, ihre Augen glühten.

»Der böse Magier wagt es, meinem Schiff einen Schlag zu versetzen?«

»Es scheint so«, antwortete Plato, als eine weitere Explosion das Heck des Schiffes traf und den Bug direkt in die Luft hob, bevor er wieder aufschlug. Wasser spritzte über die Reling und überflutete das Deck. Bermuda wurde herumgeschleudert, als wäre sie eine Papierpuppe und nicht eine Riesin von über zwei Metern Größe.

»Ich habe wirklich genug von diesem Mann für ein ganzes Leben«, maulte Bermuda, drückte sich die Fingerspitzen an die Schläfen und schloss die Augen.

»Darf ich vorschlagen ...«, begann Plato und unterbrach ihre Konzentration.

Durch das Chaos von spritzendem Wasser und Wellen, die in das schaukelnde Boot schwappten, riss Bermuda ein Auge auf.

»Was? Was schlägst du vor?«

»Nun, es ist doch so, dass man, wenn man nach Atlantis sucht und es unter der Wasseroberfläche liegt, vielleicht keine Verwerfungslinie schaffen sollte, die einen Tsunami erzeugt, selbst wenn sie dazu gedacht ist, das feindliche Schiff zum Kentern zu bringen.«

Bermuda atmete aus, wohl wissend, dass sie daran hätte denken müssen. Plato war unglaublich hilfreich, wenn er es wollte, erinnerte sie sich. Dann fiel ihr ein, dass er es kaum jemals wollte, was das grundlegende Problem gewesen war, als sie noch ein Team bildeten.

DIE AUSSERGEWÖHNLICHE KRAFT

»Hast du eine bessere Idee?«, schrie sie durch den heulenden Wind.

»Im Moment nicht.«

Sie kochte. Da war er wieder, der Plato den sie kannte. Natürlich wusste er, wie man mit Decar Sinclairs Schiff umzugehen hatte, aber wo wäre der Spaß dabei, ihr das mitzuteilen?

Bermuda zeigte in die Ferne und zog ihre Kraft aus der Erde unter ihren Füßen, mehrere Kilometer unter dem Meer. Zu ihrer Überraschung bündelte sich in ihr ein Strom von Magie. Wenn schon Atlantis nicht dort unten war, dann ein wahres Mekka voller unglaublicher Energie. Sie nutzte diesen großen Vorrat an Magie, um eine weit entfernte Zwillingsillusion ihres Schiffes zu schaffen. Es raste in entgegengesetzter Richtung auf die Kanarischen Inseln zu, als wolle es Hilfe holen, nachdem es mehrfach angegriffen wurde.

Bermuda scannte das Gebiet, von dem die Explosion gekommen war und sah zwar nicht, wie sich das Schiff ihres Feindes materialisierte, aber sie erspähte die verräterischen Zeichen in den Strömungen des Wassers, als ein großes Schiff seinen Kurs änderte und dem von ihr geschaffenen Phantomschiff nacheilte.

»Nun, das wird nicht lange anhalten, aber zumindest verschafft es mir etwas Zeit«, atmete Bermuda erleichtert auf.

Sie lichtete den Nebel am Bug des Schiffes und suchte erneut nach Zeichen der verlorenen Stadt. Sie musste in der Nähe sein, argumentierte sie, aber nichts, was sie tat, schien ihr neue Hinweise zu geben. Es machte sie rasend, dass ein Magier die verlorene Stadt gefunden hatte, zumindest vermutete sie das. Er hatte die Stadt, die niemand finden konnte, benutzt, um das wahrscheinlich wichtigste Buch der Welt zu verstecken – die *Vergessenen Archive*.

»Wo bist du nur?«, murmelte sie wieder vor sich hin.

»Du tust es schon wieder«, bemerkte Plato.

»Selbstgespräche sind auch ein Zeichen von Intelligenz«, warf Bermuda ein.

»Intelligenz ist relativ, liebe Bermuda. Wie kann sie gemessen werden, wenn niemand weiß, woraus ein intelligenter Verstand bestehen muss?«

»An der Fähigkeit zur Vernunft und der Anwendung von Logik«, antwortete Bermuda sofort in überzeugtem Tonfall.

»Oh, aber jetzt fischst du im Trüben, indem du von Fähigkeiten sprichst, während wir uns über Intelligenz unterhalten.«

»Im Trüben fischen? Wirklich? Du hängst schon zu lange bei Liv Beaufont herum, wenn du diese ekelhaften Wortspiele verwendest«, sagte Bermuda mit finsterem Blick. »Ich würde damit argumentieren, dass zum Intellekt die Fähigkeit die richtigen Folgerungen zu ziehen, zu bewerten und viele andere Dinge gehören.«

»Und doch besagt meine Erfahrung, dass Intelligenz eher wie ein Speicher im Verstand eines Menschen ist, während Denken und Folgern Fähigkeiten sind.«

Bermuda seufzte.

»Deine Spielchen mit Semantik haben mir nicht im Geringsten gefehlt.«

»Du würdest ein Reservoir und einen Damm nicht als das Gleiche bezeichnen, oder?«

»Nun, natürlich nicht«, sagte Bermuda beleidigt.

»Dann ist es keine Semantik«, entgegnete Plato sofort. »Intelligenz ist das Reservoir, und Vernunft und Folgern sind der Damm. Ohne die beiden kann man den See nicht füllen oder im Gleichgewicht halten.«

Bermuda seufzte. »Obwohl ich zugeben muss, dass deine Erfahrungen auf diesem Planeten meine bei Weitem übertreffen, glaube ich, dass du dich im Moment irrst.«

»Es spielt keine Rolle, ob ich es tue oder nicht, es spielt nur eine Rolle, dass ich dazu beigetragen habe, die Zahnräder in deinem Gehirn lange genug anzuschubsen, damit du dich nicht mehr darauf konzentrieren kannst, Atlantis zu finden.«

»Aus welchem Grund?«, fragte Bermuda.

»Damit du es tatsächlich auch finden kannst.«

»Das ergibt keinen Sinn«, protestierte sie.

»Ich stimme zu und doch funktionieren die meisten Dinge im Leben so«, schlug Plato vor. »Wenn wir nach Dingen suchen, schieben wir sie weg. Wenn wir etwas verloren haben, bleibt es uns verborgen. Aber wenn wir in Verwirrung geraten, wie ich es mit meinem Vortrag über den Intellekt versucht habe, stellen wir gewöhnlich fest, dass eine gewisse Klarheit mitschwingt und durch die Tür schlüpft, bevor wir sie schließen.«

»Weißt du, nach all diesen Jahrhunderten, erschließt sich mir dein Ansinnen immer noch nicht«, meinte Bermuda trocken.

»Schade, dass ich nicht mehr helfen konnte.«

»Es fällt mir schwer zu glauben, dass du überhaupt Reue empfindest, Lynx.«

»Beachte bitte, dass ich mich nicht entschuldigt habe. Ich habe nur festgestellt, dass es bedauerlich ist, dass ich nicht mehr Licht für dich ins Dunkel bringen kann«, sagte Plato ganz einfach. »Vielleicht hast du allein mehr Glück – solange dein Intellekt dich nicht in die Irre führt.«

Der Lynx verschwand und ließ Bermuda einsam am Bug des Schiffes zurück. Sie war gerade im Begriff, die Katze zu verfluchen, weil sie ihr wie üblich keinerlei Hilfe angeboten hatte. Doch plötzlich schossen ihr Platos Worte durch den Kopf, mit der Betonung auf bestimmten Worten: Ich kann nicht mehr *Licht* für dich *ins Dunkel bringen*. *Allein wirst du* mehr *Glück* haben. Solange dein *Verstand* dich nicht in die Irre *führt*.

Bermuda wusste nicht, ob sie nun wahnsinnig wurde, wie Plato mit seinen Rätseln wahrscheinlich beabsichtigt hatte oder ob sie auf der richtigen Spur war. Sie redete sich ein, dass sie so oder so nichts mehr zu verlieren hatte.

Bermuda schloss die Augen und lichtete mit einem Fingerschnipsen den Anker. Dann drehte sie das Steuerrad um eine Dreivierteldrehung nach rechts, zwei volle Umdrehungen nach links und nur ein kleines Stückchen nach rechts. Dieses Vorgehen war nichts, was sie irgendwo gelesen hatte oder begründen konnte, sondern eher eine zufällige Vermutung. Sie öffnete ihre Augen und ging wie ein Roboter direkt zum Bug des Schiffes. Wie es das Glück oder besser gesagt, das am weitesten von der Logik entfernte, wollte, befand sich vor dem Schiff eine kleine Wasserstelle, die seltsam beleuchtet war.

Bermuda schüttelte den Kopf, verfluchte den Lynx und lobte ihn schweigend. Ob er tatsächlich beabsichtigt hatte ihr zu helfen, würde sie wohl nie erfahren. So arbeitete er immer, auf geheimnisvolle Weise.

Sie hielt ihre Hand über die Reling des Schiffes und murmelte eine Beschwörungsformel. Das Wasser um das Boot herum begann sich zu kräuseln. Der Himmel wurde grau. Ein Blitz zuckte, gefolgt von Donner. Und dann schoss aus dem Wasser ein kleiner Gegenstand hervor und landete auf dem Deck des Schiffes.

Bermuda stieß einen langen Seufzer aus. Sie konnte es kaum glauben. Sie hatte das Buch gefunden – die *Vergessenen*

DIE AUSSERGEWÖHNLICHE KRAFT

Archive. Das Buch, das die wahre Geschichte der Sterblichen und Magier festhielt. Dasjenige, das die Realität dessen enthielt, was mit dem Großen Krieg geschehen war.

Das war es, was sie brauchten, um die Sterblichen von dem Fluch zu erlösen. Sobald dieses Buch aktiviert wurde, würde jeder wissen was geschehen war. Aber zuerst mussten sie wieder in der Lage sein Magie zu sehen.

Kapitel 2

Der Eingangsbereich an der Vorderseite des Hauses der Sieben erschien heute deutlich länger. Liv Beaufont war sich zumindest absolut sicher, dass er länger war als gewöhnlich. Es war ein üblicher Trick, den das Haus manchmal ohne ersichtlichen Grund anwandte.

An manchen Tagen waren die Räume größer oder kleiner, Möbel fehlten oder waren umgestellt. Als Kind war es für Liv aufregend gewesen, nie zu wissen, wie ein Zimmer aussehen würde, wenn sie es betrat. Gegenwärtig jedoch ließ es sie immer innehalten. Das Haus tat nie etwas ohne Grund. Als Sophias Drachenei ins Haus der Sieben gebracht wurde, hatte sich die Eingangstür vergrößert, was beeindruckend war, da sie bereits vorher schon die Ausmaße eines kleinen Hauses hatte.

Wenn die Eingangshalle des Hauses länger war, hatte das etwas zu bedeuten. Was genau, wusste Liv allerdings nicht.

Sie fuhr mit den Fingern über die alten Symbole, die die goldenen Wände verzierten und genoss die Art und Weise, wie sie funkelten und tanzten und ein kreisförmiges Muster bildeten.

»Das ist neu«, sagte Liv, weil sich die Symbole anders als üblich verhielten. Sie leuchteten immer für sie auf und vibrierten, als ob die Sprache durch ihre Berührung aktiviert würde. Sie hatte jedoch noch nie gesehen, wie sich die Symbole spiralförmig an der Wand bewegten und einen

DIE AUSSERGEWÖHNLICHE KRAFT

Gruselkabinett-Effekt erzeugten. »Ich frage mich, was das bedeuten könnte?«

»Du führst Selbstgespräche«, bemerkte Plato, als er neben ihr erschien.

Sie schüttelte den Kopf. »Nein, ich rede mit dir.«

»Ich war vor wenigen Sekunden noch gar nicht hier, als du deine erste Bemerkung gemacht hast«, erklärte Plato.

»Dass das Muster mit den Symbolen neu ist?«, fragte Liv. Er nickte.

»Nun, woher willst du dann wissen, was ich gesagt habe?«, forderte Liv ihn heraus.

»Touché.«

»Im Ernst, hast du eine Ahnung, warum die Sprache der Gründer sich so dreht, wenn ich sie heute berühre?«, erkundigte sich Liv.

Plato neigte seinen Kopf zur Seite, als ob es hilfreich wäre, das Muster aus einem anderen Winkel zu sehen. »Hast du heute viel Salz gegessen?«

Liv schnaubte und ließ ihre Hand von der Wand fallen, während sie sich dem Lynx zuwandte. »Was hat das denn damit zu tun?«

»Nichts. Ich habe nur bemerkt, dass deine Finger etwas geschwollen aussehen.«

Liv rollte mit den Augen. »Du bist lächerlich. Und nein, ich habe nicht zu viel Salz gegessen.«

»Bist du sicher? Was ist mit den Nachos, die du gestern Abend beim Netflix-Schauen verputzt hast?«, fragte Plato.

Liv wandte der Katze den Rücken zu. »Im Ernst, wenn du behauptest, du bist über Nacht weg, warum bist du es dann nicht wirklich?«

»Das war ich«, erklärte er selbstgefällig.

»Woher weißt du dann, was ich zu Abend gegessen habe?«

»Weil du die Kartons in den Müll geworfen hast.«

»Weshalb durchwühlst du meinen Müll?«, erkundigte Liv entsetzt.

»Woher soll ich denn sonst wissen, was du zu Abend gegessen hast, während ich weg war?«

»Du könntest einfach fragen«, antwortete Liv.

Er schüttelte den Kopf. »Das macht keinen Spaß.«

»Du bist schon komisch. Und ich dachte, du würdest mich immer beobachten, auch wenn du weg bist. Wie kommt es, dass du nicht wusstest, trotz deiner Spyware oder was auch immer du hast, was ich zum Abendessen hatte?«

»Ich war an einem Ort, an dem ich mit meiner Liv-Cam keinen guten Empfang hatte«, erklärte Plato.

»Oh? Wo denn, frage ich mich?«

»Man könnte sich auch fragen, wie viel Natrium gestern Abend in den Nachos war«, lenkte Plato ab.

»Ich bin sicher, es war nicht …«

»Dreimal so viel wie deine tägliche Ration sein sollte«, schnitt Plato ihr wissend das Wort ab. »Und die gilt für Magier.«

»Willst du mir jetzt einen Vortrag über meine Essgewohnheiten halten?«, fragte Liv.

»Auch wenn man fünftausend Kalorien pro Tag zu sich nehmen darf, müssen sie nicht aus Müll bestehen.«

»Rory sagt, dass Nachspeisen am besten zur Wiederherstellung der Magie geeignet sind«, argumentierte Liv.

»Und du hattest einen Berg frittierter Chips, bedeckt mit geschmolzenem Käse und ein Steak dazu. Da war kein Zucker drin.«

»Was ist dein Punkt?«

»Schokoladenmousse hätte deine Magie besser aufgefüllt und deine Finger nicht zum Anschwellen gebracht.«

DIE AUSSERGEWÖHNLICHE KRAFT

»Rätst du mir wirklich, Süßigkeiten statt Nachos zu verspeisen?«, fragte Liv.

»Ich würde nicht im Traum daran denken, dir zu sagen was du tun sollst«, erklärte Plato. »Aber ja, ich versuche dir zu helfen bessere Entscheidungen zu treffen. Wenn du mehr als ein Jahrhundert leben willst, dann musst du darauf achten, was du deinem Körper zumutest.«

»Es ist lustig, dass du dir Sorgen machst, dass Käse mein Untergang sein könnte«, lachte Liv. »Du warst doch dabei, als Shitkphace versucht hat mich umzubringen, oder? Oder als Subner erklärt hat, dass ich bei meinem nächsten Einsatz geschmolzene Lava durchqueren muss? Oder als der Drogensüchtige auf der Straße versucht hat, mich mit seinem Messer aufzuschlitzen, als er vorbeikam? Mein Tagesgeschäft ist ziemlich gefährlich, falls du es noch nicht bemerkt hast.«

»Die Befestigung von Drähten an Geräten ist mit einigen Risiken verbunden«, meinte Plato ganz sachlich.

»Ich meinte das andere Tagesgeschäft«, sagte Liv trocken. »Also, was hältst du von dem neuen Verhalten der alten Sprache?«

»Was glaubst denn *du*, was es bedeutet?«

Liv warf ihm einen anklagenden Blick zu. »Dass ich einen neuen Handlanger brauche.«

»Kannst du es lesen?«, lenkte Plato ab und ignorierte ihre Bemerkung.

Liv schielte auf die Symbole. »Früher konnte ich das, aber aus irgendeinem Grund habe ich heute damit zu kämpfen. Wie auch immer, es sagt immer ziemlich dasselbe über die antike Kammer aus.«

»Bist du sicher?«, fragte Plato mit einem speziellen Unterton in seiner Stimme.

Liv zog den Krieger-Ring hervor und seufzte.

»Nein, scheinbar bin ich das nicht.«

Sie fuhr mit dem großen Edelstein über die Symbole, die sich in großen Spiralen ausbreiteten und erwartete ein bisschen, dass er die Botschaft übersetzen würde, die sie hier schon hundertmal gelesen hatte. Doch dieses Mal lauteten die Worte anders.

›Halte den Einen auf und du wirst uns alle befreien‹, erschien in der Sprache der Gründer.

»Der Eine?«, stellte Liv die Frage in den Raum. »Wer könnte das sein? Und uns alle befreien? Bezieht sich das auf die Sterblichen?«

»Das kann ich nicht sagen«, antwortete Plato.

Liv funkelte ihn an. »Du meinst, du willst es nicht sagen.«

»Ist es für dich eigentlich nicht kurios, dass sich die Botschaft der Gründer hier geändert hat?«, hakte Plato nach.

Liv dachte einen Moment darüber nach. Das Haus der Sieben veränderte sich ständig, wie der längere Korridor heute bewies. Warum sollten sich die in der alten Sprache geschriebenen Botschaften nicht ändern? Aber wenn sie es taten, warf das eine konkrete Frage auf.

»Ja. Zum Beispiel: Wer schreibt sie? Normalerweise würde ich sagen, die Gründer, aber tun sie das vom Grab aus? Und wie?«

»Alles gute Fragen«, stimmte Plato zu.

Liv zuckte die Achseln. »Nun, ich werde über sie nachdenken müssen. Ich will nicht zu spät zum Treffen mit dem Rat kommen.«

»Aber du kommst immer zu spät«, stellte Plato fest.

»Ja, aber nur wenn Adler Sinclair den Vorsitz führt.« Liv schlenderte zur anderen Seite des Korridors, in Richtung der Kammer des Baumes.

DIE AUSSERGEWÖHNLICHE KRAFT

»Oh, und er ist abwesend, also hast du keinen Grund, zu spät zu kommen und ihn damit zu ärgern«, vermutete Plato.

Liv drehte sich um. »Es sei denn, du denkst, meine Verspätung würde Bianca Mantovani Stress bereiten?«

»Ich glaube, das übernimmt schon deine Atmung«, sagte Plato ganz einfach.

Liv wuchs beinahe vor Stolz. »Ich versuche ja auch alles, um diese blöde Hexe zu nerven.«

Sie ging weiter und blieb stehen, als sie kurz vor der Tür der Reflexion stand. »Geht es nur mir so, oder ist die schwarze Leere heute etwas ... ich weiß nicht, *spiralförmig*?«

Die Schwärze, die vor ihr lag, löste immer dunkle Vorahnungen in ihr aus, aber heute bewegte sie sich wie eine Gewitterwolke in einer dunklen Nacht.

»Etwas scheint sich zusammenzubrauen«, antwortete Plato.

Liv machte einen Schritt darauf zu, aber als wäre eine Schnur an ihrem Rücken befestigt, bekam sie einen schnellen Ruck nach hinten. Sie starrte hinter sich und erwartete, zu sehen, wer sie zurückgerissen hatte. Da war aber nichts.

»Ich schätze, ich darf heute nicht in die Schwarze Leere eintreten«, erklärte sie. »Sie scheint nur das Muster widerzuspiegeln, das die alte Sprache zeichnet.«

»Dann klingt es, als wären weitere Nachforschungen notwendig«, bot Plato an. »Ich würde dir empfehlen, keinen Ort zu betreten, von dem du nichts weißt und den kein anderer sehen kann.«

»Wenn man nach dieser Logik verfahren würde, wäre vieles nicht entdeckt worden«, meinte Liv trotzig. »Wie zum Beispiel Nordamerika.«

»Und jetzt überlege mal, wie viele Dinge dann besser geworden wären«, erwähnte Plato.

Liv schüttelte den Kopf. »Okay, gut. Ich halte mich von der sich windenden Schwärze fern, die mein Inneres vor Unbehagen zittern lässt. Wenn du darauf bestehst.«

»Das tue ich absolut«, antwortete Plato ruhig.

Liv machte einen Schritt in Richtung der Tür der Reflexion und bereitete sich auf das vor, was als Nächstes kommen würde – ihre tiefsten, dunkelsten unterbewussten Ängste, die sich vor ihrem geistigen Auge manifestieren würden.

Kapitel 3

Liv trat durch die Tür, die wie ein Spiegel aus Wasser aussah und fand sich in einem Abendkleid wieder. In diesem traumähnlichen Zustand drehte sie sich um und betrachtete sich in einem Spiegel. Das Kleid war an einigen Stellen enganliegend, sodass sie kaum atmen konnte und schlimmer noch, der Ausschnitt war so tief, dass ihre Brüste zu sehen waren.

Ein schmerzhaftes Zwicken breitete sich über ihren Zehen aus. Liv hielt das schwere Material des Kleides hoch und stellte fest, dass sie seltsame Foltergeräte trug.

Das sind High Heels, sagte eine Stimme in ihrem Kopf.

Liv drehte sich vollends um, entsetzt über die Farbe des Kleides, das sie trug – verdammtes Pink. Sie schüttelte plötzlich entsetzt den Kopf. Schmerzhafte Wellen der Panik liefen ihre Wirbelsäule hinunter. Ihr Magen füllte sich mit Furcht.

Und dann wurde ihr klar, dass ihre schlimmsten Albträume davon handelten, ein Kleid zu tragen.

Hier musste es um die Hochzeit von Rudolf gehen.

Sie schüttelte die heftigen Emotionen ab und trat durch die Tür der Reflexion in die Kammer des Baumes.

Ein sehr seltsames Geräusch gelangte an Livs Ohren. Sie hatte es noch nie in der Kammer vom Rat gehört. Es war Gelächter.

Mit gerunzelter Stirn sah sich Liv um und bemerkte, dass Stefan und Haro lachten und viele der anderen im Raum einen amüsierten Gesichtsausdruck hatten.

»Dann sagte ich dem Elfen also, dass ich ihn zur Verantwortung ziehen müsste, weil er für meine Albträume verantwortlich gewesen sei«, erklärte Stefan. »Dann habe ich ihn mit Pfeil und Bogen erschossen.«

Haro schlug mit der Hand auf den Tisch vor ihm. »Das ist unbezahlbar.«

»Was denkt der Hohe Elfenrat darüber? Dass du die Meistgesuchten ausschaltest, um ihre Gunst zu verdienen?«, fragte Bianca mit einem verkniffenen Gesichtsausdruck, als ob das enganliegende Kleid, das sie trug, nach Fisch riechen würde. Liv schauderte bei dem Gedanken an das schreckliche Kleid, das sie in der Vision von der Tür der Reflexion getragen hatte. Sie musste sich davon abhalten, sich am Kopf zu kratzen bei dem Gedanken, dass sie ein ähnliches Kleid anziehen müssen würde. Erleichtert blickte Liv nach unten auf das T-Shirt und die Jeans, die sie unter ihrem losen Umhang trug.

»Ich habe mich noch nicht mit dem Hohen Elfenrat getroffen«, antwortete Stefan.

»Warum nicht?«, fragte Lorenzo.

»Meine Strategie ist es, erst alle direkten Bedrohungen für die Elfen auszuschalten, um mir ihre Gunst zu verdienen«, erklärte Stefan.

»Aber dann wirst du sie unbesiegbar machen«, meinte Lorenzo und klang plötzlich nervös.

Stefan drehte seinen Kopf zur Seite, als hätte er das Ratsmitglied nicht ganz richtig gehört. »Hmmm … meine Idee ist es, ihr Ansehen zu verdienen. Das kann ich nur tun, wenn ich ihre Feinde ausschalte. Und zwar alle.«

»Oder man könnte einfach ein paar auswählen und es sich auf diese Weise verdienen«, konterte Lorenzo.

»Ich dachte …«

»Ich stimme Rat Rosario zu«, sagte Bianca selbstgefällig. »Ich denke, wir verschwenden unsere Ressourcen, wenn wir dich alle Feinde der Elfen ausschalten lassen. Du solltest versuchen, jetzt die Verhandlungen anzugehen.«

Hester lehnte sich nach vorne und schoss Bianca und Lorenzo einen Blick zu, den man am ehesten so beschreiben könnte: »Seid ihr zwei verrückt geworden?«

»Ich bin sicher, dass Krieger Ludwig hier die richtige Strategie anwendet«, argumentierte Hester. »Er hat es bei diesen Verhandlungen weiter gebracht als jeder andere bisher. Ich sage, wir lassen ihn in seinem Tempo weitermachen.«

»Obwohl es den Anschein hat, dass er es weiter gebracht hat«, gab Lorenzo zu bedenken, »halte ich es für eine Illusion. Er ist bisher auf keine Schwierigkeiten gestoßen, aber sie könnten noch vor ihm liegen.«

»Ich bin damit einverstanden, dass Krieger Ludwig so weitermacht wie bisher«, erklärte Clark mit neuer Zuversicht.

Haro, Raina und Hester stimmten sofort zu und nickten.

Der Gesichtsausdruck von Bianca und Lorenzo zeigte ihre deutliche Missbilligung. Bevor sie protestieren konnten, schwang Raina einen unsichtbaren Hammer, der ein widerhallendes Geräusch in der Kammer verursachte.

»Dann ist es entschieden«, sang sie, »Krieger Ludwig wird weiterhin das Böse bekämpfen und gleichzeitig den Weg zu einem wahren Bündnis einschlagen.«

Die anderen Ratsmitglieder lachten und jubelten über Rainas Enthusiasmus. Es war, als ob ein Fenster im Plenarsaal geöffnet worden wäre, sodass es sich wie ein Frühlingstag anfühlte.

Liv warf Stefan einen vorsichtigen Blick zu. »Habe ich die Happy Hour vor dem Treffen verpasst? Alle sind so gut gelaunt.«

»Nicht alle«, murmelte er aus dem Mundwinkel.

Sie wusste sofort, wen er meinte. Bianca und Lorenzo schienen wütender als sonst zu sein, als sie durch ihre Notizen blätterten.

»Soll ich bleiben, um an deiner Show teilzunehmen?«, fragte er.

Mit einem winzigen Kopfschütteln sagte Liv: »Es wird nichts zu sehen geben.«

»Das ist schwer vorstellbar«, flüsterte er und schaukelte auf den Fersen, die Hände hinter dem Rücken.

»Miss Beaufont«, sagte Bianca mit ihrer üblichen Geringschätzung gegenüber Liv. »Warum bist du hier? Wir dachten, du wärest mit Fällen von Vater Zeit beschäftigt.«

»Bin ich«, erklärte Liv mit Bestimmtheit.

»Warum bist du dann hier?«, forderte Lorenzo.

»Oh, um euch mitzuteilen, dass ich eine Zeit lang mit Vater Zeit zusammenarbeiten werde«, antwortete Liv. Diabolos stürzte herab und begann nur Zentimeter von Livs Füßen entfernt zu picken. Sie lächelte den Rat vorsichtig an und bemerkte, dass er sie als Lügnerin entlarvt hatte.

Hester winkte jede Enttäuschung ab und lachte weiterhin gutmütig. »Ich bin sicher, was immer du mit Vater Zeit tust, geht uns nichts an. Wir lassen euch einfach tun, was ihr tun müsst.«

»Wirklich?«, erkundigte sich Liv vorsichtig. Es gab kein Augenrollen oder Beleidigungen, die ihr entgegengeschleudert wurden. Sie war sich nicht sicher, was sie nun mit sich selbst anfangen sollte.

»Ich denke, es ist offensichtlich, dass Miss Beaufont uns gegenüber nicht offen über ihre Projekte spricht«, erkannte Bianca.

DIE AUSSERGEWÖHNLICHE KRAFT

»Das würde ich gerne«, begann Liv. »Vater Zeit zieht es jedoch vor, dass ich meine Aufgaben privat halte, da er sich nicht sicher ist, wem man trauen kann.«

Bianca rollte mit den Augen.

Da war es, dachte Liv.

»Wir sind der Rat für das Haus der Sieben«, maulte Bianca. »Natürlich kann man uns hinsichtlich der Einzelheiten deiner Fälle vertrauen.«

»Ich weiß nicht«, argumentierte Haro und strich sich mit der Hand über das Kinn. »Wenn Vater Zeit sagt, du solltest sie für dich behalten, Kriegerin Beaufont, dann möchte ich dich dazu ermutigen, dies auch zu tun. Wir alle glauben, dass man uns vertrauen kann, aber darum geht es nicht. Manchmal gibt es Details, die wir einfach nicht bereit sind zu verstehen.«

Liv blinzelte dem Ratsmitglied zu und fragte sich, ob er von ihrem Fall bezüglich der ›Sieben Sterblichen‹ wusste. Es gab viele unter den Magiern, die für *diese* Information noch nicht bereit waren. Es würde ihre Welt in Trümmer reißen. Es würde Chaos verursachen. Deshalb wusste Liv, dass sie, wenn die Zeit gekommen war, die Informationen auf konstruktive Art und Weise offenbaren musste. Sterbliche sollten nicht bestraft werden und Magier mussten einen Weg finden, die Veränderung zu akzeptieren.

Schließlich nickte Liv und wich von ihrem Platz zurück. »Okay, gut, ich komme wieder, wenn Vater Zeit mich freigibt.«

Sie wäre beinahe über Jude, den weißen Tiger, gestolpert, der sich irgendwie lautlos direkt hinter ihr hingelegt hatte. Liv hielt inne, bevor sie auf das Tier treten konnte. Sie drehte sich um, ihr Herz raste plötzlich und sie fiel beinahe über Diabolos.

Livs Kinn schoss hoch und sie sah Stefan und den Rat, die sie mit neugierigen Blicken betrachteten. Biancas Mund stand tatsächlich offen.

»So etwas habe ich noch nie gesehen«, meinte Haro und wies damit auf Livs Zwickmühle hin, zwischen den Regulatoren in der Kammer des Baumes eingeklemmt.

»Ich auch nicht«, schüttelte Clark den Kopf.

»Was könnte das bedeuten?«, fragte Raina.

»Dass sie die Wahrheit sagt und zugleich etwas verbirgt«, vermutete Lorenzo.

»Sie lügt«, rief Bianca Wütend und zeigte anklagend mit dem Finger auf Liv.

»I-I-Ich lüge nicht«, sagte sie, während Diabolos an ihrem Stiefel pickte. Sie fühlte, wie etwas in ihre Wade drückte und bemerkte, dass Jude seinen Kopf an ihr rieb.

»Hast du deine Klamotten wieder in rohes Fleisch getaucht?«, lächelte Stefan.

Liv schüttelte den Kopf. Sie war zu verwirrt, um die Situation auf die leichte Schulter zu nehmen.

»Gibt es etwas, das du uns mitteilen möchtest, Miss Beaufont?«, fragte Lorenzo und fügte dann hinzu: »In Bezug auf deine Arbeit für Vater Zeit oder etwas anderes.«

Vorsichtig trat Liv von dem Tiger und der Krähe zurück und wandte sich der Tür der Reflexion zu. »Nicht zu diesem Zeitpunkt. Aber sobald ich kann, werde ich es tun«, antwortete sie und eilte zum Ausgang.

Kapitel 4

Adler Sinclair war nicht mehr so taufrisch wie früher. Der Aufstieg auf den Gipfel des Matterhorns hatte das bewiesen. Allerdings hatte er sich auf seine Magie verlassen können, um den Marsch zu bewältigen, im Gegensatz zu Guinevere und Theodore Beaufont, deren Magie verschlossen gewesen war, als sie hier waren. Damals war Adler zum letzten Mal auf dem Matterhorn gewesen. Er hatte die Beaufonts zum letzten Mal gesehen. Das letzte Mal, dass sie überhaupt jemand gesehen hatte.

Adler wusste, dass es absurd war, aber er hatte das Gefühl, dass ihre Geister noch hier waren und ihn heimsuchten. Jedes Mal, wenn der Wind an seinen Ohren vorbeiheulte – er klang seltsam, wie Worte, eher Drohungen – redete er sich ein, es wäre nicht real, dass die Wanderung ihn wahnsinnig machen würde, die Schuldgefühle ihn auffraßen.

Er trat Schnee aus seinem Weg und dachte, er könne nicht weitergehen. Diese unwirklichen Bedingungen, selbst in der warmen Jahreszeit, machten den Aufstieg so anstrengend. Es wäre nicht so entsetzlich schmerzhaft gewesen, wenn Indikos ihn nicht im Stich gelassen hätte. Kilometerweit hatte Adler sich eingeredet, wie ungerecht es doch war, dass sein Drache verschwunden war. Indikos hatte sich in den letzten Monaten immer weiter von ihm entfernt.

Adler seufzte. *Wem wollte er etwas vormachen?* Der Drache war schon immer weit entfernt gewesen, obwohl alle Forschungen Adlers ergeben hatten, dass auch Miniaturdrachen und ihre Gefährten eine Bindung haben sollten wie Drache und Reiter. Indikos war immer da gewesen, aber nie wirklich anwesend. *Und nun war er nicht einmal mehr das*, dachte Adler bitter.

Zu dieser Jahreszeit waren die sterblichen Wanderer auf dem Matterhorn reichlich vorhanden. Es ärgerte Adler, dass er sich tarnen musste, um vor ihnen verborgen zu bleiben. Dadurch musste er magische Energie aufbringen, die er für andere Dinge dringend brauchen könnte. Das bewies nur, dass die Sterblichen nutzlos waren und mehr Probleme verursachten als sie wert waren.

Zum Glück befanden sich die meisten Sterblichen auf einem anderen Weg, der sie zur Solvay-Hütte, einer Schutzhütte, führte. Sie war die sterbliche Version der Sendeanlage – ein winziges Holzhaus mit unzureichender Ausstattung.

Adler war auf dem Weg zu der Anlage, die Talon vor Ewigkeiten in der entgegengesetzten Richtung gebaut hatte. Das war keine schäbige Hütte, die müden Wanderern die Gelegenheit zu einer Verschnaufpause bot. Es war eine robuste Konstruktion, die eines der wichtigsten Stücke magischer Technik in der Geschichte der Menschheit beherbergte. Außerdem war sie nicht nur vor den Sterblichen verborgen, sondern auch getarnt, damit magische Geschöpfe sie nicht finden konnten.

Das Signal, das innerhalb der Einrichtung ausgestrahlt wurde, war nicht elektronisch, wie die meisten heutzutage von magischer Technologie dachten. Es gab keine Drähte oder Schaltkreise. Es entstand durch Mechanik und ein Getriebe, gepaart mit einer seltenen magischen Kraft. Gemeinsam schufen sie ein Signal, das, wenn es in die Welt hinaus gesendet wurde, die Sterblichen daran hinderte, Magie zu sehen.

DIE AUSSERGEWÖHNLICHE KRAFT

Die Theorie dahinter war einfach: Man unterbrach die Signale in ihren Gehirnen, die für Magie empfänglich waren und schon konnten sie sie nicht mehr sehen. Das war das Erste, was der Gott-Magier nach dem Sieg im Großen Krieg getan hatte. Anschließend hatte er die Geschichte ausgelöscht und sie für immer in den *Vergessenen Archiven* vergraben. Das Buch und die magische Technik waren seine Schöpfungen gewesen. Es gab einen Grund dafür, dass er den Krieg gewonnen und das Haus umgekrempelt hatte – er war besser als der Rest.

Und das bin ich ebenfalls, dachte Adler.

Bald würden er und Talon den Rat übernehmen und so regieren, wie es ihre Bestimmung war. So sollte es sein, aber Vater Zeit hatte Talon aufgehalten und ihn gezwungen, die ganze Zeit im Verborgenen zu bleiben. Das hatte den Royals Zeit gegeben, sich zu erholen und die Nachfahren der Gründer gewannen langsam an Macht.

Als die Nachkommen von Talon alt genug waren, um ihre Positionen als Ratsherr und Krieger einzunehmen, war das Haus der Sieben gut aufgestellt. Das hatte es für die Sinclairs schwieriger gemacht, an die Macht zu kommen, aber nicht unmöglich. Adler hatte in seiner Zeit große Fortschritte erzielt und das beschützt, was der Gott-Magier begonnen hatte. Es war ihr bestgehütetes Familiengeheimnis und dasjenige, das es wert war, für alle Zeiten geschützt zu werden.

Die Dinge waren nicht ganz nach Plan verlaufen. Was eigentlich zum Haus Sinclair werden sollte, war zum Haus der Sieben geworden. Die Royals waren an die Macht zurückgekehrt. Das Signal wurde immer noch ausgestrahlt und die *Vergessenen Archive* waren in der verlorenen Stadt Atlantis versteckt. Vater Zeit war wieder da, was bedeutete, dass er getötet werden musste. Dann könnte der Auserwählte zur vollen Macht aufsteigen, wie er es immer beabsichtigt hatte.

Ein kalter, heftiger Wind heulte an Adlers Kopf vorbei.

Stirb, schien der Wind zu flüstern.

Er schaute sich um und glaubte, jemand oder etwas sei hier.

Scharfe graue Felsen erstreckten sich in alle Richtungen und waren zum Teil mit Schnee bedeckt. Niemand war in Sichtweite. *Nicht einmal ein widerwärtiger Sterblicher.* Adler schüttelte den Kopf und nahm an, dass die Einsamkeit ihn mürbe machte. Er hatte nicht derjenige sein wollen, der zum Matterhorn musste, aber ihm war klar, dass er die einzige Wahl war. Das Signal zu schützen war wichtig.

Seit Generationen hatten die Beaufonts versucht dies zu verhindern. Vor Guinevere und Theodore hatte es die Brüder gegeben und vor ihnen ein anderes Team. Die Sinclairs und die Beaufonts bekämpften sich schon zu lange, hatte Talon erklärt. Die Beaufonts gehörten zu den Gründerfamilien und aus irgendeinem Grund schienen sie die ›Wahrheit‹ nie zu akzeptieren. Sogar die Takahashis, eine weitere Gründerfamilie, hatten sich ihnen angeschlossen, als sie an die Macht kamen. Manchmal zeigten sie Verwirrung, wenn sie ›das Haus der Sieben‹ hörten, als ob es nicht ganz richtig klang, aber sie ließen es immer auf sich beruhen.

Allerdings nicht die Beaufonts. Eine Generation nach der anderen steckte ihre Nase in Dinge, die sie nichts angingen. Sie schienen nie zu akzeptieren, dass alles genau so richtig war, wie es eben war. Sie stellten immer zu viele Fragen. Aber das sollte nun ein Ende haben.

Olivia Beaufont war zu weit gegangen.

Adler hatte nur wenig Reue wegen der Ermordung von Guinevere und Theodore empfunden. Aber ihre Kinder, Ian und Reese? Das war deutlich schwieriger gewesen. Wenn Olivia jetzt hinter ihm her war, konnte es ihm jedoch herzlich egal sein, was er tun musste, um sie davon abzuhalten, weiter herumzuschnüffeln. Bei ihr war Schluss.

Wie eine Explosion in seinem Bauch fühlte Adler die Überzeugungskraft, die seine Gedanken anspornte, als er kurz vor dem Aufgeben stand. Die Sinclairs hatten es zu lange auf sich beruhen lassen. Es war an der Zeit, die Dinge zu beenden. Damit alles so verlaufen konnte, wie es eigentlich sein sollte.

Talon hatte an so viel gedacht. Er hatte die magische Technik erfunden, die für das Signal verantwortlich war. Er hatte das Buch, die *Vergessenen Archive*, geschaffen. Aber er hatte nicht daran gedacht, das Problem zu beheben, das seit den Anfängen bestand – die Sterblichen.

Adler hatte vorgebracht, Talon wäre bei den Sterblichen weich geworden, da er und die anderen sechs magischen Familien zusammen mit sieben Sterblichen das Haus aufgebaut hatten. Doch die Dinge waren damals anders gewesen. Es hatte einen Grund gegeben, eine Allianz zwischen Sterblichen und Magiern zu bilden.

Die Riesen waren außer Kontrolle geraten. Die Zwerge hatten sich geweigert zu kooperieren. Die Elfen waren eine unnachgiebige Kraft gewesen. Aus diesem Grund war das Haus der Vierzehn gegründet worden, um die anderen Rassen zu kontrollieren. Aber dann kam die Realität ans Licht – die Sterblichen dachten, sie besäßen ebenfalls einen Teil der Macht. Sie versuchten, die Dinge zu kontrollieren und stimmten über magische Angelegenheiten ab, auch wenn diese ihre Erfahrung bei Weitem übertrafen. Sie hatten eine Grenze überschritten und das war der Zeitpunkt, an dem der Große Krieg begonnen hatte.

Aber mit Adler würde alles enden.

Fast wäre er vor Aufregung gestolpert, als er um die Kurve kam und die Anlage vor ihm auftauchte, die Talon vor all den Jahren geschaffen hatte. Im Innern des zweistöckigen Bauwerks war das Signal dafür verantwortlich, dass die Sterblichen daran gehindert wurden, Magie zu sehen und sich in Dinge einzumischen, von denen sie keine Ahnung hatten. Es hatte die ganze Zeit gut genug funktioniert. Doch wenn Adler erst damit fertig sein würde, wären all ihre Probleme gelöst.

Aus irgendeinem Grund hatte Talon Adler nie offenbaren wollen, weshalb er sich geweigert hatte, die Sterblichen vollkommen auszulöschen. *Das wäre doch die einfachste Lösung gewesen*, hatte Adler immer angenommen. Aber Talon hatte ihn jedes Mal aufgehalten, wenn er die Sache vorantreiben wollte und gesagt, dass es nicht funktionieren würde, alle Sterblichen zu töten.

Nun, Adler war bereit, ihm das Gegenteil zu beweisen. Wenn man die Sterblichen loswurde, könnte die Magie ohne Hindernisse existieren. Alles, was er tun musste, war, das Signal zu optimieren. Dann wäre es egal, ob Olivia Beaufont es auf den Gipfel des Matterhorns schaffte oder die *Vergessenen Archive* fand, da alle Sterblichen bereits tot sein würden.

Kapitel 5

»Warte mal«, sagte Sophia ungläubig. »Lass mich das klarstellen. Wenn den Sterblichen etwas passiert, oder je länger die Magie vor ihnen verborgen bleibt, desto größer ist die Chance, dass sie für immer verschwindet?«

Liv nickte. »Ja. Sie ist das Element, das sie kontrollieren. Irgendwie ziehen wir alle unsere Energie aus unseren Elementen.«

»Wie Auftanken?«, riet Sophia.

»So in etwa, laut Papa Creola«, antwortete Liv. »Je länger die Menschen von der Magie getrennt sind, desto mehr wird sie abnehmen. Anscheinend geht sie plötzlich stark zurück.«

»Es gibt also einen noch besseren Grund, alles zu beenden, was die Sterblichen daran hindert, Magie zu sehen«, stellte Sophia fest und streichelte liebevoll ihr Drachenei.

»Nun, wenn die Tatsache, dass das Auslöschen der wahren Geschichte und die Gehirnwäsche der Sterblichen nicht genug ist«, meinte Liv und bückte sich, um unter ihr Bett zu schauen.

»Er ist immer noch da unten«, so Sophia.

Liv spähte unter das Bett und machte sich eine geistige Notiz, dass sie die Wollmäuse entfernen sollte, um den Miniaturdrachen besser sehen zu können, der sie mit leuchtend orangefarbenen Augen anstarrte. »Hey, Indikos, mir ist klar, dass meine Wohnung kein Palast ist, aber du kannst schon irgendwann herauskommen. Ich habe dir frisches Fleisch mitgebracht, weil du nicht jagen kannst.«

Sophia, das Ei und Adlers Drache wohnten bei ihr. Vor dem Umbau wäre es ein bisschen eng geworden. Jetzt war ihr einst winziges Studio fast eine Penthouse-Wohnung, mit ausreichend Platz für Gäste zum Ausruhen. Indikos bevorzugte jedoch den beengten, staubigen Platz unter dem Bett.

»Er will nicht reden«, sagte Sophia klar und deutlich.

Liv grunzte, als sie sich vom Boden hochdrückte. »Hat er in deinem Kopf gesagt: ›Hey, ich will nicht reden‹, oder hat er einfach geschwiegen und du hast den Rest geschlussfolgert?«

»Es ist schwer zu beschreiben, wie die Telepathie mit Drachen funktioniert«, erklärte Sophia. »Von meinem Drachen erhalte ich bestimmte Botschaften, von denen ich weiß, dass sie seine Gedanken sind. Bei Indikos handelt es sich eher um allgemeine Ideen und Gefühle.«

»Hmmm«, stöhnte Liv und dachte nach. »Nun, ich habe weder das eine noch das andere und ich muss mit dieser Kreatur durch die Welt reisen, also denke ich, dass ich eine andere Lösung finden muss. Kommunikation könnte wichtig sein, wenn ich von zehnköpfigen Monstern angegriffen und von Zyklonen eingefangen werde.«

»Woher weißt du, dass du dich solchen Dingen stellen musst?«, fragte Sophia.

Liv öffnete Bermudas Buch ›*Mysteriöse Geschöpfe*‹ und holte es näher zu sich heran. »Das tue ich nicht, aber so laufen normalerweise meine Missionen ab. Murphy's Gesetz hält mich auf Trab.«

Liv war nicht überrascht, als sie das scheinbar endlose Buch an der Stelle über Miniaturdrachen, oder wie Bermuda sie nannte, Majunga, direkt aufschlug. Mehrere Male hatte Liv diese Seiten schon durchgeblättert, aber nichts gefunden, was ihr etwas Neues verriet. Sie war kurz davor aufzugeben, als sie bemerkte, dass zwei Seiten zusammengeklebt waren. Vorsichtig, um sie nicht zu zerreißen, zog sie sie auseinander.

Sophia kroch von ihrem Platz auf dem Boden herüber und war sofort neugierig, welche neuen Informationen Liv gefunden hatte.

»Laut Bermuda ...«, sagte Liv langsam, während sie die neuen Seiten überflog: »gibt es ein Kraut, das ein Nicht-Drachenreiter einnehmen kann, das es ihm ermöglichen könnte mit Drachen zu sprechen.«

»Es ist doch verrückt, dass du das gerade jetzt gefunden hast, als wir darüber gesprochen haben«, wunderte sich Sophia und lehnte sich über Livs Schulter.

»Nein, das ist so gut wie selbstverständlich«, erklärte Liv. »Über die ironischen Aspekte von Timing in meinem Leben denke ich nicht mehr nach.«

Sophia nickte ihrem Ei kurz zu, als hätte der Drache darin gerade etwas gesagt. »Das würde sie nie tun.«

»Hmmm ...«, sagte Liv, ihr Blick wechselte zwischen dem kleinen Mädchen und dem großen, blauen Ei. »Was würde sie nie tun?«

»Er hatte gerade etwas darüber gesagt, wie du gegenüber dieser Welt desensibilisiert wirst und er hofft, dass du nicht völlig abstumpfst.«

Liv untersuchte das Ei. »Nur weil ich scherze, heißt das noch lange nicht, dass ich angefangen habe das alles für selbstverständlich zu halten. Es ist nur so, dass mein Leben und all seine Absurditäten mich zum Lachen bringen.«

Sophia kicherte. »Es bringt uns auch zum Lachen.«

»Nun, da bin ich aber froh, dass ich euch beide unterhalten kann«, erklärte Liv. »Übrigens, wirst du deinen Drachen weiterhin ›er und ihn‹ nennen oder hast du in der Zwischenzeit eine Idee für einen Namen? Mir ist klar, dass du damit wartest, einen zu vergeben, bis ihr euch offiziell kennengelernt habt, aber vielleicht hättest du nur einen vorläufigen Platzhalter wie Billy oder Jimmy oder Dwight?«

Sophia zog eine Grimasse. »Das klingt alles nicht nach Drachennamen.«

»Das ist der Punkt«, Liv rollte mit den Augen. »So bleiben sie nicht aus Versehen an ihm hängen.«

»Nun, ich verstehe den Grund, warum ich einen Namen brauche, um ihn anzusprechen …«

»Vor allem, weil er, auch ohne ausgebrütet zu sein, ein Gesprächspartner ist«, vervollständigte Liv.

Sophia nickte. »Ja, er ist definitiv einer. Aber ich will es mir nicht zur Gewohnheit machen, ihn irgendwie zu bezeichnen und es dann zu ändern.«

»Das verstehe ich«, erklärte Liv. »Er ist dein Drache. Ich könnte ihn doch Eggar oder Eggy oder Eggward – von Ei, englisch Egg, abgeleitet – nennen, wenn das in Ordnung ist.«

Sophia kicherte. »Mir ist es egal, aber ihm gefällt es nicht so besonders.«

»Sag ihm, er soll aus seinem Schneckenhaus herauskommen und mich daran hindern«, forderte Liv heraus.

Sophias Blick entfernte sich und dann schüttelte sie den Kopf. »Er sagt: ›Netter Versuch, aber er ist noch nicht so weit.‹«

Liv seufzte. »Gut. Perfektion darf man wohl nicht überstürzen.«

Ein Klopfen an der Tür ließ Sophias Kichern verstummen. Liv blickte auf.

»Hey, seid ihr Mädels beschäftigt?«, rief John von draußen.

»Nein, wir sind hier hinten im Schlafzimmer«, rief Liv.

Einen Augenblick später erschien John mit einer Schnorchelmaske auf dem Kopf in der Türöffnung. »Meine Güte Liv, ich habe fast eine ganze Minute gebraucht, um durch deine Wohnung zu laufen. Wie ich sehe, hast du noch ein paar Erweiterungen vorgenommen.«

»Nun, ich fühlte mich schlecht, weil Sophia hier eingesperrt ist, also habe ich den Brunnen im Foyer hinzugefügt«, antwortete Liv.

»Und ein Atrium mit einem Außenkorridor für diesen Brunnen«, fügte John hinzu und blickte dabei über seine Schulter. »Ist das eine Rutsche, was da aus dem Esszimmer kommt?«

Sophia kicherte weiter.

»Nun, wie ich schon sagte, ich wollte sicherstellen, dass Sophia ein wenig Bewegung bekommt«, erklärte Liv bescheiden. »Was gibt es Besseres, als über eine Rutsche zum Abendessen zu kommen?«

John senkte sein Kinn und schaute Sophia ernst an. »Sie gibt dir schon richtiges Essen, oder? Nicht nur das Zeug aus den Schachteln oder Nachos?«

»Gestern Abend hatten wir Nachos!«, jubelte Sophia.

»Mit einem Beilagensalat«, steuerte Liv bei. »Ich weiß jetzt, wie man kocht.«

»Ich weiß, dass du es versuchst«, sagte John, als er sich umsah. »Ich störe euch doch nicht, oder?«

»Oh, nein«, winkte Liv ab. »Ich habe nur Sophias ungeschlüpften Drachen gehänselt und versucht, den kleinen Kerl unter meinem Bett zu überreden, herauszukommen.«

»Ein ganz normaler Dienstag also«, fügte Sophia hinzu.

John schüttelte den Kopf. »Nun, meine Bitte mag euch beiden etwas banal erscheinen, aber ich wollte meine neue Urlaubskleidung zeigen und sehen, ob ihr einverstanden seid. Würdet ihr einen Blick darauf werfen und mir eure Meinung dazu sagen?«

Liv winkte ihn herein. »Zeig her!«

Sie hatte John überzeugt, den Gewinn aus dem Verkauf des Flipperautomaten für einen luxuriösen Tropenurlaub zu verwenden. Sein letzter war zu lange her. Er hatte es mehr als jeder andere verdient.

Er kam herein und zeigte sich in einem orange-roten Hawaiihemd mit passender Badehose, blauem Schnorchel und Flossen.

»Inwiefern unterscheidet sich diese Kleidung von deinen normalen Sachen?«, fragte Liv und verbarg ihr Lachen.

»Oh, du«, sagte John und legte die Fäuste auf seine Hüften. »Ich bin Tourist an den Stränden von Waikiki. Sehe ich nicht wie einer aus?«

»Schmiere dir etwas Sonnencreme auf die Nase und die Einheimischen werden Schlange stehen, um dich zu betrügen«, witzelte Liv.

»Das ist doch das Schöne an einem Urlaub, oder?«, fragte John. »An einen Ort zu reisen, an dem man sich nicht auskennt, damit andere einen ausnutzen können und Dinge zu höheren Preisen verkaufen, als sie es wert sind?«

Liv nickte. »Ich bin froh, dass du dich für einen Strandurlaub entschieden hast und nicht für eine einsame Hütte in den Wäldern.«

John seufzte. »Ja, ich schätze, in den Tropen macht es mehr Spaß. Ich bin so gut wie fertig.«

Liv sprang auf. »Ich habe vergessen, Rory zu fragen, ob er auf den Laden aufpasst. Ich würde es tun, aber ich habe dieses ganze …«

»Rette-die-Welt-Geschäft«, fiel John ihr lächelnd ins Wort.

DIE AUSSERGEWÖHNLICHE KRAFT

»Ich wollte sagen, dass ich Indikos in seine neue Heimat bringe, aber ja, auf dem Weg dorthin muss ich die Sterblichen wieder mit der Magie verbinden«, erklärte Liv.

»Nun, meine Termine für den Urlaub sind flexibel, also wann immer Rory Zeit hat, für mich zu arbeiten«, vermittelte John.

Liv schnappte sich ihre Sachen, bevor sie Sophia einen leichten Kuss auf die Stirn drückte. »Ich bin sicher, er macht das. Er geht eh nie irgendwo hin.«

»Aber er hat jetzt Hochsaison«, protestierte John.

»Wobei?«, fragte Liv.

Er wedelte mit dem Finger. »Ich musste Rory versprechen, dir nicht zu sagen, was er beruflich macht. Er hat gesagt, das sei ein Spiel, das ihr beide spielt.«

»Er spielt dieses Spiel«, murmelte Liv. »Ich werde nebenbei lächerlich gemacht, weil ich nicht genug über meinen Freund weiß.«

»Ihr zwei seid so süß«, bemerkte John.

Liv klopfte ihm auf die Schulter, als sie ging. »Ich bin gleich wieder da. Ich schaue mal bei Rory vorbei und arrangiere etwas. Sorgst du dafür, dass die Drachenreiterin etwas ißt?«

»Solange sie verspricht, dass ihr Drache mich niemals fressen wird«, meinte John, gefolgt von einem weiteren entzückenden Kichern von Sophia.

Liv zog ihren Umhang an, als sie die Wohnung verließ. Sie hatte sich Sorgen gemacht, weil Sophia und das Ei bei ihr bleiben sollten, aber bisher hatte alles wunderbar geklappt. Sie fühlte sich warm und vollkommen, wenn sie sich nachts zu den leisen Schnarchgeräuschen ihrer kleinen Schwester in ihrem Bett zusammenrollte. Und wenn sie ihr sterbliches Leben mit John mit dem magischen Leben mit ihrer Familie kombinierte, wie sie es sich für die Zukunft vorstellte, wenn die Sterblichen von der Gehirnwäsche befreit wären, fühlte sie sich wirklich wohl.

Kapitel 6

Ein Buch flog gerade durch Rorys offene Haustür, als sich Liv näherte. Sie duckte sich und der Band schwebte über ihren Kopf hinweg und landete im Vorgarten. An der Schwelle musste sie aus dem Weg gehen, um nicht von einem Tablett, einem Korb mit Garn und einem ausgestopften Bären getroffen zu werden.

»Was geht hier vor?«, fragte Liv von der Veranda aus. Sie hatte sich an der Seite des Hauses in Deckung gebracht.

Rory stand mit dem Rücken zu ihr, seine Schultern hoben und senkten sich dramatisch, während er schwerfällig atmete. Als er sich umdrehte, war sein Gesicht gerötet und er schien verrückt vor Sorge zu sein.

»Rory, geht es dir gut?«, erkundigte sich Liv, die kurz davor war, nach vorne zu eilen, sich aber zurückhielt. Rory brauchte seinen Freiraum, besonders wenn er verärgert war.

»Es geht um meine Mutter«, sagte Rory, während seine Augen zu dem Chaos vor seinen Füßen wanderten.

»Bermuda? Geht es ihr gut?«, hakte Liv nach.

Rory schüttelte zuerst den Kopf, korrigierte sich dann aber und nickte. »Ich denke, sie ist vorerst in Sicherheit. Sie hat mir eine Nachricht geschickt, die besagte, dass sie von Decar Sinclair verfolgt würde, aber dass sie das Buch gefunden und mitgenommen habe.«

Für einen Moment dachte Liv, ihr Kopf würde wegen der Informationen explodieren. »Decar? Er verfolgt sie?«

Nach allem was mit Adler vorgefallen war – er hatte Sophias Ei gestohlen – schien dies alles zu sein, was Liv brauchte, um anzunehmen, dass die Sinclairs hinter dieser ganzen Verschwörung steckten. Als würde er ihre Gedanken lesen, schüttelte Rory den Kopf, ein strenger Blick in seinem Gesicht.

»Wir wissen nicht, warum Decar hinter Mum her ist und wir können uns nicht nur auf Vermutungen stützen«, erklärte Rory.

»Oh, denkst du etwa, es könnte sein, dass er einfach mal ein wenig allein unterwegs ist und nur eine Tasse Kaffee mit ihr trinken möchte?« Livs Tonfall triefte vor Sarkasmus.

»Ich weiß, dass Adler und Decar nicht gut sind«, bestätigte Rory. »Aber wir wissen nicht, ob sie nur auf ihren eigenen egoistischen Vorteil aus sind, ob sie hinter allem stecken oder ob sie für jemand anderen arbeiten. Es ist wichtig, objektiv zu bleiben.«

Liv deutete auf das Chaos am Boden. »Ist es das, was du tust? Objektiv bleiben?«

Er fuhr sich mit seiner Hand durch sein krauses Haar. »Ich versuche es, aber Mum klang vorhin ziemlich nervös.«

»Was hat sie gesagt?«, fragte Liv.

Rory zog ein zerknülltes Stück Papier aus seiner Hosentasche und reichte es ihr.

Liv nahm es zögerlich an. »Was, hat sie das per Brieftaube geschickt?«

»So etwas in der Art«, antwortete Rory.

Liv entfaltete die Notiz auseinander und hielt sie nah vor ihr Gesicht, um die winzige Handschrift lesen zu können.

Ich habe das Buch. Decar verfolgt mich, aber er ist mindestens einen Schritt hinter mir. Mach dir keine Sorgen und komm nicht her.

DIE AUSSERGEWÖHNLICHE KRAFT

Alles Liebe,
Mama

»Buch? Was hat es mit diesem Buch auf sich?«, forderte Liv.

Rory zuckte die Achseln. »Sie wird es uns bei ihrer Rückkehr erklären müssen. Ich bin mir nicht sicher. Ich werde sie suchen und ihr helfen zurückzukommen.«

Liv hielt den Zettel hoch. »Ich glaube, sie schreibt, du sollst das nicht tun.«

»Aber sie ist in Gefahr!«, jammerte Rory.

»Woher weißt du das? Sie behauptet, Decar wäre einen Schritt hinter ihr.«

Aus derselben Tasche zog er einen weiteren zerknitterten Zettel heraus. »In der vorangegangenen Nachricht behauptete sie, dass Decar sie verfolgte, aber dass er zumindest ein paar Schritte hinter ihr wäre. Jetzt ist es nur noch einer.«

Liv neigte ihren Kopf zur Seite. »Meinst du nicht, dass du da ein bisschen zu viel hineininterpretierst?«

Rory schüttelte den Kopf, griff dann nach einer Tasche auf dem Boden und begann sie mit Gegenständen zu füllen. »Ich habe ein schlechtes Gefühl dabei. Wenn das Buch tatsächlich der Schlüssel zur Enthüllung der wahren Geschichte ist, dann ist Mum jetzt in noch größerer Gefahr. Decar und wer auch immer mit ihm zusammenarbeitet, wird sie nicht ungeschoren davonkommen lassen. Sie werden alle Register ziehen. Ich weiß es einfach.«

Liv stritt sich häufig mit Rory. Manchmal war es zu ihrem eigenen Vergnügen, weil sie es genoss, diesen frustrierten Blick über sein Gesicht huschen zu sehen. Dann gab es Zeiten, in denen sie absolut nicht mit ihm übereinstimmte. In dieser Situation wusste sie jedoch, dass sie nicht streiten durfte. Rory war vielleicht ängstlich, weil es um seine Mutter ging, aber er stützte sich dabei auf seinen Instinkt. Sie wusste, wie wertvoll das Bauchgefühl war und würde ihrem Freund nie vorschreiben, er solle es ignorieren.

»Ich werde mitkommen«, stellte Liv fest, indem sie einige Kleidungsstücke vom Boden aufhob und auf dem Kaffeetisch stapelte. »Wo ist sie? Weißt du es?«

»Ich bin mir nicht sicher, aber ich habe einen Tracker, den ich benutzen kann, wenn ich mich auf die Suche nach ihr mache.« Rory ließ seine Tasche auf den Boden fallen und blickte verwirrt umher. »Und nein, du kannst nicht mitkommen. Du hast deinen eigenen Job zu erledigen. Wenn du das Signal am Matterhorn nicht störst, haben wir nur wenig Grund, die wahre Geschichte aufzudecken.«

Liv wusste, dass er recht hatte. Es fiel ihr schwer, ihm zu erlauben, Bermuda allein zu helfen, obwohl es ihr nicht gefiel, wenn andere versuchten, sich in ihre Pläne einzumischen. »Okay, nun, was kann ich tun um zu helfen?«

»Bleibe mit mir in Kontakt«, sagte Rory. Er nahm einen Block und einen Stift aus dem Regal und reichte ihr beides.

Liv hob eine Augenbraue und hielt hoch, was er ihr gegeben hatte. »Was soll ich damit tun?«

»Schreibe mir damit Nachrichten. Das ist ein Überall-Block.«

»Und ich schicke sie dann per Brieftaube oder Pony-Express zu?«, fragte Liv.

Er zog einen ähnlichen Block aus seiner Gesäßtasche. »Nein, ich bekomme die Nachricht dann hier auf meinem eigenen Block. Genauso, wie ich Mamas Nachrichten bekommen habe.«

»Könnten wir nicht einfach Handys benutzen?«

Rory schüttelte den Kopf. »Nein, das ist viel sicherer.«

DIE AUSSERGEWÖHNLICHE KRAFT

»Bevor du dich auf den Weg machst«, begann Liv und zog ihr Exemplar von *Mysteriöse Kreaturen* aus der Tasche, »müsste ich wissen ob du ein bestimmtes Kraut hast. Ich habe noch nie davon gehört.« Sie öffnete das Buch bis zu ihrem Lesezeichen und blinzelte. »Man nennt es Sturi ... irgendwas.«

»Sturistriderfen«, verbesserte Rory prompt.

Liv warf ihm einen ungläubigen Blick zu. »Wie kommst du darauf?«

»Ich weiß, wie du denkst«, sagte Rory. »Du hast einen Drachen, mit dem du kommunizieren musst, also habe ich es daraus geschlossen.«

»Woher weißt du, dass ich einen Drachen habe, mit dem ich sprechen muss?«, fragte Liv und bemerkte, dass sie noch gar keine Gelegenheit gehabt hatte, Rory von Sophias Ei oder von Indikos zu erzählen, oder von irgendeiner der neuesten Entwicklungen.

»Nun, es ist ein Majunga, um genau zu sein«, korrigierte Rory sich selbst.

Liv verengte ihre Augen. »Woher weißt du das denn nun schon wieder? Ich habe dir noch nichts davon erzählt oder davon, wie Sophia ihr Ei zurückbekommen hat.«

Er schnupperte in der Luft. »Wie könnte ich nicht? Du stinkst nach Majunga. Und das sind gute Neuigkeiten über das Ei. Ich wusste, dass es zu Soph zurückkommen würde. Die beiden sind miteinander verbunden, also bestand kaum eine Möglichkeit, dass es nicht so wäre.«

»Aber bedeutet das dann, dass Adler hinter Indikos, seinem Majunga, her sein wird?«, wollte Liv wissen.

Rory schüttelte den Kopf und schaute sie vorsichtig an. »Ich kann es nicht fassen, dass du seinen Drachen genommen hast.«

»Sein Drache hat *mich* um Hilfe angefleht«, korrigierte Liv. »Auf diese Weise bekamen wir auch Sophias Drachen zurück, der übrigens ›Todd‹ heißt.«

Rorys Gesichtsausdruck verdeutlichte, dass er ihr den letzten Teil nicht abkaufte. »Und nein, ich glaube nicht, dass Adler in der Lage sein dürfte seinem Drachen zu folgen. Wenn der Majunga darum gebeten hat, mitgenommen zu werden, dann war er nicht mit Adler verbunden. Andernfalls würde die Handlung, sie formell zu trennen, beiden großen Schaden zufügen.«

»Wow«, Liv schüttelte den Kopf. »Mir war nie klar, wie das Band zwischen einem Drachen und seinem Reiter oder seinem Gefährten funktioniert.«

»Das ist eine magische Kraft, Liv«, erklärte Rory. »Sie sind eins, was dem einen passiert, beeinflusst den anderen und umgekehrt.«

Liv nickte langsam und versuchte, sich in diese wundersame neue Zukunft zu versetzen, die sich vor ihrer kleinen Schwester entfaltete.

Rory zeigte in den Garten. »Das Kraut, das du suchst, befindet sich in einem Pflanzgefäß zwischen Rosmarin und Lavendel.«

»Selbstverständlich«, erwiderte Liv. »Weil ich dort auch meine Drachentelepathie-Kräuter aufbewahren würde.«

»Wo sollten sie sonst sein?«, fragte Rory und packte weiter Zeug seine Tasche.

Liv ging langsam, mit dem Rücken zur Tür, wollte bleiben und helfen, wusste aber, dass sie ihre eigene Mission hatte, die ihre volle Aufmerksamkeit brauchte. »Okay, aber bitte schreib mir und lass mich wissen, dass es dir gut geht.«

»Das werde ich«, versicherte Rory und stopfte weiterhin Gegenstände in seine Tasche.

»Und lass es mich bitte auch wissen, wenn du meine Hilfe brauchst.«

»Ganz sicher nicht«, antwortete er.

»Und sag deiner Mutter danke.«

Rory blickte auf, ein zärtlicher Ausdruck in seinen Augen. »Wir sitzen jetzt alle im selben Boot, Liv, also ist Dankbarkeit nicht nötig.«

Kapitel 7

Liv schuf ein Portal, um so nah an die Insel Lehua heranzukommen, wie sie nur konnte. Leider war das nicht nah genug. Hawaiki Topasna hatte dafür gesorgt, dass ihre Besucher erst viele Arten gefährliches Gelände durchqueren mussten, um zu ihr zu gelangen.

Liv starrte auf die geschmolzene Lava, die ein paar Meter entfernt brodelte und schüttelte den Kopf. »Wir durchqueren also die Lava, dann den Dschungel und wenn uns nicht ein Zyklon abfängt, dann werden wir wohl rechtzeitig zum Abendessen bei Hawaiki ankommen«, meinte sie zu Indikos, der auf ihrer Schulter saß.

Der Drache antwortete nicht. Stattdessen schlug er mit den Flügeln und hob ab, hoch in den Himmel aufsteigend.

Liv winkte dem kleinen Drachen zu. »Gut, ich treffe dich dann auf der anderen Seite. Ich gehe sowieso lieber zu Fuß.«

Die Insel Lehua galt überall als unbewohnbar. Sie sollte aufgrund eines erloschenen Vulkans unfruchtbar sein. Das glaubten jedenfalls die Sterblichen. Nun und fast alle anderen auch. Es gab nur wenige, die sich auf eine Ahnung hin so weit vorwagten, nur um zu sehen, ob die Geografiebücher auch richtig lagen.

Das taten sie nicht.

Nicht nur, dass der Vulkan nicht erloschen war, wie die geschmolzene Lava zu Livs Füßen bewies, die Insel war auch bei Weitem nicht unfruchtbar, basierend auf dem tropischen Dschungel, der sich auf der anderen Seite erstreckte. Dann waren da noch die Schreie der vielen Vögel in der Ferne, die Liv glauben machten, dass sie auch nicht unbewohnt sein konnte.

Sie beobachtete, wie Indikos immer kleiner und kleiner wurde, bis er auf der anderen Seite des Lavastroms verschwand. Liv hatte versucht, ein Schiff um dieses Gebiet herum auf die Seite der Insel zu bringen, auf der sie die alte Elfe vermutete, aber das hatte nicht geklappt. Stattdessen schipperte sie im Kreis, bis sie aufgab und beschloss, die Stationen zu bewältigen, die sie daran hinderten, auf die Insel zu gelangen.

»Wie durchquere ich geschmolzene Lava?«, murmelte Liv vor sich hin. Sie hatte bereits Schweißperlen auf der Stirn.

»Hast du mal an Fliegen gedacht?«, fragte Plato, der neben Liv auftauchte.

Sie schüttelte den Kopf. »Ich bin kein Drache. Aber hey … weißt du noch, als du dich in einen Greif verwandelt hast? Vielleicht kannst du das nochmal machen und mich über diesen heißen Teich bringen.«

»Keine Ahnung, wovon du sprichst.« Plato hielt die Nase hoch, als ob ihm der Geruch des brennenden Gesteins unangenehm wäre.

»Oh, ich vergaß. Wir spielen schon wieder dieses Spiel.«

»Schon wieder?«, so Plato trocken, als sei sie eine Verrückte.

Sie verstummten, das einzige Geräusch war das Blubbern der Lava. Nach ein paar Minuten sagte Plato: »Weißt du, vielleicht ist sie gar nicht so heiß.«

Ein abruptes Lachen rutschte Liv heraus. »Ist das dein Ernst? Ich habe eine Fliege verdampfen sehen, als sie wenige Meter von der Oberfläche entfernt war.«

Plato zuckte die Achseln. »Ja, ich glaube, aus dieser Entfernung ist es ziemlich warm.«

»Du glaubst?«, fragte Liv und wischte sich wieder einmal den Schweiß von der Stirn.

»Oh, nun ja, ich schwitze nicht, werde nicht heiß oder fühle wirklich keine Veränderung meiner Körpertemperatur.«

»Weil?«

»Magie«, antwortete er einfach.

»Und da dachte ich, du wärest auf einer dieser trendigen Werbebeilagen abgebildet gewesen, in denen alle Hausfrauen in den Wechseljahren so herumblättern.«

Als hätte er sie nicht gehört, hakte Plato nach: »Wie ich schon sagte, hast du ans Fliegen gedacht?«

Sie tippte an ihr Kinn. »Weißt du was, das hatte ich nicht. Lass mich nur ein paar Flügel herzaubern und dann bin ich weg. Ich treffe dich dann auf der anderen Seite des Regenbogens. Öffne den Topf voll Gold aber bitte nicht ohne mich.«

Plato war von dieser Erwiderung aufgrund der Art und Weise, wie er mit den Augen klimperte, nicht beeindruckt. »Man öffnet dort keinen Topf voll Gold. Und ich meine es ernst.«

»Fliegen?«, forderte Liv. »Denkst du, das könnte ich?«

»Nun, vielleicht«, antwortete Plato, deutliche Unentschlossenheit in seinem Tonfall. »Es gibt nur einen Weg, das herauszufinden.«

»Wenn ich versage, werde ich in einem Haufen heißer Lava landen, die, falls du es nicht gewusst hast, meine Knochen zum Schmelzen bringen kann«, vermutete Liv.

»Ich schwitze zwar nicht, aber ich weiß durchaus, was Lava kann.«

»Nur so als Hinweis!«

»Aber im Ernst, hast du es mit einer Beschwörungsformel für Schweben versucht?«, fragte Plato.

DIE AUSSERGEWÖHNLICHE KRAFT

»Das habe ich und ich bin nicht wirklich gut darin«, antwortete Liv. »Ich denke, ich muss sie sicher beherrschen, um sie über heißer Lava aufzuführen.«

»Von meinem Verständnis her gibt es kein besseres Testgelände als das hier«, stellte Plato fest.

»Richtig, denn es steht viel auf dem Spiel.«

»Du wirst dich konzentrieren müssen, anstatt von Jungs zu träumen.«

Liv war beleidigt. »Das habe ich noch nie. Nicht ein einziges Mal.«

»Da *war* dieses eine Mal.«

Sie schaute nach vorne und dachte über ihre Optionen nach. »Also, diese Beschwörungsformel ... glaubst du, sie könnte funktionieren?«

»Sie könnte.«

»Wenn nicht, fängst du mich auf?«, hoffte Liv.

»Ich kann keine Versprechungen machen«, antwortete er.

»Schön, du möchtest also, dass ich mein Bestes gebe?«

»Ich sage, dass ich in etwa zehn Minuten einen Termin habe, also kommt es darauf an«, tat Plato kund.

»Oh, du bist unerträglich.«

Plato hielt die Pfote hoch, als würde er auf die Uhr schauen. »Schau dir das an! Meine Verabredung wurde gerade um fünf Minuten vorverlegt.«

»Ist in Ordnung«, meinte Liv abweisend. »Du kannst jetzt gehen. Ich brauche dich nicht mehr.«

Sie brauchte ihn sehr wohl. Er sollte bleiben und sie retten, wenn sie versagte, aber das wollte sie nicht erwähnen. Stattdessen drückte sie die Augen zu und murmelte die Beschwörungsformel immer und immer wieder, in der Hoffnung, es würde funktionieren. Und in der Hoffnung, dass ihr einfiel, wie sie es kontrollieren musste. In der Hoffnung, dass es anders enden würde als das letzte Mal, als sie versucht hatte zu schweben.

Seitdem sie Shitkphace schweben oder fliegen gesehen, oder was auch immer er in Venedig getan hatte, hatte Liv diesen Zauber zu beherrschen versucht. Es war nicht leicht. Als sie Akio danach gefragt hatte, hatte er die Stirn gerunzelt und erklärt, sie sei viel zu jung und unerfahren, um einen solchen Zauber zu probieren. Anscheinend war es nichts, das Leute versuchen konnten, die nicht wie Shitkphace magische Energie stahlen, aber Liv war entschlossen, genauso knallhart wie ihre Gegner zu sein, ohne allerdings irgendjemandem die Kraft dazu zu stehlen.

»Ich hoffe wirklich, dass das funktioniert«, murmelte Liv vor sich hin und wackelte mit den Fingern an ihrer Seite.

»Du solltest vielleicht deine Augen öffnen«, ließ Platos Stimme vernehmen.

Liv schüttelte den Kopf und presste die Augen noch fester zusammen. »Ich versuche, mich zu konzentrieren. Bringe mich nicht durcheinander, sonst komme ich nie vom Boden hoch.«

»Genau deswegen …«, sagte Plato, den Schalk im Nacken.

Livs Augen sprangen auf. Sie war bereit, ihre Niederlage einzugestehen, bis sie die Luft unter ihren Füßen erspähte. Plötzlich erfüllte sie Panik und sie trat mit ihren Beinen wie beim Fahrradfahren. Automatisch sank sie mehrere Meter herunter, wobei die Sohlen ihrer Stiefel durch den engen Kontakt mit der Lava fast schmolzen. Liv schwamm durch die Luft wieder dorthin zurück, wo sie gewesen war, als sie die Augen geöffnet hatte.

»Darf ich vorschlagen, dass du dich konzentrierst?«, schlug Plato vom Boden aus vor, obwohl seine Stimme klang, als sei sie in ihrem Kopf.

DIE AUSSERGEWÖHNLICHE KRAFT

»Danke für den Tipp.« Liv versuchte geistesabwesend genau das zu erreichen. Sie konzentrierte sich auf das Fleckchen Erde in der Ferne, auf dem sie Indikos landen gesehen hatte. Es lag auf der anderen Seite der leuchtend orangefarbenen Lava, die wie Wasser floss, aber nicht das einladende Aussehen einer kühlen Lagune hatte.

Nie zuvor war sich Liv so bewusst geworden, wie ihre Gedanken alle Aspekte einer Beschwörungsformel kontrollierten. Sobald ihr Fokus leicht abdriftete, verlagerte sich auch ihre Stellung über der Lava, wodurch die Hitze ihren Hintern hochkroch. Mehrere Male musste sie alles ausblenden und sich selbst ermutigen, höher zu gehen. Sie war wie ein Kind, das zu leicht von seiner Umgebung abgelenkt wurde, allmählich wieder nach unten geschwebt, bis sie gefährlich nahe an die Lava gekommen war.

Erst als sie sicher über dem mit üppigen Pflanzen übersäten Boden angekommen war, erlaubte sich Liv den Abstieg und kam wie Mary Poppins bei der Landung am Boden an. Liv bemerkte nicht, dass sie den Atem angehalten hatte, bis ihre Füße den Boden berührten.

Sie hatte es geschafft! Sie war geschwebt. Oder geflogen. Oder was auch immer man in Betracht ziehen wollte. Das spielte keine Rolle mehr, als sie über die Schulter zurückblickte, dorthin, wo sie hergekommen war. Plato stand in der Ferne, sein Schwanz schnippte hin und her, so stellte sie es sich zumindest vor.

Indikos landete lautlos auf ihrer Schulter, ein missbilligender Blick in seinem Gesicht.

Liv blickte den Drachen seitlich an. »Aber ja, ich habe es ohne Probleme geschafft. Danke, dass du gefragt hast.«

Der Drache mochte ziemlich herzlos wirken, aber er hatte seine Momente. Er pickte Livs Schulter an und sie bemerkte, dass er etwas in seinem Mund hatte. Sie hob ihre Hand zu seinem schnabelartigen Maul und wartete darauf, dass er es freigab.

Eine Kakaobohne fiel ihr in die Handfläche. Das war kein Stück reichhaltige Milchschokolade, aber sie würde denselben Effekt haben und ihre Magiereserven wieder füllen.

Liv nahm sie dankbar an und hielt sie hoch. »Danke, Kumpel. Wenn ich es nicht besser wüsste, würde ich sagen, du magst mich.«

Wie als Antwort schwebte der Drache in eine dichte Baumgruppe vor ihnen.

Liv schüttelte den Kopf. »Warum müssen die ganzen magischen, hilfreichen Geschöpfe in meinem Leben immer so Ärsche sein?«

Kapitel 8

Dieser Dschungel schien fast undurchdringlich, denn seine Schlingpflanzen bildeten eine dicke Mauer, die Liv daran hinderte, leicht hineinzukommen. Sie ging umher und suchte nach einem Weg in diese Festung. Als kein Eingang erschien, hob Liv ihre Hand und feuerte einen Zauber auf die dicke Mauer aus Bäumen ab.

Es entstand eine Öffnung, die zu einem dunklen Pfad in den Wald führte. Liv machte einen Schritt vorwärts, aber noch bevor sie eintreten konnte, schloss sich die Öffnung bereits wieder.

»Niedlich«, sagte sie und meinte eigentlich genau das Gegenteil.

Sie glaubte nicht, dass Schweben hier wieder funktionieren würde. Zum einen müsste sie etwa zehn Meter in die Luft abheben, um die erste Reihe Bäume hinter sich zu lassen. Zum anderen war sie besorgt, mit ihren magischen Reserven zu großzügig umzugehen, bevor sie erfuhr, was ihr sonst noch auf der Insel begegnen würde.

In Anbetracht ihrer Optionen versuchte Liv, die beste Strategie für den Weg in den Dschungel zu finden. Sie kam nicht umhin zu denken, dass die Planung einfacher wäre, wenn sie etwas Input aus der Vogelperspektive hätte.

»Schade, dass ich keinen kleinen Drachen habe, der irgendwo herumfliegt«, schrie Liv in den Wald.

Einen Augenblick später hallte ein heftiges Rüttelgeräusch durch die Äste. Liv erwartete, dass Indikos auftauchen und vielleicht bereit sein würde, zu helfen. Das tat er aber nicht.

Sie hatte zwar noch das Kraut, das Rory ihr geschenkt hatte, weil sie dachte, es könnte später noch nützlich sein und ihr bei der Strategieentwicklung helfen. Der Drache war jedoch verschwunden, sodass sie sich allein durchschlagen musste.

»Ich hoffe nur, dass du irgendwann wieder auftauchst«, sagte Liv laut. »Ich bin doch den ganzen Weg extra nur für dich hierhergekommen.«

Sie erkannte, dass das nicht ganz richtig war, als sie ihre Hand an das Schwert ihrer Mutter an ihrer Seite drückte. Das brachte sie plötzlich auf eine Idee.

Liv zog Bellator aus der Scheide und stellte sich dem Dschungel. Sie begründete es damit, dass Hawaiki diesen Zauber auf den Dschungel gelegt hatte, um Magier und andere magische Kreaturen fernzuhalten. Sterbliche wären nicht in der Lage gewesen, es bis hierher zu schaffen, da Boote nicht auf die Insel kommen konnten und Portale nur am anderen Ende erlaubt waren, von wo aus sie gestartet war.

»Entschuldigt bitte, ihr Bäume«, rief Liv, hielt Bellator in die Höhe, bevor sie es schwang und durch die dicken Äste und Ranken schnitt.

Zu Livs Erleichterung wuchs diesmal nichts sofort wieder nach. Sie schnitt weiter durch den Dschungel und malte sich einen Weg aus, obwohl sie nicht genau wusste, wohin sie gehen musste.

»Nochmals, es wäre cool, wenn ich eine magische Kreatur hätte, die hoch oben wäre und mich führen könnte«, murmelte Liv.

Die Wipfel der Bäume zitterten heftig. Liv war sich ziemlich sicher, dass Indikos im Blätterdach herumflog, ihr auflauerte und sich mit ihr anlegte. Das war in Ordnung. Er hatte eine Menge durchgemacht, argumentierte sie. Er war Adlers Drache gewesen, was bedeutete, dass er einige Probleme zu verarbeiten hatte. Trotzdem hatte der kleine Drache sie um Hilfe gebeten und das Richtige getan, indem er ihnen geholfen hatte, Sophias Ei zu finden. Liv glaubte daran, dass Indikos wieder zu sich finden und ein guter Drache sein würde. Zurzeit trieb er sie jedoch in den Wahnsinn.

Liv schnitt gerade durch das Gestrüpp, als sie ein lautes Summen neben ihrem Gesicht hörte. Sie schlug mit ihrer Hand gegen etwas. Noch zweimal summte ein Käfer, der sie belästigte, an ihrem Gesicht vorbei.

Schon nach kurzer Strecke war Liv erschöpft, schweißgebadet und von der Hitze dehydriert. Doch ihre Reserven waren noch nicht einmal annähernd erschöpft. Sie ging davon aus, dass die meisten Magier nicht an solche körperlichen Anstrengungen gewöhnt waren, was Hawaikis Vorgehen zu einer genialen Methode machte, um Leute fernzuhalten, aber das schreckte Liv nicht ab.

Sobald sie sich ausgeruht hatte, schnitt sie weiter durch das Gestrüpp und machte Fortschritte, bis sie zu einem helleren Bereich kam. Eine Lichtung vielleicht, hoffte Liv. Wenn Hawaikis Haus jetzt direkt vor ihr läge, dann wäre es doch keine so schreckliche Mission. Sie wäre rechtzeitig wieder zu Hause, um mit Sophia und Todd zu Abend zu essen.

Liv fühlte sich ermutigt und schlug sich durch mehrere dicke Ranken, gerade als ein Käfer von der Größe eines Pennys auf ihrem Arm landete. Erschrocken über das plötzliche Auftauchen des großen schwarzen Tieres, scheuchte Liv ihn zunächst weg. Ihre Hand beförderte ihn zu Boden, von wo aus er zu ihr aufblickte und eines seiner Beine in die Luft warf und es wütend zu bewegen schien.

Liv schüttelte den Kopf und fragte sich, ob sie Halluzinationen habe. Hatte sie gerade einen Käfer verletzt? Vielleicht waren die giftigen Dämpfe des Vulkans zu ihr durchgedrungen. Oder sie war von einem Laubfrosch gebissen worden. Oder das Universum hatte sie zu seiner eigenen Unterhaltung wieder einmal verwirrt. Sie nahm irgendwie an, dass Gott oder die Götter oder wer auch immer auf diesem Planeten herrschte, ihr Leben als Farce konzipiert hatte, sodass es sich für das Reality-TV eignen musste. Sie stellte sich vor, dass dieses Wesen mit einer Wanne voll Popcorn über sie wachte und lachte, während sich der Blödsinn um Liv herum abspielte.

Die junge Magierin war in diesem Tagtraum gefangen, als ein anderer der großen Käfer auf ihrem Arm landete. Völlig unbekümmert, die Kreatur zu beleidigen, streifte sie ihn ab und schickte ihn zu Boden, wo er davonhuschte. Liv hätte schwören können, sie habe Gemurmel gehört und der Käfer schien beleidigt den Kopf zu schütteln.

»Entschuldigung«, rief Liv ihm hinterher. »Ich nehme niemanden mit.«

Sie marschierte weiter durch den Dschungel, wobei die Lichtung vor ihr immer deutlicher wurde.

»Ein kurioser Ort mit seiner Lava, seinem dichten Dschungel und den leicht beleidigten Käfern«, bemerkte Liv zu sich selbst und erkannte, dass sie in letzter Zeit vermehrt Selbstgespräche geführt hatte. Sie nahm sich einen großen Ast vor, der den Weg versperrte. »Und, nicht dass ich mich rechtfertigen müsste, diese Käfer haben einige ernsthafte Schneidwerkzeuge. Ich möchte lieber nicht ihr Abendessen werden.«

Vorne rüttelte etwas am Blätterdach. Liv hielt inne und fragte sich, ob Indikos bald auftauchen würde.

DIE AUSSERGEWÖHNLICHE KRAFT

Die Äste eines dicken Baumes teilten sich und ein dunkler Schatten fiel auf Liv. Was über Liv erschien, war nicht Indikos. Nicht einmal annähernd.

Die Kreatur, die auf Liv zukam, war riesig ...

Und bereit zu töten.

Kapitel 9

Livs Atem stockte. Bellator zitterte in ihren Händen. Sie verfluchte sich selbst, weil sie angenommen hatte, die Käfer von vorhin wären groß gewesen. Sie hatten nichts mit dem riesigen Vieh zu tun, das sie überragte und dessen Mundwerkzeuge laut klickten.

Das Tier zischte, einer seiner Fühler senkte sich und zeigte direkt auf sie.

»Heeeey«, sagte sie und tat ihr Bestes, freundlich zu klingen.

Der Käfer, der leicht die Größe eines Lastwagens hatte, war gegenüber Livs Begrüßung nicht empfänglich. Er schoss vorwärts, seine Zange versuchte, sie in zwei Teile zu schneiden.

Liv schwang Bellator und sprang dabei mehrere Meter zurück. Sie stolperte über eine der Ranken, die sie zerschnitten hatte und fiel auf ihren Hintern. Bellator klapperte zur Seite, aus ihrer Hand heraus.

Der Käfer ergriff seine Chance und schoss nach vorne, wobei seine Zangen auf beiden Seiten von Livs Gesicht in den Boden stachen und sie fast aufspießten. Am Boden festgenagelt, blickte Liv in die dunklen Augen des Käfers.

»Hallo«, sagte sie sanftmütig. »Schön, dich kennenzulernen.«

Der Käfer schien nicht so erfreut über das Treffen zu sein. Oder vielleicht hatte er keine Manieren, dachte Liv, als er zischte und eine klebrige feuchte Substanz über ihrem ganzen Gesicht verteilte.

DIE AUSSERGEWÖHNLICHE KRAFT

»Ihhh«, machte Liv, die wegen des schrecklichen Geruchs der rotzähnlichen Flüssigkeit eine Grimasse schnitt.

Der Käfer zog sich auf den Hinterbeinen etwas zurück, seine Zangen klappten zusammen. Liv nutzte die Gelegenheit, sich aus dem Weg zu rollen. Ihre Hände suchten nach Bellator, aber es war unter einige dicke Wurzeln gerutscht.

Liv fummelte mit der Hand in die kleine Öffnung zwischen den Wurzeln und versuchte, die Klinge zu greifen, aber sie war in einem merkwürdigen Winkel verkeilt. Sie warf einen Blick nach oben, als der Käfer wie zuvor herunterschoss. Sie gab ihr Bemühen, das Schwert zu holen, auf und rollte sich in den ausgehöhlten Stamm eines Baumes.

Eine Sekunde später und sie wäre in zwei Hälften geteilt worden. Die Zange des Käfers griff die Rinde an und schnitt in sie hinein, aber der Baum war dick genug, um Liv zu schützen.

Sie hob ihre Hand und versuchte, sich eine Beschwörungsformel auszudenken, die auf den Käfer wirken könnte. Nach kurzer Überlegung sandte sie einen Schuss auf den Käfer. Da fiel ihr ein, dass es völlig egal wäre, welchen Spruch sie benutzte. Keiner von ihnen würde funktionieren. Magie war im Dschungel nicht zu gebrauchen. Nicht zum Abholzen von Ranken und Zweigen oder zur Verteidigung gegen einen Riesenkäfer.

Der Rüssel des Käfers steckte nach mehreren Angriffen fest und er rammte seine Zangen in die Seiten. Als sie auf beiden Seiten festklemmten und er zudrückte, gab der Stamm nach.

Liv gingen die Möglichkeiten aus. Sie war hilflos ohne Bellator und Magie im Inneren eines Baumstammes eingeschlossen.

Das Holz um sie herum begann zu splittern und brach fast.

Der Baum, den sie als Schutz benutzte, würde nicht lange halten. Liv wusste, dass sie sich aus dem Staub machen musste. Der Weg durch den Dschungel war jedoch noch nicht frei, was bedeutete, dass sie beim Navigieren um Lianen und Äste herum gebremst werden würde. Oder sie müsste ihre Mission aufgeben und in die andere Richtung zurücklaufen. Und dann war da noch Bellator. Sie konnte ihr Schwert nicht zurücklassen.

Liv war immer noch damit beschäftigt, ihre Möglichkeiten zu durchforsten, als der Käfer schrie und den Boden unter ihren Füßen zum Vibrieren brachte. Er trat rückwärts, seine Mundwerkzeuge hackten blind in die Luft. Liv versuchte herauszufinden, was in den verrückten Käfer geraten war, als sie sah, wie etwas über sie hinweg stürzte. Aus dem Inneren des Stammes konnte sie kaum etwas erkennen. Als sie sich entschied, es zu riskieren, duckte sich Liv aus Loch und sah Indikos gerade herabstoßen und einen der Fühler des Käfers angreifen. Das Biest schlug auf den kleinen Drachen ein, aber er war flink genug, um auszuweichen. Er verschwand im Dschungel und zwang den Käfer, sich umzudrehen, um seinem neuen Feind zu folgen.

Liv hatte keine Chance, Bellator dort herauszubekommen, wo es verborgen war. Sie zog Inexorabilis aus der Scheide auf der anderen Seite ihrer Hüfte. Ein kleiner Stromschlag pulsierte durch Livs Arm.

Sie wusste, was sie als Nächstes zu tun hatte. Es war die einzige Möglichkeit, den Käfer zu besiegen, der glücklicherweise kurzzeitig abgelenkt war, als Indikos wieder herunterrauschte, seinen anderen Fühler angriff und ihn durchtrennte.

DIE AUSSERGEWÖHNLICHE KRAFT

Der Käfer schrie. Zischte. Auf den Hinterbeinen aufgestellt. Würde er genau jetzt umkippen, wäre Liv verloren.

Glücklicherweise ließ sich der Käfer wieder auf seine Vorderbeine fallen und den Boden vor seinem enormen Gewicht erzittern.

Liv gefiel nicht, was sie als Nächstes tun musste, aber es war der einzige Weg.

Indikos kreiste über ihm, seine Augen auf Liv gerichtet. Er sah sie, aber wusste er, wozu sie ihn brauchte?

Sie hoffte, dass er auch ohne das Kraut ihre Gedanken lesen konnte. Liv wusste, dass es nicht sinnvoll war es jetzt zu nehmen, weil Indikos zu weit weg war, als dass es wirken könnte.

Der Miniaturdrache raste wie eine Rakete Richtung Boden und schlängelte sich zwischen den Beinen des Käfers hindurch. Unbeeindruckt von diesem seltsamen Angriff bäumte sich das Biest wieder auf, die Greifwerkzeuge hoch in der Luft.

Liv konnte nicht glauben, dass es funktioniert hatte. Sie sprang zur Vorderseite des Käfers und trieb Inexorabilis in den weichen Unterleib des Monsters.

Es schrie auf, mit den Vorderbeinen wild um sich schlagend.

Liv versuchte, aus dem Weg zu gehen, war aber zu langsam. Die Innereien des Riesenkäfers schwappten über sie und nahmen ihr die Geschwindigkeit, als befände sie sich plötzlich in Treibsand. Die Fortschritte in ihrer Flucht in Sicherheit wurden erheblich gebremst. Über ihre Schulter blickend, sprang Liv nach vorne, ihr Brustkorb verengte sich panisch. Sie war in der Lage, sich ein paar Meter durch den Schleim und die Eingeweide hindurch in Sicherheit zu bringen ... oder zumindest fast. Als der Käfer fiel, stürzte er auf sie und hielt ihren Unterkörper fest. Eine Zange landete nur Zentimeter von ihren Beinen entfernt. Sie blickte zurück, das Schwert ihrer Mutter noch in den Händen.

Der Käfer war tot.

Und seine Eingeweide bedeckten Liv.

Sie schaute zu Indikos hinauf, der über sie hinwegflog. »Danke, Kumpel«, sagte sie, bevor sie ihr Gesicht in der weichen Erde ruhen ließ, damit sie wieder zu Atem kommen konnte.

Kapitel 10

Liv brauchte ganze fünf Minuten, um sich unter dem Kadaver des Untiers herauszuschälen. Nicht nur sein Gewicht machte es schwierig, unter dem Körper herauszukommen, sondern der Schleim, der immer noch aus ihm herausquoll, machte jede Bewegung problematisch. Der Schmutz unter Liv hatte sich schnell in Schlamm verwandelt, der von der Flüssigkeit durchtränkt war. Zweimal war sie auf Hände und Knie gekommen, um dann auszurutschen und direkt wieder auf ihr Gesicht zu fallen.

Als sie endlich auf den Beinen war, erschien Plato und sah sie lässig an.

»Sag kein Wort«, murrte sie und blickte auf ihren Körper, der über und über von Schleim überzogen war.

»Was?«, fragte er unschuldig. »Ich wollte nur sagen …«

»Wenn du etwas darüber erwähnst, dass ich Käfergedärme trage, werde ich kein Katzenfutter mehr kaufen.«

Er zuckte die Achseln. »Dann muss ich wohl Nachos essen. Kannst du Sardellen auf meine Hälfte legen lassen?«

»Nein«, lehnte Liv ab und versuchte kniend, Bellator zurückzuholen. Sie musste ihre Wange in den Dreck drücken, um zu sehen, was das Schwert festhielt. »Wir wissen beide, dass ich meine Nachos nie teile.«

»Ja, das wurde in deiner Akte so vermerkt.«

Liv grunzte, schob und zog, um zu versuchen, die in den dicken Wurzeln verklemmte Klinge zu befreien. »Was steht sonst noch in meiner Akte?«

Plato leckte sich die Pfote. »Dass du dir die Haare nicht kämmst.«

»Das tue ich an Wochenenden«, argumentierte Liv.

»Unangemessene Dinge sagst, wenn du nervös bist«, fuhr er fort.

»Ach wirklich, nur dann oder immer«, fügte Liv hinzu und fühlte sich, als müsse sie sich die Schulter auskugeln, um das Schwert zu befreien.

»Dass du dir zu viele Lucille-Ball-Shows ansiehst.«

»Das ist von Natur aus falsch. Ich schaue die perfekte Anzahl.« Mit einem schnellen Ruck befreite Liv das Schwert und hob es siegreich in die Luft. »Ha-ha!«

»Gute Arbeit«, sagte Plato beiläufig. »Aber nur damit du es weißt ...«

»Wage es nicht, das zu sagen«, warnte Liv und wischte sich mit der Hand über das Gesicht, wodurch der Schaden nur noch größer wurde. Sie musste ein toller Anblick sein, aber sie konnte nicht zaubern und mit einem Lava-See im Rücken und dichtem Dschungel vor sich konnte sie sich nicht frisch machen.

»Was?«, fragte Plato unschuldig.

»Was auch immer du tust, kommentiere mein Aussehen nicht.«

Er blinzelte ihr unnachgiebig zu. »Warum sollte ich das tun?«

Liv steckte Bellator weg und blickte auf ihre schlammigen Hände hinunter. »Mann, dieser Käferschleim stinkt.«

»Käfer?«, fragte Plato.

Liv gestikulierte den Kadaver des Riesenkäfers, der zu dampfen begonnen hatte und einen noch schlimmeren Geruch abgab. »Ja, ich bezog mich auf den Käfer, den ich abgeschlachtet habe.«

DIE AUSSERGEWÖHNLICHE KRAFT

»Oh, Himmel«, rief Plato. »Ich habe ihn überhaupt nicht bemerkt.«

»Klar, hast du das nicht.« Liv nahm das Schwert ihrer Mutter in die Hand und versuchte, es so gut es ging abzuwischen, bevor sie es in die Scheide steckte.

»Wanze, nicht Käfer«, bot Plato an. »Es ist ein weitverbreitetes Missverständnis, aber Wanzen haben eine andere Mundstruktur als ein Käfer. Nicht nur das, sondern …«

»Das ist kein wirklich guter Zeitpunkt für eine Biologiestunde.«

»Wann wäre dann gut?«, wollte Plato wissen. »Ich kann dich für später vormerken.«

Liv schaute in den blauen Himmel und suchte nach dem kleinen Drachen. »Ich weiß nicht, wo Indikos hin ist, aber ich hoffe, dass er bald auftaucht.«

»Er wartet bei Hawaikis Hütte«, erklärte Plato.

Liv seufzte erleichtert. »Danke. Endlich scheint ja etwas auch mal gut zu laufen.«

Sie machte sich auf den Weg zu der Lichtung, die sie durch die Bäume sah. Es war nicht mehr weit.

»Oh, und Liv?«, hielt Plato sie auf.

Sie drehte sich um und dachte, er könnte ihr wertvolle Informationen liefern. »Was?«

»Du hast da etwas im Gesicht«, antwortete er.

Sie schüttelte den Kopf über den Lynx. »Jetzt bist du für mich gestorben.«

»Cool. Wir sehen uns dann zu Hause. Aber wisch dir vor dem Betreten die Füße ab. Wanzeneingeweide lassen sich nur schwer vom Boden entfernen«, verdeutlichte er und verschwand.

Kapitel 11

Selbst das Schlängeln durch das dichte Unterholz entfernte den zähen Schleim nicht. Liv fühlte sich wie ein Auto in einer Waschanlage mit riesigen Bürsten, die an ihr vorbeiwanderten, während sie sich durch den Dschungel zwängte. Als sie schließlich auf der anderen Seite herauskam, war sie aber kaum sauberer geworden.

Liv war dankbar, dass ihr Weg zur Lichtung nicht weiter war, weil sie ein bisschen komisch laufen musste, wegen der seltsamen Substanzen, die jeden Quadratzentimeter ihres Körpers bedeckten. Sie studierte das Gebäude in der Mitte der Lichtung und versuchte, genau zu verstehen, was das sein sollte. Ein Haus war es nicht gerade.

Mit seinen Lehmwänden und dem Grasdach war es mit Sicherheit ein bescheidenes Dach über dem Kopf. Allerdings war bei der Konstruktion und auch bei der Optik definitiv Magie eingesetzt worden. Wenn sie zur Seite blickte, hätte sie schwören können, dass das Gebäude mehrere Stockwerke besaß und wie ein gepflegtes Heim aussah. Wenn sie direkt auf das Haus schaute, war es lediglich ein schrankähnliches Gebilde, das jede Sekunde hätte umfallen können.

Mehrmals wandte Liv ihre Augen zur Seite und jedes Mal war es etwas anderes: ein modernes Haus mit großen Fenstern und einer rechteckigen Form, ein altes viktorianisches Haus mit Türmen und Wasserspeiern, eine stuckverzierte Finca mit Kakteen davor oder ein Sandsteinhaus mitten in der Stadt.

DIE AUSSERGEWÖHNLICHE KRAFT

Rund um das Gebäude herum war es schmutzig und es lagen Werkzeuge verstreut. Auf einem flachen Stein lag ein klobiger, großer Leinensack. Der Sack sah aus, als wäre er zu oft im Regen liegen gelassen worden, denn er hatte Schimmelflecken.

Hinter der Hütte befanden sich ein kleines Feld mit Gemüse und ein paar Obstbäume. Indikos saß, anders als Plato gesagt hatte, nicht auf der Hütte oder irgendwo in Sichtweite. Liv hoffte verzweifelt, dass er auftauchen würde, sonst müsste sie sich einen anderen Plan überlegen, um Hawaiki zur Mitarbeit zu bewegen. Sie hätte das Kraut genommen, das Rory ihr gegeben hatte, Sturistriderfen, aber im Buch stand, der Drache müsse anwesend sein, damit es funktionierte. Außerdem waren Livs Hände vollständig mit Schleim und Eingeweiden bedeckt und sie befürchtete, dass es der Wirkung des Krauts schaden könnte, wenn sie es berührte. Sie würde einfach warten müssen.

Liv realisierte, dass sie im Begriff war, an die Tür dieser Elfe zu klopfen, obwohl sie aussah, als wäre sie in ein Fass mit Schlamm getunkt worden. Sie schob sich ein paar Haare aus dem Gesicht und versuchte, ihre Schulter abzuwischen, als läge dort nur ein winziger Fussel, nicht zäher Schleim. Ihre Bemühungen waren vergeblich, denn an ihrem Aussehen änderte sich nichts, führten aber dazu, dass ihre Hände noch klebriger waren als zuvor.

Sie seufzte niedergeschlagen, als sie sich der klapprigen Tür näherte, die aussah, als stammte sie von einem alten Schiff. Liv war gerade dabei anzuklopfen, als sich etwas in ihr seitliches Blickfeld schob. Der klumpige Leinensack bewegte sich. Plötzlich bemerkte sie, dass der alte braune Sack gar kein Sack war, sondern vielmehr eine ältere Frau.

»Der Besitzer dieses Anwesens ist nicht zu Hause«, sagte die Frau, die wie eine Steinstatue aussah.

»Hmmm ...«, meinte Liv und wich zurück. »Ich bin auf der Suche nach Hawaiki Topasna. Bist du das?«

Die Frau – Liv konnte nicht sagen, ob sie alt war oder ein seltsames Möbelstück oder schön – betrachtete sie. Genau wie das Haus nahm die Elfe eine andere Gestalt an, je nachdem, ob Liv sie von vorne oder aus einem anderen Winkel betrachtete.

»Wo hast du von Hawaiki gehört?«, fragte die Frau.

Liv war ziemlich sicher, dass sie die Elfe war, die sie suchte, obwohl sie noch nie jemanden getroffen hatte, der ihr so fremd vorkam. Sie fühlte sich, als könne sie die Frau nicht klar erkennen. Ihre Gestalt veränderte sich immer weiter und das brachte Liv wirklich völlig durcheinander.

Suchend schaute Liv sich um und versuchte, Indikos ausfindig zu machen. Er war nicht in Sichtweite. Sie musste genau richtig handeln, denn sie spürte, dass die Frau unkooperativ war.

»Ich wurde hierhergeschickt, weil ich etwas für Hawaiki habe«, erklärte Liv.

Als die Frau aufstand, war sie nicht viel größer als im Sitzen. Wenn man sie direkt betrachtete, schien sie eine dunkelhäutige, rundliche Frau mit grauen Locken und kräftiger Statur zu sein. Wie auch immer, wenn Liv sie ansah, erschienen vor ihrem inneren Auge noch andere Gestalten: ein Kind, eine junge Frau, eine Frau mittleren Alters und schließlich auch die ältere Elfe vor ihr.

»Es gibt nichts, was du Hawaiki geben könntest«, sagte die Frau beleidigt, als sie Liv ansah. »Warum bist du damit bedeckt?«

Liv blickte nach unten, ein nervöses Kichern entwich ihrem Mund. »Nun, ich habe den Riesenkäfer abgeschlachtet, der deine Insel terrorisiert hat.«

DIE AUSSERGEWÖHNLICHE KRAFT

»Du meinst Rongo?«

Liv zuckte die Achseln. »Ich hatte keine Chance nach seinem Namen zu fragen, weil er die ganze Zeit versucht hat, mich mit seiner Zange umzubringen.«

»Er hat die Insel verteidigt«, brummte die Elfe und ihre Augen verengten sich vor Wut.

»Und ich habe versucht, mein Leben zu verteidigen«, argumentierte Liv.

Die Frau trabte an Liv vorbei und schüttelte enttäuscht den Kopf. »Deshalb kann ich nicht in der Nähe von euch Magiern sein. Ihr tötet immer alles.«

»Um fair zu bleiben …«

Liv hatte keine Gelegenheit mehr, ihren Standpunkt klarzustellen, weil die alte Frau in ihre Hütte verschwand und hinter sich die Tür zuschlug.

Liv stieß einen langen Atemzug aus und stampfte mit dem Fuß auf. »Bist du Hawaiki?«

Die Tür öffnete sich einen Zentimeter und das braune Auge der alten Frau starrte Liv an. »Ja!«

Sie schlug die Tür wieder zu.

»Aber du sagtest eben, dass Hawaiki nicht zu Hause wäre«, erinnerte Liv.

Wieder öffnete sich die Tür einen Spalt. »Ich war nicht zu Hause. Jetzt bin ich es.«

»Nun, darf ich mit dir sprechen?«, fragte Liv. »Ich bin Liv, eine Kriegerin für das Haus der Sieben und habe eine wichtige Bitte.«

»Nein«, lehnte Hawaiki entschieden ab und schloss die Tür wieder.

Liv seufzte laut. Sie hätte damit rechnen müssen. »Aber ich habe dir ein Geschenk mitgebracht und ich habe gehört, dass es etwas ist, das du dir wirklich wünschst.«

Die Elfe streckte ihren Kopf aus einem Fenster an der Seite der Hütte, das einen Moment zuvor noch nicht da gewesen war. »Wo ist es? Wenn es von Rongos Innereien bedeckt ist, will ich es nicht haben.«

»Das ist es nicht«, erklärte Liv mit einem Blick auf die Baumkronen um die Lichtung herum. »Ich habe es vorübergehend irgendwie verloren, aber wenn du hier rauskommst und mit mir redest, bin ich sicher, dass es bald wieder zurückkommt.«

»Kein Deal.« Hawaiki schloss die Fensterläden.

»Indikos!«, rief Liv zu den Bäumen. »Würdest du deinen Hintern hier runterbewegen? Ich brauche deine Hilfe.«

Schweigen folgte.

»Indikos!«, schrie Liv noch lauter.

Die Fensterläden gingen wieder auf. »Würdest du bitte leise sein? Ich versuche, ein Nickerchen zu machen.«

Liv konnte sich nicht vorstellen, wie die Frau in dieser winzigen Hütte schlafen wollte. Sie sah nicht groß genug aus, um ein Bett zu beinhalten, selbst mit dem zusätzlichen Fenster nicht. »Es tut mir leid. Es ist nur so, dass ich den ganzen Weg gekommen bin, um deine Hilfe in Anspruch zu nehmen. Es ist wirklich wichtig.«

»So wichtig, dass du Rongo töten musstest?«, fragte Hawaiki.

»Ich entschuldige mich«, erklärte Liv. »War er dein Freund? Er hat versucht, mich umzubringen und ich habe mich nur verteidigt.«

»Nein«, antwortete Hawaiki beleidigt. »Er war eine Nervensäge, hat immer meinen Garten verwüstet und die natürliche Vegetation auf der Insel zerstört.«

»Dann habe ich gerne geholfen …«

»Aber er hat Leute wie dich ferngehalten und deshalb hatten wir eine Art Waffenstillstand«, unterbrach Hawaiki.

DIE AUSSERGEWÖHNLICHE KRAFT

»Sollte ich nicht Bonuspunkte erhalten, weil ich an deinen Sicherheitsvorkehrungen vorbeigekommen bin?«, erkundigte sich Liv. »Ich habe auch die Lava hinter mir gelassen.«

»Das ist beeindruckend, trotzdem hast du deine Zeit verschwendet. Geh weg!« Die alte Elfe schloss die Fensterläden wieder.

Liv rollte dramatisch mit den Augen. Natürlich musste Hawaiki eine störrische, unkooperative alte Frau sein und das Geschenk, das sie mitgebracht hatte, um sich ihre Unterstützung zu erkaufen, war natürlich auch verschwunden.

»Warum ist es grundsätzlich so, dass die Person, von der ich Hilfe brauche, immer dagegen ist?«, murmelte Liv vor sich hin und durchdachte ihre Optionen.

Hawaikis Kopf erschien im offenen Fenster. »Wer immer dir gesagt hat, wo du mich finden kannst, hätte auch erwähnen sollen, dass ich nicht mit dir kooperieren würde, völlig egal was du willst.«

»Das hat er«, gestand Liv dumpf. »Deshalb habe ich dir doch das Geschenk mitgebracht, das entflogen ist.«

»Pech für dich also.« Hawaikis Augen sprühten vor Neugierde. »Hast du gesagt, dass mein Geschenk weggeflogen ist?«

Liv nickte, sie glaubte sie würde schielen, weil sie die Frau anstarrte, deren Gestalt sich ständig veränderte und das Haus, mit dem das Gleiche passierte. »Ja, ich habe dir einen Miniaturdrachen mitgebracht, weil Subner behauptet hat, dass du dir schon immer einen gewünscht hast.«

Die Elfe stürmte aus der Tür und stand schneller vor Liv, als sie es für möglich gehalten hätte. »Einen Majunga? Das hast du mir mitgebracht?«

»Ja«, bestätigte Liv niedergeschlagen. »Aber er ist in die Bäume geflogen und ich kann ihn nicht finden.«

Die Elfe schaute Liv missbilligend an. »Hast du versucht, ihn zu töten, wie du es mit Rongo getan hast?«

Liv grunzte. »Nein, ich habe Indikos gerettet und er bat mich, ihn an einen Ort zu bringen, wo er sicher wäre.« Sie blickte sich um. »Obwohl ich mir nicht sicher bin, ob dieser Ort seiner Vorstellung entspricht. Du müsstest schon beweisen, dass du in der Lage bist, dich um ihn zu kümmern. Er hat viel durchgemacht.«

Hawaiki verschränkte die Arme vor der Brust. »Natürlich würde ich einem Majunga das perfekte Zuhause bieten. Es war schon immer mein Traum, einen zu besitzen.«

Liv nickte. »Ich weiß. Deshalb habe ich dir ihn mitgebracht, aber er muss schüchtern sein oder so.«

Die Elfe schüttelte den Kopf. »Nein, das ist er überhaupt nicht. Er beobachtet mich, um zu sehen ob er mich mag.«

Es fiel Liv schwer, ihren Gesichtsausdruck zu unterdrücken, der treffend sagte: ›Ja, wie auch immer, du verrückte alte Frau.‹ Um ihren wertenden Gesichtsausdruck zu verdecken, fragte Liv: »Woher weißt du, dass er dich beobachtet?«

Hawaiki hielt einen dicken Finger in die Luft und zeigte auf ihn. »Er ist genau dort oben in den Bäumen.«

Liv schielte in diese Richtung und sah nichts als Äste und Blätter. »Wenn du das sagst.«

Hawaiki legte ihre Hände auf ihre Hüften. »Du bist also den ganzen Weg hierher gekommen, um mich um Hilfe zu bitten?«

»Ja, und ich habe dir den Majunga mitgebracht, obwohl ich verstehe, dass es nicht zählt, wenn er wegbleibt.«

»Es zählt«, sang die alte Elfe, ein Hauch von Unfug in ihrer Stimme. »Jetzt ist es meine Aufgabe, seine Gunst zu verdienen.«

DIE AUSSERGEWÖHNLICHE KRAFT

»Oh«, sagte Liv erleichtert. »Ich danke dir. Ich brauche deine Hilfe bei …«

»Wenn du mein Haus anschaust, was siehst du dann?«, fiel Hawaiki Liv ins Wort.

Ihre Stirn legte sich bei der seltsamen Frage in Falten. »Eine kleine Hütte.«

Die alte Frau schüttelte den Kopf. »Nein, sieh darüber hinweg. Was siehst du noch?«

»Ich sehe ein paar verschiedene Bauten«, gestand Liv.

Hawaiki machte sich auf den Weg und sammelte Holz vom Boden. »Und wenn du mich ansiehst, welche Gestalt nehme ich dann an?«

Liv kratzte sich am Kopf und versuchte herauszufinden, wie sie die Frage am besten beantworten könnte, ohne unhöflich zu klingen. Sie konnte nicht sagen: »Du siehst aus wie eine alte, runzelige Frau.«

Als sie die Bilder der Frau studierte, die sich in ihrem Kopf mischten, sagte Liv: »Ich sehe wieder ein paar verschiedene Bilder. Du bist jung und dann wieder älter.«

Hawaiki ließ Holz vor einer Feuerstelle fallen, die wenige Augenblicke zuvor noch nicht da gewesen war. »Ja, das ergibt Sinn.«

Liv hatte keine Ahnung, wie das sinnvoll sein konnte, aber das war normal für sie. »Hawaiki, ich bin hier, weil …«

»du Hilfe brauchst, die Erinnerungen zu entschlüsseln, die deine Mutter in ihr Schwert eingeschlossen hat«, ergänzte die Elfe und unterbrach sie erneut.

Livs Mund schlug vor Überraschung zu, dann sagte sie: »Nun, ja. Woher wusstest du das?«

»Zunächst einmal spüre ich das Schwert deiner Mutter, Inexorabilis, an dir und die Erinnerungen sind ziemlich laut«, erklärte Hawaiki. »Zweitens sehen die Leute

77

normalerweise ein bestimmtes Bild meines Hauses, das ihren persönlichen Geschmack widerspiegelt. Diejenigen, die umherirren, können jedoch keine einzige Form meines Hauses deutlich sehen, was bedeutet, dass du diese Information aus dem Schwert deiner Mutter benötigst, um deinen Weg fortzusetzen.«

»Oh«, sagte Liv, überrascht, wie genau die alte Frau beobachtete.

»Nun, und außerdem siehst du genau wie deine Mutter aus«, erklärte Hawaiki. »Ich wusste, dass du die Tochter von Guinevere bist, bevor du mich als Person wahrgenommen hast.«

»Ich war einfach abgelenkt«, erklärte Liv. »Warum kann ich dich in jedem Alter sehen?«

Hawaiki machte sich an die Arbeit und arrangierte das Holz. »Das ist eine sehr gute Frage, auf die ich im Moment leider keine Antwort habe. Die meisten sehen mich nur in einer meiner Gestalten: Kind, Jugendlicher, Erwachsener oder älterer Mensch. Du, Liv Beaufont, bist ein seltsames Individuum.«

»Ich danke dir«, sagte Liv zweifelnd.

Mit einem Schnipsen von Hawaikis Fingern entzündete sich das trockene Holz. »Nun, warum kommst du nicht rein, während das Feuer brennt. Ich werde dir etwas zu essen servieren und einen Blick auf das Schwert werfen, das du mitgebracht hast.«

Liv nickte und folgte der alten Frau zur Tür. »Das wäre großartig.«

Bevor Liv eintreten konnte, winkte Hawaiki mit ausgestreckter Hand umher. »Ich kann nicht zulassen, dass du Rongo überall hintropfen lässt. Schließe deine Augen, Kind. Das könnte ein bisschen weh tun.«

DIE AUSSERGEWÖHNLICHE KRAFT

Liv neigte den Kopf zur Seite, was die alte Frau skeptisch aussehen ließ.

Mit einem frustrierten Blick sagte Hawaiki: »Ich muss dich sauber machen. Oder möchtest du lieber die Wanzeneingeweide in deinem Gehörgang und zwischen deinen …«

»Ja, ja«, sagte Liv eilig. »Ist schon gut. Tu es einfach.« Sie drückte ihre Augen zu und fragte sich, weshalb es wehtun könnte, sich zu waschen. Einen Moment später hatte sie ihre Antwort. Es fühlte sich an, als würde mit einer Wurzelbürste über jeden Zentimeter ihres Körpers geschrubbt. Die Ohren, die Nase und zwischen den Zehen fühlte es sich an, als würden sie mit einem Pfeifenreiniger gesäubert. Gerade als Liv dachte, alles sei erledigt, warf ein Windstoß sie um einige Meter zurück, sodass sie in einem Dreckhaufen landete.

»Nun, ich habe dich erst einmal sauber gemacht«, sagte Hawaiki, als Livs Augen aufsprangen. »Jetzt bist du auf dich allein gestellt.«

Liv stand auf und staubte ihren Hintern ab. Sie war sauber … nun, größtenteils. Der Schleim war verschwunden, aber sie hatte nun etwas Dreck von ihrem Sturz an der Jeans.

»Begleitest du mich hinein, ja?«, lud Hawaiki ein und verschwand in der Hütte.

Liv schüttelte den Kopf und folgte ihr, in der Hoffnung, das Haus wäre innen größer.

Kapitel 12

Das Haus Hawaikis war nicht nur innen größer, sondern auch einfach umwerfend. Die Böden waren aus Marmor, mit einem Muster in Blau und Grün. Darüber befand sich ein riesiger Kronleuchter und eine Zwillingstreppe umrahmte den Eingang. Durch das Wohnzimmer konnte Liv einen glitzernden Pool erspähen, komplett mit Springbrunnen und einem Pavillon.

»Wow, das habe ich nicht erwartet«, bemerkte Liv und drehte sich einmal um die eigene Achse, um die schöne Handwerkskunst des Hauses zu bewundern.

»Du dachtest wohl, ich hätte schmutzige Böden, oder?«

Liv schüttelte den Kopf. »Nein. Ich meine, ich war mir nicht sicher, was mich erwarten könnte. Vielleicht etwas Bescheideneres. Du lebst auf einer Insel, weit weg von allen im Nirgendwo.«

»Ich nehme an, das bedeutet, dass ich Brunnenwasser trinken und keinen Strom haben dürfte?«, fragte Hawaiki.

Liv wusste nicht, was sie erwidern sollte. Das entsprach nämlich genau dem, was sie gedacht hatte.

Hawaiki führte Liv zu einem Tisch im Esszimmer, der neben einem Panoramafenster mit Blick auf einen riesigen Wasserfall stand, der ihr außerhalb der Hütte gar nicht aufgefallen war. »Es ist okay. Du hast das Recht, dich diese Dinge zu fragen«, gestand die Elfe ertappt und senkte ihr Kinn.

»Habe ich das?«, fragte Liv ungläubig.

»Ja«, sagte Hawaiki. »Eigentlich habe ich früher in Manhattan gelebt. Ich musste immer die schicksten Kleider haben. Wenn etwas ›In‹ war, wollte ich die Erste sein die es bekam. Und in dem Moment, in dem ich es hatte, warf ich es in den Müll.« Die alte Elfenfrau starrte umher. »Dieses Haus ist eine Mischung aus dem, was ich einmal war. Das Äußere und der Ort, an dem zu leben ich gekommen bin, erinnert mich daran, wer ich bin. Ich kann nicht mehr in einer Welt leben, in der ich mich nach dem richten muss was populär ist und was nicht. Ich habe das aufgegeben. Ich wollte jedoch nicht leiden, weil ich die Annehmlichkeiten des Lebens eigentlich genieße, also lebe ich fern von anderen und habe ein einfaches Leben. Trotzdem liebe ich immer noch meine Bambusnaturfaserdecken und Juicy Couture-Handtaschen.«

Liv fiel es schwer, sich diese Inselbewohnerin in Designerkleidung und mit einer Tasche vorzustellen, aus der ein Minihund herausschaute. Doch als ihre Augen nicht ganz fokussiert waren, bekam sie einen kurzen Blick darauf, wie Hawaiki vor Jahren ausgesehen hatte. Tatsächlich war sie perfekt gestylt gewesen, mit hohen Absätzen, das Haar in einem Knoten streng zusammengefasst und klimperte mit ihren verlängerten Wimpern, während sie anderen missbilligende Blicke zuwarf.

»War dieses andere Leben von dir bevor oder nachdem du das Schwert meiner Mutter gemacht hast?«, wollte Liv wissen.

Hawaiki setzte sich an den Tisch und seufzte laut, als sei sie erleichtert, endlich von den Beinen zu kommen. »Oh, das war lange bevor ich meine materialistische Phase durchgemacht habe. Ich habe viele Entwicklungen durchgemacht und ich bin sicher, dass du das auch tun wirst.«

»Ich bin mir nicht sicher, ob du mich jemals dabei erwischen wirst, dass ich Prada trage«, bemerkte Liv.

»Vielleicht nicht«, sinnierte Hawaiki. »Aber ich bin sicher, dass du eines Tages eine Geliebte, eine Herzensbrecherin, eine mit gebrochenem Herzen, eine Mutter, eine Großmutter, eine Tante, eine Freundin, eine Verräterin und viele, viele andere Personen gewesen sein wirst.«

Liv wusste nicht, was sie dazu sagen sollte. Sie stand nervös vor dem Tisch, ihre Augen bewegten sich hin und her.

»Siehst du, Liv Beaufont, wir alle haben viele verschiedene Rollen, die wir im Leben spielen«, erläuterte Hawaiki. »Ich habe mich nie viel um Menschen gekümmert, deshalb findest du mich hier. Irgendwann dachte ich, irgendwelche Dinge könnten die Leere füllen, die ich selbst geschaffen hatte, als ich die Welt ausgeschlossen habe. Das hat offensichtlich nicht funktioniert. Und so findest du an diesem Punkt meine Inkarnation hier als alte Frau, die niemanden kennt. Es gibt niemanden, den ich retten, beeindrucken oder verjagen könnte.«

»Davor warst du also eine Salonlöwin?«, fragte Liv und fand es kaum glaubhaft, dass die Frau, die sie mit Sackleinen verwechselt hatte, sich einmal so sehr mit Trends und Mode befasst hatte.

»Ja, und bevor ich die legendäre Schwertmacherin wurde, war ich diejenige, die für meine Rasse die polynesischen Inseln besiedelt hat«, erklärte sie. Hawaiki summte, ein wenig Melancholie in ihrer Stimme. »Ich denke, wie die meisten habe ich versucht, eine gewisse Leere in meinem Leben mit meinen Errungenschaften, meiner Macht, meinem Besitz und vielem mehr zu füllen. Erst jetzt, in den letzten Kapiteln meines Lebens, habe ich versucht, die Dinge zu vereinfachen.«

DIE AUSSERGEWÖHNLICHE KRAFT

Das war nicht die Lektion, die Liv erwartet hatte, aber sie kam bei ihr auf eine Weise an, die sie auch nicht erwartet hatte.

Hawaiki klopfte mit ihren knorrigen Händen auf den Tisch. »Okay, sehen wir uns Inexorabilis an. Ich habe seit langer, langer Zeit keine meiner Kreationen mehr gesehen.«

Die Aufregung in Livs Brust stieg an, bis sie dachte, sie würde explodieren. Sie konnte nicht glauben, dass sie hier war und kurz davor stand, die letzten Momente ihrer Mutter auf der Erde aufzudecken. So vieles hatte bis zu diesem Punkt geführt. Liv wollte mehr als alles andere wissen, was als Nächstes kommen musste und doch wusste sie, dass es alles verändern würde. Vielleicht gefiel ihr nicht, was sie erfahren konnte und sie war sicher, dass es sie auf einen neuen Weg mit neuen Herausforderungen und Gefahren leiten würde.

Liv zog ihren Umhang zurück und nahm das Schwert ihrer Mutter von der Hüfte. Der Stromschlag, der immer mit der Berührung von Inexorabilis einherging, lief ihr durch die Finger, sodass sie es fast auf den Tisch fallen ließ.

Hawaiki beugte sich vor und erspähte Bellator auf der anderen Seite. »Oh, du hast zwei Schwerter, oder? Guineveres Schwert passt nicht zu dir, oder?«

»Nein. Ich hatte dieses Schwert schon, bevor ich das meiner Mutter gefunden habe«, erzählte Liv und änderte dann: »Und eigentlich, nein. Das Schwert passt nicht zu mir. Ich habe immer, seit ich mich erinnern kann, einen Schlag bekommen, wenn ich Inexorabilis berührt habe.«

»Du glaubst wegen dieses Beweises nicht, dass du möglicherweise mit dem Schwert verbunden sein könntest?«, fragte sie. »Einige würden das als positives Zeichen auffassen.«

Liv dachte einen Moment darüber nach und schüttelte den Kopf. »Nein, es war kein magnetischer Schock. Es war ein abstoßender.«

»Oh, so wie man sich fühlt, wenn man jemanden trifft, der nicht zu einem passt«, vermutete Hawaiki. »Nicht wie der Schlag, den du fühlst, wenn du einen Mann siehst, der dir gefällt.«

Liv errötete. »So hatte ich das noch nicht wirklich betrachtet, aber ja.«

»Weißt du, warum ich dieses Schwert Inexorabilis genannt habe?«, fragte Hawaiki.

Liv hatte hundert Vermutungen, aber sie wollte die Wahrheit von der alten Schwertmacherin hören. »Warum?«

»Weil deine Mutter, Guinevere Beaufont, ein Feuer hatte, das ich vorher nur selten gesehen hatte. Man hat deine Mutter einfach angesehen und gedacht: ›Wow, diese Frau ist nicht aufzuhalten.‹ Ich habe das Schwert nach ihr benannt.«

Liv nahm Platz und fühlte sich plötzlich schwer, obwohl sie sich nicht sicher war, warum.

»Wenn ich dich jetzt ansehe, sehe ich dasselbe«, fuhr Hawaiki fort. »Man könnte also denken, dass das Schwert perfekt für dich wäre. Aber du bist nicht deine Mutter. Es ist falsch, wenn du denkst, dass du als Kriegerin für das Haus der Sieben in ihre Fußstapfen treten musst. Sie hatte ihre eigene Rolle. Sie hatte ihre eigenen Herausforderungen. Ihre eigenen Errungenschaften. Du, Liv Beaufont, bist nicht dazu bestimmt, eine Kopie deiner Mutter zu werden. Du bist dazu bestimmt, dein eigenes Ding zu machen. Deshalb glaube ich, dass das Schwert dich zurückgewiesen hat, sodass du zu dem wirst, wozu du bestimmt bist, abgesehen von dem, womit deine Mutter dich gesegnet hat.«

DIE AUSSERGEWÖHNLICHE KRAFT

»Inexorabilis hat mich also abgelehnt?«, erkannte Liv. Sie fror innerlich ein wenig.

Hawaiki nickte, eine plötzliche Erkenntnis sprang in ihr Gesicht. »Ach du liebe Zeit. Ich habe gesagt, ich würde dich versorgen, aber ich habe es nicht getan.« Sie schnippte mit den Fingern und zwei Schalen erschienen vor ihnen. Sie sahen aus, als wären sie mit Brühe, Knochen und seltsamen Blättern gefüllt, die einen stechenden Geruch verströmten.

Die alte Elfe wedelte mit der Hand und sog den Duft der Suppe zustimmend ein. »Oh, du wirst das genießen, wenn du dir die Nase zuhältst und so tust, als wäre es Pizza.«

Liv schaute über den Rand der Schale. »Ist das alles, was ich tun muss?«

Hawaiki lachte, ein seltsam melodischer Klang. »Oh, ja. Ich bin eine schreckliche Köchin und mit den Zutaten, die ich hier draußen habe, kann man keine Klimmzüge machen. Ich würde mich entschuldigen, aber du *bist* unangekündigt hier hereingeschneit.«

»Nun, du hast kein Telefon, auf dem ich hätte anrufen können, oder?«, fragte Liv.

»Nein, es gibt absolut keine Möglichkeit, mit mir in Kontakt zu treten«, antwortete Hawaiki. »Und das mit voller Absicht.«

»Richtig.« Liv schob ihre Suppe weg, nachdem sie daran gerochen hatte. »Danke, aber ich bin nicht hungrig.«

»Nein, du hast gerade eine riesige Menge magischer Kraft verbraucht, um Lava zu überqueren und einen riesigen Käfer zu besiegen.« Hawaiki schaute sie mitleidig an und schob ihre eigene Suppenschüssel weg. »Und ja, das Schwert hat dich zurückgewiesen, weil du deiner Mutter zu sehr ähnelst.«

»Ich verstehe das nicht«, wunderte sich Liv, während sie sich Inexorabilis ansah.

»Es ist ein bisschen kompliziert, aber das Schwert deiner Mutter wurde von mir explizit für sie geschaffen«, verdeutlichte Hawaiki. »Es ist daran gewachsen zu erfahren, was sie brauchen würde. Es nahm ihre Wünsche vorweg, wie ein gutes Schwert das tut. Es entwickelte sich mit ihr. Wenn du dieses Schwert in die Hand nimmst, dann …«

»Könnte ich mich nicht weiterentwickeln«, beendete Liv ihren Satz.

»Genau so ist es«, triumphierte Hawaiki. »Stattdessen hast du dir ein Schwert von einem Riesen anfertigen lassen, das perfekt für dich geschaffen wurde. Ich bin sicher, dass du mit diesem Schwert an deiner Taille deine eigenen Prüfungen und Nöte hattest. Hättest du Inexorabilis gehabt, hätte es dir nie das gegeben, was du wolltest oder gebraucht hast, da das Schwert es bereits Guinevere gegeben hat.«

Liv blickte auf Bellator hinunter und dachte an den Weg, den sie in der kurzen Zeit, die sie zusammen verbracht hatten, gegangen waren. Sie wollte nicht darüber streiten, dass Bellator riesengefertigt war. Es hatte keinen Sinn, das war ihr klar geworden.

Alles, was Hawaiki über das Schwert ihrer Mutter gesagt hatte, ergab Sinn. Es hatte bereits seine Orientierung mit Guinevere durchlaufen. Sie waren sich sehr ähnlich, Liv und ihre Mutter. Deshalb brauchte sie das Schwert ihrer Mutter nicht. Es könnte ihr wenig bieten. Was sie brauchte, war ihr eigenes Schwert, ihre eigenen Herausforderungen, ihren eigenen Weg, da sie die gleiche Rolle wie ihre Mutter angenommen hatte.

Liv schob Hawaiki das Schwert zu und hielt den Atem an. »Okay, ich bin bereit, herauszufinden, welche Erinnerungen das Schwert meiner Mutter birgt. Bist du bereit, es mir zu sagen?«

DIE AUSSERGEWÖHNLICHE KRAFT

Die alte Elfe dachte einen langen Moment nach, ihre knorrigen Finger ruhten auf dem Griff. »Ja, ich werde dir sagen, was du hier herausfinden wolltest. Aber du sollst wissen …«

»Dass das, was ich erfahre, alles verändern wird«, vermutete Liv. »Das sagte meine Mutter in der letzten Botschaft, die sie in der Klinge verbarg.«

Hawaiki schüttelte den Kopf. »So ist es. Deine Mutter hatte recht, dir diese Warnung zukommen zu lassen, aber da ist noch etwas anderes.«

Liv lehnte sich nach vorne und hielt die Luft an. »Was noch?«

»Dies ist die letzte Nachricht, die deine Mutter hinterlassen hat«, sagte Hawaiki, ihre Stimme klang rau. »Es ist das Vermächtnis deiner Eltern. Bist du bereit ihre letzten Momente zu sehen? Ihre letzten Wünsche für ihre Kinder zu erfahren? Danach wirst du für den Weg, der vor dir liegt, ganz auf dich allein gestellt sein. Keine Hinweise mehr von deinen Eltern. Nur du und die Deinen werden den Weg gehen.«

Liv dachte darüber nach. Sie hatte immer gespürt, dass ihre Eltern auf dieser Reise bei ihr waren und sie mit Hinweisen und den Ratschlägen, die sie hinterlassen hatten, gelenkt hatten. Wie oft hatte sie geflüsterte Andeutungen ihres Vaters in den Ohren gehabt? Wie oft hatten die Lektionen ihrer Mutter sie an das erinnert, was sie wissen musste? Aber das war das Letzte, was sie hinterlassen hatten und ihre Geheimnisse aufzudecken, war, als würde man sie begraben. Wenn das geschehen war, würde nichts mehr …

Liv wäre auf sich allein gestellt und müsste diesen Krieg allein führen.

Und dann erinnerte sie sich, mit wem sie zusammen kämpfen konnte.

Mit Clark.
Und Sophia.
Mit Rory.
Und Rudolf.
Mit Stefan.

Und dann waren da auch noch John und Plato und so viele andere. Ob ihre Eltern dafür gesorgt hatten, dass sie so viele Freunde hatte oder nicht, spielte keine Rolle. Sie hatte sie jetzt. Und sie war bereit, sich dem zu stellen, was als Nächstes kam, auch wenn das bedeutete, die letzte Botschaft ihrer Eltern zu hören und damit alles loszulassen, was sie hinterlassen hatten.

»Ich bin bereit«, sagte sie zu Hawaiki, schob Inexorabilis auf die Elfe zu und spürte, wie sich der Schock in ihren Fingern ausbreitete.

Kapitel 13

Mit einem meditativen Gesichtsausdruck zog Hawaiki Inexorabilis näher an sich heran. Sie fuhr mit den Händen einen Zentimeter über die Klinge, ihre Augen begannen, glasig zu werden, während sie leise sang. Nach einer Minute bemerkte Liv, dass sie selbst voller Erwartung den Atem anhielt.

Die Augenlider der Elfe flatterten und ihr Kopf lehnte sich zurück, als würde sie einschlafen. Besorgt darüber, dass sie tatsächlich eingenickt sein konnte, überlegte Liv, einzuschreiten.

Und dann begann das Schwert sich von der Oberfläche des Tisches zu heben und zu glühen. Ein seltsames Klingelgeräusch hallte von der Klinge wider und brachte sie zum Schwingen. Fasziniert von diesem Anblick sah Liv ohne zu blinzeln zu, bis das Schwert wieder auf den Tisch klapperte und Hawaiki ihre Hände zur Seite zog, als wäre sie verbrannt worden. Ihre braunen Augen waren schockiert weit aufgerissen.

»Was ist los?«, fragte Liv, nach vorne gelehnt. »Ist alles in Ordnung?«

Hawaiki stand abrupt auf und schüttelte den Kopf in Inexorabilis' Richtung. »Du hättest dieses Schwert nicht hierher bringen sollen.«

Liv stand ebenfalls auf und schob den Stuhl hinter sich. »Was? Wie? Warum? Was hast du gesehen?«

Die alte Elfe schüttelte weiter den Kopf. »Du hast mich in große Gefahr gebracht. Ich habe Dinge erfahren, die ich nicht wissen sollte.«

»Die sterblichen Sieben?«, hakte Liv nach.

Hawaiki stolperte rückwärts und lehnte sich an die Wand. »Deine Eltern haben versucht, ein Geheimnis aufzudecken.«

»Ja, früher konnten die Sterblichen Magie sehen«, erzählte Liv und wollte ihre Stimme ruhig halten, obwohl die ältere Frau sichtlich zitterte.

»Sie haben sich viele Feinde gemacht wegen ihres Strebens nach Gerechtigkeit.«

»Ja. Hast du gesehen, wer sie ermordet hat?«, fragte Liv weiter.

Hawaiki schluckte, die Augen noch immer vor Schock weit aufgerissen. »Ja«, flüsterte sie.

»Wer war es?« Livs Stimme zitterte.

»Sie wollten ein Signal auf dem Gipfel des Matterhorns abschalten«, fuhr Hawaiki vorsichtig fort.

»Ja, das, was die Sterblichen davon abhält, Magie zu sehen.«

»Du weißt bereits, dass sie beim Besteigen dieses Berges getötet wurden, nicht wahr?«, wollte Hawaiki wissen.

»Ja!«, schrie Liv fast. Das ging ihr alles zu langsam. Sie brauchte Antworten und zwar sofort. »Es war doch kein Unfall, oder?«

Hawaiki schüttelte den Kopf. »Sie wurden in eine Falle gelockt.«

»Wie?«, forderte Liv.

Vorsichtig ging Hawaiki einen Schritt nach vorn. »Deine Mutter hinterließ eine Nachricht im Schwert. Es wäre am besten, wenn du sie selbst direkt von ihr hören würdest.«

Liv wusste nicht, was sie tun sollte. Ihr Blick huschte unsicher hin und her. »Soll ich Inexorabilis berühren?«

Hawaiki nickte. »Ja, und wenn du fertig bist, muss ich dich bitten, etwas für mich zu tun.«

DIE AUSSERGEWÖHNLICHE KRAFT

Liv blinzelte die alte Frau neugierig an. »Was denn?«, erkundigte sie sich.

»Ich brauche dich, um mein Gedächtnis zu löschen«, antwortete sie.

»Was? Wirklich? Warum?« Liv wusste nicht, was sie davon halten sollte.

Die Elfe schüttelte den Kopf. »Du musst erst sehen, was deine Mutter dir hinterlassen hat.« Sie rang mit den Händen, Unentschlossenheit stand schwer in ihren Augen. »Ich wünschte, ich könnte helfen, aber das ist zu wichtig. Ich muss ein ruhiges Leben führen. Ich weiß nicht mehr, was ich jetzt denken soll.«

»Okay.« Liv griff über den Tisch, ihre Finger landeten auf Inexorabilis. Der Schock war diesmal beinahe erschreckend, sodass Liv aufkeuchte. Ohne darauf Einfluss nehmen zu können schlossen sich ihre Augen. Als würde sie durch die Tür der Reflexion treten, befand sie sich augenblicklich in einer Traumlandschaft.

Sie stand auf dem Kamm des Matterhorns, der Wind blies durch ihr Haar. Liv suchte die Gegend ab und fragte sich, warum sie dort war. Ihre Hand ging direkt zu Bellator, aber es war nicht da. Sie fühlte sich nackt ohne ihr Schwert. Wehrlos. Aber warum sollte sie eine Waffe brauchen? Das war nur ein Traum.

Mit einer vollen Umdrehung versuchte Liv zu verstehen, warum sie dort war. Wo war die Nachricht, die ihre Mutter für sie hinterlassen hatte? Sie erkannte die Gegend, in der sie stand. Es sah ähnlich aus wie die Stelle, an der sie Inexorabilis gefunden hatte. Dort, wo ihre Eltern gestorben waren.

»Wenn du hier bist, dann kennst du die tragische Wahrheit«, sagte Guinevere Beaufont im Rücken von Liv.

Sie verkrampfte sich. Sie drückte ihre Augen fest zu. Das war nicht real. Das wusste sie. Aber in ihrem ganzen Leben hatte sich noch nie etwas realer angefühlt.

Liv wandte sich dem Bild ihrer Mutter zu. Sie war, wie Liv, gut gebaut. Ihre Mutter sah genau so aus, wie sie sie in Erinnerung hatte, mit ihrem langen wallenden blonden Haar und den gütigen blauen Augen. Sie betrachtete ihre Tochter mit einem zarten Lächeln, ihr Kinn hoch erhoben.

»Mama …« Liv erkannte ihre eigene Stimme nicht. Sie klang wieder wie ein Kind.

»Meine süße Olivia«, sagte ihre Mutter und streckte ihr die Arme entgegen.

Ohne zu zögern rannte Liv los und schlang die Arme um ihre Mutter. Und zu ihrem Erstaunen fühlte sich Guineveres Gestalt kräftig an. Sie drückte ihre Tochter an sich. Es war, als ob die letzten fünf Jahre nicht gewesen wären. Liv war nie fortgegangen. Sie hatte ihre Eltern nie vermisst. Sie hatte nie die Einsamkeit gespürt, die sie nach dem Verlassen des Hauses der Sieben erfüllt hatte. Sie hatte nie ihre Magie verschlossen und ihr Geburtsrecht aufgegeben.

In dieser Realität hätte es für die Familie Beaufont ein glückliches Ende gegeben.

Liv wusste jedoch, dass dies nicht wirklich so geschehen war.

Sie zog sich mit Erstaunen im Gesicht von ihrer Mutter zurück. »Wie kommst du hierher?«

»Oh, sieh nur, wie du gewachsen bist, mein Kind. Du bist schöner, als ich es mir je hätte vorstellen können.« Ihre Augen glitten über Liv, sie lächelte anerkennend. »Du bist stark und gesund. Dafür bin ich dankbar. Aber bist du auch glücklich, Olivia?«

DIE AUSSERGEWÖHNLICHE KRAFT

Liv wollte die Dinge direkt angehen und alles mit ihrer Mutter besprechen. Aber sie kam nicht darüber hinweg, dass sie dort war.

»Mama, wie kannst du hier sein? Ich verstehe nicht!«

Guinevere lächelte ihre Tochter nachdenklich an. »Ich habe einen Teil meines Geistes in Inexorabilis eingefroren, für den Fall, dass meine Kinder jemals das Schwert finden und Antworten brauchen sollten.«

»Aber wie?«, fragte Liv, wohl wissend, dass es unglaublich schwierig war, etwas in dieser Art zu tun. Sie hatte noch nie von jemandem gehört, der so etwas geschafft hätte.

»Ich habe geopfert, was auch immer nach meinem Tod als Nächstes gekommen wäre«, erklärte Guinevere. »Ich habe mich dafür entschieden, in einer Art Fegefeuer zu leben, zumindest vorerst – bis eines meiner Kinder mich finden sollte.«

»Aber bedeutet das, dass du hier auf der Erde geblieben bist?«

Sie nickte.

»Und Papa?«, fragte Liv.

»Er ist weitergegangen«, erklärte ihre Mutter.

»Aber du hast einen Teil deines Geistes im Schwert gelassen? Warum?«, wollte Liv wissen.

»Weil ich meine Kinder nicht verlassen wollte«, erklärte Guinevere, dann schüttelte sie den Kopf. »Natürlich wollte ich euch nicht verlassen. Aber ich wusste, wenn mir etwas zustoßen sollte, müsste ich Antworten geben. Es war mir wichtig, dass die Familie der Beaufonts die Dinge ein für alle Mal beendete.«

»Ich verstehe nicht«, antwortete Liv. Sie konnte nichts davon nachvollziehen.

Ihre Mutter nickte. »Ich wusste, wenn mich etwas aus dieser Welt verbannen würde, wäre es auch hinter meinen Kindern her. Ich konnte euch nicht alle schutzlos zurücklassen.«

»Bevor du gestorben bist, hast du also dieses Stück deiner Seele in das Schwert gepackt?«, fragte Liv, schockiert über die Menge an Macht, die ihre Mutter hatte aufbringen müssen, um so etwas zu tun. Sie hatte noch nie von jemand anderem gehört, der in der Lage gewesen wäre, so etwas zu tun.

»Wir haben nicht viel Zeit. Entschuldige meine Eile, aber ich muss dir die Dinge schnell erzählen.« Ihre Mutter zeigte auf den Gipfel des Matterhorns. »Olivia, du weißt, was da oben ist, nicht wahr?«

Sie nickte. »Es gibt ein Signal, das die Sterblichen daran hindert Magie zu sehen.«

Ihre Mutter nickte anerkennend. »Ich habe vermutet, dass unsere Kinder den Hinweisen folgen würden, die wir hinterlassen haben. Ich vermute, dass auch Ian und Reese der Sache nachgegangen sind.«

Liv erstarrte. Sie wusste nicht, wie sie ihrer Mutter die Wahrheit über ihre Kinder sagen sollte, nicht einmal dem Geist ihrer Mutter. Wie konnte sie ihr sagen, dass zwei ihrer Kinder tot waren? So hatte sie sich dieses eigentlich unmögliche Wiedersehen nicht vorgestellt.

Aber Livs Gesicht musste es verraten haben.

»Sie wurden getötet, nicht wahr?«, fragte Guinevere.

»Es tut mir leid«, sagte Liv als Antwort. Der Ausdruck, mit dem ihre Mutter sie zur Antwort ansah, ließ sie in die Knie gehen. Noch nie zuvor hatte sie solchen Herzschmerz auf einem Gesicht gesehen.

Guinevere wischte sich eine einzige Träne aus dem Augenwinkel und stellte sich aufrechter. »Ich wollte meine Kinder nie in Gefahr bringen, aber ich weiß auch, dass wir, die Beaufonts, kein Leben ohne Gefahren führen können.

DIE AUSSERGEWÖHNLICHE KRAFT

Wir haben ein wichtiges Vermächtnis hinterlassen bekommen und leider wusste ich, dass meine Kinder sich diesen Herausforderungen auch stellen würden.«

»Vermächtnis?«, fragte Liv. »Du meinst als Krieger und Ratsherr für das Haus?«

Ihre Mutter schüttelte den Kopf. »Das ist ein Teil davon, aber deshalb bist du nicht hier.«

»Warum bin ich hier?«, fragte Liv und hatte das Gefühl, dass die Frage seltsam war, als sie aus ihrem Mund ploppte.

»Olivia, du weißt doch vom Großen Krieg, oder?«

»Ja, Sterbliche gegen Magier«, antwortete sie.

»Das ist richtig«, sagte Guinevere. »Die Beaufonts waren gegen diesen Krieg. Die Familie deines Vaters war der Meinung, dass die beiden Seiten nicht gegeneinander kämpfen sollten. Es gab jedoch so viele Spannungen zwischen den beiden Kräften, dass die Beaufonts ihn nicht verhindern konnten. Was nach dem Krieg geschah, konstruierte einen Großteil der Welt, so, wie du sie heute erlebst. Ich weiß nicht alles, was passiert ist, weil vieles davon vertuscht wurde.«

»Zum Beispiel, wie die Geschichte ausgelöscht und neu erzählt wurde?«, fragte Liv nach.

»Ja. Ich sehe, du hast hart daran gearbeitet, die Wahrheit zu finden.« Guinevere starrte lange auf den Gipfel, bevor sie fortfuhr: »Nach dem Krieg schufen Krieger und Rat der Beaufont-Familie im Geheimen einen unglaublich mächtigen Zauber. Sie schufen ihn, damit wir als Beaufonts, egal was passierte, immer in der Lage sein würden, die Wahrheit zu finden.«

»Was?«, fragte Liv, die die Antwort bereits kannte. »Dass Sterbliche Magie sehen können?« Dann erinnerte sie sich an das, was Papa Creola gesagt hatte und fügte hinzu: »Dass die Sterblichen die Quelle der Magie sind?«

Guineveres blaue Augen leuchteten auf. »Du bist noch klüger als damals, als ich dich verließ, meine Liebe.«

Liv errötete. Es fühlte sich seltsam an, das von ihrer Mutter zu hören und doch war es eines der vielen Komplimente, nach denen sie sich in den letzten fünf Jahren gesehnt hatte. Klug zu werden, ohne dass ihre Mutter es miterleben konnte, war nicht genug. Ohne ihren Vater – der es miterleben konnte – mutig zu sein, war auch nicht genug. Hier zu stehen und den dankbaren Geist ihrer Mutter zu sehen ... nun, das könnte einige Verletzungen heilen.

»Siehst du, mein Schatz, in der Zeit nach dem Krieg ist viel passiert«, so Guinevere weiter. »Aber die Vorfahren deines Vaters, die wussten, dass sich die Dinge für immer ändern würden, schufen einen Zauber, damit ein Beaufont immer die Wahrheit herausfinden und sie eines Tages hoffentlich aufdecken könnte.«

»Wir sind also gezwungen, die Geheimnisse der Sterblichen zu entdecken?«, fragte Liv.

Ihre Mutter nickte. »Das ist unsere Rolle in diesem Haus, oder zumindest eine von ihnen.«

Liv wusste nicht, was sie mit diesen Informationen anfangen sollte. Sie war fast enttäuscht, als sie erkannte, dass es nichts Besonderes war, die Hinweise zu entschlüsseln, die Reese und Ian hinterlassen hatten. Sie beschritt nur den Weg, auf den dieser Zauber sie gebracht hatte.

»Seit Generationen«, fuhr ihre Mutter fort, »haben Beaufonts versucht, die Wahrheit über die Sterblichen aufzudecken. Doch etwas oder vielmehr jemand hat uns immer aufgehalten.«

»Weißt du, wer?«, forderte Liv.

»Jetzt, ja«, antwortete Guinevere. »Aber vor meinem Tod nicht. Und diejenigen, die vor deinem Vater und mir kamen, wussten es auch nicht. Es gibt diejenigen, die bestrebt sind, das Geheimnis zu wahren, die Sterblichen vom Haus fernzuhalten und somit die Magie vor den Sterblichen verborgen zu halten. Dann gibt es diejenigen, deren Aufgabe es ist, die Dinge in Ordnung zu bringen und die Welt so zu gestalten, wie sie vorher war.«

»Die Beaufonts«, erkannte Liv, die sich des Vermächtnisses bewusst war, das sie zu tragen hatte.

»Ja, mein Kind«, sagte ihre Mutter. »Nur ein Beaufont kann das Geheimnis über die Sterblichen weitergeben. Der Zauber, der vor langer Zeit gewirkt wurde, sorgt dafür, dass andere, die die Wahrheit kennen, sie fast sofort vergessen, es sei denn, ein Beaufont verrät sie ihnen ausdrücklich. Wenn sie jedoch von einem Beaufont informiert werden, dann werden sie es nicht nur nicht vergessen, sondern sie werden auch den Drang verspüren, die Dinge wieder so zu gestalten, wie sie waren.«

»Du behauptest also, wenn Bob Johnson oder Jim Smith oder wer auch immer über die geheime Geschichte der Sterblichen Bescheid weiß, wird er sie bald vergessen«, wiederholte Liv langsam und versuchte, ihren Verstand auf diese Komplexität einzustellen. »Wenn er jedoch von einem Beaufont informiert wird, dann kann er es nicht nur nicht vergessen, sondern wird die Dinge auch in Ordnung bringen wollen?«

Die Art und Weise, wie sich das Gesicht ihrer Mutter veränderte, während sie lachte, raubte Liv fast den Atem. »Ja. Ich habe deinen Humor vermisst, Olivia.«

Wieder errötete Liv. »Warum konnte unsere Familie dann nicht einfach eine große Ankündigung machen, damit die Sterblichen zurückkommen?«

Guinevere nickte, ein wissender Blick in ihren Augen. »Vor Generationen hat das einer deiner Vorfahren versucht.

Jeder, dem er davon erzählte, wurde getötet. Du siehst, die Wahrheit zu kennen, macht uns nicht unbesiegbar. Ganz im Gegenteil, das macht uns besiegbar. Wir sind die Zielscheiben. Die Suche nach der Wahrheit macht uns dazu, wie du sicher schon festgestellt hast.

Leider gibt es keine Geschichtsbücher über die Beaufonts oder das Haus der Sieben, die du studieren könntest. Wenn es welche gäbe, würdest du feststellen, dass jede einzelne Generation von Kriegern und Ratsmitgliedern unserer Familie einen frühen Tod erlitten hat. Das war keine Rolle, die dein Vater und ich leichtfertig übernommen haben, nachdem wir die Wahrheit gehört hatten. Du kennst auch die verborgene Geschichte und würdest du deshalb vor dieser Mission zurückschrecken?«

»Auf keinen Fall!«, entgegnete Liv mit unerwarteter Leidenschaft sofort. »Wir brauchen die Sterblichen. Sie brauchen uns. Wenn ich sie nicht wieder mit der Magie verbinde, dann …«

»Dann werden wir sie für immer verlieren«, beendete ihre Mutter den Satz. »Das war genau der Grund, warum dein Vater und ich so hart daran gearbeitet haben, das zu vollenden, was seine Vorfahren unermüdlich immer wieder aufzudecken versucht hatten. Aber am Ende haben wir offensichtlich versagt.«

»Nein, Mami«, argumentierte Liv. »Du hast Hinweise hinterlassen. Den Ring des Kriegers und Inexorabilis und mehr.«

»Dein Vater und ich kannten die Risiken, denen wir ausgesetzt waren und wir wussten, dass es das wert war. Wir konnten unsere Familie nicht wachsen lassen und nicht gleichzeitig für eure Zukunft kämpfen. Und wie du jetzt weißt, ist ein Beaufont gezwungen, die Wahrheit aufzudecken.

DIE AUSSERGEWÖHNLICHE KRAFT

So funktioniert der Zauberspruch. Da nur diejenigen, die von einem Beaufont informiert werden, sich an das Geheimnis erinnern werden, haben wir es immer nur einer anderen Person erzählt.«

»Bermuda Laurens«, vermutete Liv im Flüsterton.

»Ja, und obwohl sie versucht hat, uns zu helfen, wurden ihr die Gefahren und Risiken zu viel«, erklärte Guinevere. »Kurz vor unserem Tod hat sie allerdings aufgehört nach der Wahrheit zu suchen.«

Liv lächelte leicht. »Bermuda ist jetzt wieder dabei.«

Guinevere erwiderte das Grinsen. »Ich bin nicht überrascht. Selbst wenn man die Mission für eine kleine Weile aufgibt, wird es nicht von Dauer sein. Der Zauber macht sie unruhig, wenn sie nicht nach der Wahrheit über die Sterblichen suchen und sie aufdecken. So stark war der Zauber, den deine Vorfahren vor langer Zeit auf deine Familie gelegt haben.«

»Aber warum?«, fragte Liv.

»Ohne uns würde das Geheimnis der Sterblichen für immer begraben bleiben. Die Geschichte wurde ausgelöscht und verändert. Sterbliche können keine Magie sehen. Es gibt wenig Grund, die Dinge in Frage zu stellen, je nachdem, wie gut sie vertuscht wurden. Aber es gibt eine und wirklich nur eine Familie, die sich immer an die Wahrheit erinnern und versuchen wird, sie aufzudecken. Das sind wir, mein Liebling. Die Beaufonts sind der einzige Weg, die Dinge zu ändern und zur Normalität zurückzukehren. Selbst die Sterblichen Sieben haben nicht die Macht, die Dinge zu ändern. Sie stecken in der Geschichte fest, wie sie neu geschrieben wurde.«

»Aber Bermuda traf einen Elfen, der die Wahrheit kannte, weil er seit Anbeginn der Zeit da war oder so«, erzählte

Liv und dachte dabei an den alten Elfen, den Bermuda befragt hatte, als sie herausfinden wollte, wie die Geschichte ausgelöscht wurde.

»Es gibt einige wenige, die die Wahrheit kennen, wie Papa Creola«, erklärte Guinevere. »Aber selbst Fae, die es seit dem Ersten Weltkrieg gibt, können sich nicht daran erinnern, wie die Dinge waren. Nur diejenigen, die so lange von der Gesellschaft getrennt waren, dass ihr Gedächtnis unangetastet blieb. Und dennoch kann ein Elf die Dinge nicht ändern.«

»Ja, aber ich bin auch nur eine Person«, argumentierte Liv. »Clark, Sophia und ich, wir sind nur …«

Guinevere streckte die Hand nach ihrer Tochter aus und ergriff sie. »Ihr seid alles, was wir noch haben, mein Kind. Wenn euch dreien etwas passiert, wird die Geschichte mit euch sterben. Sterbliche können sich nicht selbst davor retten. Es gibt keine anderen magischen Familien, die unter dem gleichen Zauber stehen wie wir. Nur die Beaufonts haben die Macht, Dinge zu verändern.«

»Ich habe es versucht, Mama«, erklärte Liv, indem sie die Hand ihrer Mutter fest umklammerte.

»Ich weiß, und wenn du hier bist, dann hast du bemerkenswerte Arbeit geleistet. Ich wage zu behaupten, du hast es weitergebracht als jeder andere.«

»Ja, aber jeder Beaufont ist bei dem Versuch, die Wahrheit aufzudecken, gestorben. Welche Chance habe ich dann?«, fragte Liv und fühlte sich plötzlich besiegt.

»Du hast eine sehr seltene Chance, die vor dir keiner hatte.« Guinevere zeigte auf die Felsen in der Ferne und Liv bemerkte, dass Inexorabilis aus den Trümmern ragte, genau so, wie es gewesen war, als sie es geborgen hatte. »Es war schwierig, Informationen für die nächste Generation zu hinterlassen. Diejenigen, die nicht wollen, dass das Geheimnis aufgedeckt wird, die es genauso hartnäckig schützen wollen, wie wir dazu getrieben werden, es aufzudecken, haben nie aufgehört, das zu zerstören, was wir zurückgelassen haben. Sie haben getötet, um uns von den Ermittlungen abzuhalten. Sie haben unseren Besitz genommen, sodass unsere Kinder nichts mehr daraus lernen konnten. Du jedoch hast Inexorabilis gefunden, und deshalb hast du einen einzigartigen Vorteil, den kein anderer hatte.«

»Weil du einen Teil von dir selbst in das Schwert eingeschlossen hast?«, fragte Liv.

Ihre Mutter nickte. »Das bedeutet, dass ich dir etwas sagen kann, das dir einen Vorteil verschafft.«

Liv spannte ihren Körper an. Sie bereitete sich vor. »Ja.«

»Meine süße Olivia, du musst einen Weg finden, die Registrierung deiner Magie aufzuheben.«

Von all den Dingen, die Liv von ihrer Mutter hören wollte, war dies das am wenigsten erwartete. »Was? Wie? Warum?«

»Seit dies alles geschieht, haben die Royals des Hauses ihre Magie registrieren lassen müssen«, erklärte Guinevere. »Dein Vater und ich wurden getötet, so wie ich vermute, dass auch Ian und Reese getötet wurden und wie ich jetzt glaube, dass unsere Vorfahren ermordet wurden.«

»Ich verstehe nicht, warum die Aufhebung der Registrierung meiner Magie irgendetwas ändern sollte«, führte Liv aus. Nicht nur das, sie hatte auch keine Ahnung, wie sie ihre Magie überhaupt abmelden könnte. Sie war eine Kriegerin für das Haus der Sieben. Wenn sie ihrer Magie nicht mehr folgen konnten, würde das sofort entdeckt werden.

»An dem Tag, an dem dein Vater und ich auf dem Matternhorn ermordet wurden, versuchten wir zu kämpfen, aber wir hatten keine Chance.«

»Weil eure Magie verschlossen war«, vermutete Liv.

Ihre Mutter nickte. »Das ist richtig. Solange deine Magie registriert ist, wirst du im Nachteil sein, wenn du dich gegen den stellen willst, der uns seit Generationen zu Fall bringt.«

Natürlich, dachte Liv. Wenn die Beaufonts die Familie waren, die mit der Enthüllung der Geheimnisse beauftragt war, musste es eine geben, die die entgegengesetzte Mission hatte.

»Mama, wer hat dich ermordet?«, fragte Liv, die die Antwort bereits kannte, sie aber unbedingt hören wollte.

Ihre Mutter lächelte sie an. »Es war Adler Sinclair. Er hat unsere Magie verschlossen und dann seine Macht genutzt, um uns in den Tod zu treiben.«

Kapitel 14

Tief in ihrem Herzen hatte Liv das gewusst.

Adler Sinclair hatte ihre Familie getötet.

Sie hatte gewusst, dass ihre Eltern ermordet worden waren. Tief im Inneren hatte sie vermutet, dass das Haus der Sieben alles vertuscht hatte. Ihre angeborene Abneigung gegen Adler hatte ihr gezeigt, dass er ein schlechter Mensch war. Aber sie musste zugeben, dass sie nicht angenommen hatte, dass er selbst derjenige war, der ihre Eltern getötet hatte, nicht wirklich. Es ergab Sinn, ja, aber erst angesichts der erschreckenden Wahrheit konnte sie es wirklich als Tatsache verdauen.

»Er hat dich umgebracht«, keuchte Liv. »Trotz verschlossener Magie stand er hier und hat dich niedergemetzelt wie ein Feigling.«

Guinevere nickte. »Jetzt verstehst du also, warum du deine Magie unregistriert bekommen musst. Du, Clark und Sophia.« Der Gesichtsausdruck ihrer Mutter änderte sich plötzlich. »Oh, wie geht es ihnen? Bemüht sich Clark so sehr wie immer? Und die kleine Sophia? Wird sie ein großes Mädchen?«

Es fühlte sich nach einer zu kurzen Zeitspanne an, als Liv und ihre Mutter auf dem Pfad hinauf zum Matterhorn zusammensprachen. Es war surreal für Liv. Eigenartig und gespenstisch. Perfekt und doch nicht richtig. Sie wollte, dass das Wiedersehen woanders stattfand. An einem Ort, der nicht nur wenige Meter vom Todesort ihrer Eltern entfernt war. Und doch war das alles, was sie hatte und es war vorüber, bevor sie dazu bereit war.

»Meine Liebe«, unterbrach Guinevere, als Liv ihr von Sophia erzählte. »Es tut mir leid, aber ich muss jetzt gehen.«

»Ich will nicht, dass du das tust«, gestand Liv den Tränen nah.

»Ich weiß, aber meine Zeit ist um. Ich kann nicht mehr länger bleiben.«

Livs Augen huschten auf Inexorabilis. »Gehst du wieder in das Schwert?«

Sie schüttelte den Kopf. »Oh, nein. Du hast mich befreit, Liebling. Ich habe keinen Grund mehr, dorthin zurückzukehren. Eines meiner Kinder hat mich gefunden, wie ich es vorhatte. Jetzt kann ich endlich weiterziehen.«

Die Tränen, die Liv von Anfang an zurückgehalten hatte, drängten an die Oberfläche. »Gehst du weiter zu Papa?«

Aus den blauen Augen von Guinevere liefen Tränen. »Ich weiß es wirklich nicht, mein Liebes.«

»Wenn du das tust, kannst du ihm sagen ...«

Ihre Mutter hob die Hand und brachte sie zum Schweigen. »Er weiß, dass du ihn liebst. Es gibt niemanden, der je die Wärme deiner Liebe gespürt hat und nicht wusste, was du für ihn empfindest, denn wenn du dich um jemanden kümmerst, ist das wie Sonnenschein an einem kühlen Tag, Olivia. Aber wenn ich deinen Vater wiedersehen werde, möchte ich ihm etwas sagen, was er nicht weiß. Das ich nicht weiß. Etwas, das nur du beantworten kannst.«

Liv blinzelte ihrer Mutter zu und fragte sich, was das sein sollte. »Ja?«

»Olivia, bist du glücklich?«, fragte Guinevere.

Es war eine so einfache Frage. Die einfachste, wirklich – entweder mit ja oder nein zu beantworten. Es war wie die

Frage, ob jemandem warm oder kalt war. Es war nicht kompliziert. Und doch hielt Liv inne, weil sie nicht wusste, wie sie die Frage ihrer Mutter beantworten sollte.

»Ich bin nah dran«, gestand sie schließlich.

Ihre Mutter, die immer noch ihre Hand hielt, drückte sie mit einer Kraft, die Livs Herz zusammenschnürte. »Was hält dich zurück, Liebes?«

»Es ist nur, dass ich euch beide so sehr vermisse. Dann sind da noch Ian und Reese, und ...« Nun flossen die Tränen in Strömen über Livs Wangen und erinnerten sie daran, dass sie ein Mädchen mit Verletzungen, Ängsten und einer Geschichte mit Zaubersprüchen ihrer Vorfahren war und nicht nur eine Magierin, die undurchschaubar war, wie sie oft dachte.

»Du darfst für uns nicht auf dein Glück verzichten«, bat Guinevere. »Wenn überhaupt, dann sind wir gestorben, damit die nächste Generation eines Tages der Wahrheit so viel näherkommen kann. An einen Ort, an dem alle Rassen glücklich sind. Du bist davon nicht ausgeschlossen, Kind. Du magst ein Krieger für das Haus sein, aber dein Recht auf Glück ist dasselbe wie das aller anderen. Es ist dein Geburtsrecht. Du wurdest geboren, um die Wahrheit zu finden. Du wurdest geboren, um für Gerechtigkeit zu kämpfen. Und mehr als alles andere, Olivia Beaufont, wurdest du geboren, um glücklich zu sein.«

Kapitel 15

Livs Mutter begann viel zu früh zu verblassen. Sie hatten kaum noch Zeit, sich in die Arme zu nehmen und gemeinsam zu weinen, bevor Liv zurück in Hawaikis Küche war und sich ihre gegenwärtige Realität um sie herum entfaltete.

»Sie hat dir die Wahrheit gesagt?«, fragte die alte Elfe, als Liv die Augen öffnete, ihre Finger noch immer an Inexorabilis gepresst.

Liv behielt ihre Finger dort und dachte, sie könne wieder zum Matterhorn transportiert werden. Sie brauchte nur noch einen weiteren Blick in die zeitlosen Augen und das unbeschwerte Lächeln ihrer Mutter. Sie brauchte nur ihr Bild in ihrem Gedächtnis zu fixieren, damit sie sich eines Tages, wenn sie alt wäre, an die Person erinnern konnte, die sie mit ihrer Leidenschaft und ihrem Mut am meisten inspiriert hatte.

Als das Schwert sie nicht transportierte, warf Liv der Elfe einen Blick zu und schüttelte den Kopf. »Ist sie ...«

»Sie ist weg«, antwortete Hawaiki. »Sie ist so lange geblieben, wie sie konnte.«

»Aber ich hatte ihr noch so viel zu sagen«, argumentierte Liv, als hätte Hawaiki Einfluss darauf.

»Es gibt nie genug Zeit für zwei verbundene Seelen auf der Erde.«

»Aber ...«

»Was deine Mutter getan hat, habe ich noch nie gesehen«, unterbrach Hawaiki sie. »Sie hat viel geopfert, um diese

Information an dich weiterzugeben. Um diese Chance zu erhalten. Du hättest ihr Schwert vielleicht niemals finden können und dann würde sie für immer dort festsitzen. Das war das Risiko, das sie eingegangen ist. Du musst immer dankbar sein, dass du diese Zeit hattest, die du mit ihr verbringen durftest. Das war wirklich ein Geschenk, das die meisten anderen mit denen, die sie verloren haben, nie haben werden.«

Liv nickte und erkannte, dass die alte Elfe recht hatte. Sie hatte ihre Mutter ein letztes Mal gesehen, etwas, das sie nie für möglich gehalten hätte. Sie zog ihre Hand vom Schwert ihrer Mutter weg, richtete sich auf und versuchte, sich zu beruhigen.

»Du möchtest also, dass ich dein Gedächtnis lösche, weil du diesen Kreuzzug nicht aufnehmen willst«, vermutete Liv.

Hawaikis Gesicht war voller Scham. »Mir ist klar, dass ich helfen sollte, aber meine Zeit zu kämpfen ist vorbei. Ich möchte den Rest meines Lebens in Frieden verbringen.«

Liv konnte dem nicht widersprechen. Hätte sie jemals eine Wahl gehabt, hätte sie sich vielleicht dafür entschieden, auf die Wahrheit zu verzichten. Sie vermutete jedoch, dass sie es nicht getan hätte. Für Gerechtigkeit zu kämpfen, war etwas, das ihr tief im Blut lag. Das wusste sie jetzt. Ihre Vorfahren hatten alles getan, damit sie die Tyrannei, die vor langer Zeit begonnen hatte, beenden konnte und Liv würde nicht ruhen, bis sie dem ein Ende gesetzt hatte, wogegen ihre Mutter und ihr Vater und ihre Vorfahren gekämpft hatten.

»Ich verstehe«, antwortete Liv, als sie um den Tisch ging. »Was soll ich alles ausradieren?«

»Nur die Erinnerungen aus dem Schwert«, wünschte Hawaiki. »Ich würde mich gerne an dich und unsere kurze gemeinsame Zeit erinnern. Aber sage mir einfach, dass ich den Rest nicht wissen muss. Ich denke, das werde ich verstehen.«

Liv nickte, hob die Hand und konzentrierte sich. Einen Augenblick später war der Zauber vorbei.

Hawaiki blinzelte Liv zu, als versuche sie, sich zu orientieren und blickte sich dann um. »Haben wir es geschafft?«

»Ja«, antwortete Liv, nahm Inexorabilis entgegen und steckte es vorsichtig ein.

»Ich habe dich gebeten, mein Gedächtnis zu löschen, oder?«, fragte Hawaiki.

»Den Rest wolltest du nicht behalten«, erklärte Liv.

Die alte Frau nickte. »Ich kann mich nicht mit meinem Vergangenheits-Ich beschäftigen. Es weiß, was ich mir für meine Zukunft wünsche, die hauptsächlich aus Entspannung und ehrlicher harter Arbeit besteht.«

»Ich hoffe, das wird alles sein, was auf dich zukommt, Hawaiki.«

Es schien, als wollte die Elfe noch etwas sagen. Sie öffnete mehrmals den Mund, aber es kam nie etwas heraus. »Ich schätze, ich sollte dir den Weg nach draußen zeigen.«

Liv nickte und fühlte sich emotionsgeladen.

Als sie das Haus verließen, blinzelte Liv in dem hellen Licht im Dschungel und der fremden Umgebung, die sie verdrängt hatte. Es fühlte sich an, als hätte sie seit ein paar Jahren nicht mehr vor dieser Lehmhütte gestanden und in den Dschungel in der Ferne gestarrt.

»Ich hoffe, du hast bekommen, wonach du gesucht hast, Liv Beaufont«, meinte Hawaiki und blieb stehen, als sie zu dem tosenden Feuer kam, das sie entfacht hatte.

»Ich bin nicht sicher, ob ich weiß, warum genau ich hierhergekommen bin, aber ich habe mehr bekommen, als ich erwartet hatte.«

»Und jetzt, wenn du mein Haus betrachtest, was siehst du?«, wollte Hawaiki wissen.

Liv konzentrierte sich einen Moment lang auf die Lehmhütte und bemerkte, dass sie sich in ein schönes weißes Haus mit einem großen Baum davor verwandelte. »Ich sehe ein Zuhause. Ein richtiges.«

Hawaiki nickte mit einem wissenden Lächeln. »Ja, wie ich es vermutet hatte.«

»Was hast du denn vermutet?«

»Was immer ich dir mit dem Schwert deiner Mutter gezeigt habe, hat den Teil deines Geistes geheilt, der dich zurückgehalten hat«, antwortete sie. »Du bist nicht mehr verloren, wie du es vorher warst.«

Liv wusste nicht, was sie davon halten sollte. Lange Zeit starrte sie wie gebannt auf das schöne Heim, bevor sie ihren Blick zurück auf Hawaiki richtete. Die Elfe nahm immer noch abwechselnd verschiedene Formen von sich selbst an: ein Kind, ein Teenager, ein Erwachsener und eine ältere Frau.

»Ich sehe dich aber immer noch in all deinen Inkarnationen«, erklärte Liv.

»Oh, ja«, sagte Hawaiki. »Ich habe auch nicht erwartet, dass sich das ändern würde.«

»Warum?«

»Weil du etwas Einzigartiges an dir hast, Liv Beaufont. Du siehst die Welt nicht so wie andere, deshalb siehst du mich auch nicht in einer meiner Gestalten, sondern in allen. Ich bin mir nicht sicher, was du im Schwert deiner Mutter gefunden hast oder wohin du von hier aus gehen wirst, aber ich vermute, dass das, was auf deiner Reise vor dir liegt, die Welt berühren wird. Nur jemand, der die Dinge auf so ganzheitliche Weise betrachten kann, kann die Bruchstücke in dieser Sphäre, die wir Heimat nennen, tatsächlich verändern.«

Liv wusste nicht, was sie dazu sagen sollte. Sie wollte gerade nicken und einfach Danke sagen, als ein Geräusch ihre Aufmerksamkeit erregte.

Angespannt schaute Liv auf und sah Indikos gefährlich nahe am Feuer sitzen.

Unerschrocken über die plötzliche Ankunft des Miniaturdrachen, warf Hawaiki einen liebevollen Blick auf Indikos.

Mit einem stolzen Lächeln sagte sie zu Liv: »Ich glaube, ich habe seine Gunst gewonnen.«

»Mit dem Feuer?«, riet Liv.

Sie schüttelte den Kopf. »Oh, nein. Das Feuer war nur ein herzerwärmendes Geschenk.«

Liv lachte und war dankbar, jemanden gefunden zu haben, der auch Freude an Wortspielen hatte.

»Indikos ist aus seinem Versteck gekommen, weil er beschlossen hat, mir eine Chance zu geben«, erklärte Hawaiki. »Von jetzt an können wir uns nur gegenseitig kennenlernen und sehen, ob wir zusammenpassen.«

Liv dachte über die Einfachheit der Aussage nach. War es nicht das, was die meisten versuchten? Zeit miteinander zu verbringen, um herauszufinden, ob man zusammenpasste? Wenn nicht, dann begann die eigentliche Arbeit erst.

Liv holte das Kraut von Rory aus ihrer Tasche und packte es vorsichtig aus. Dann nahm sie einen kleinen Bissen von einem Blatt und kaute darauf herum. Einen Augenblick später hörte sie in ihrem Kopf eine Stimme, von der sie wusste, dass sie nicht ihr gehörte.

Ich mag sie, sagte Indikos. *Mir gefällt es hier und ich würde gerne bleiben.*

Liv nickte anerkennend. *Ich bin froh. Ich hoffe, dass du hier dein Glück findest.*

DIE AUSSERGEWÖHNLICHE KRAFT

Der Miniaturdrache schlug mit den Flügeln und hob in den Himmel ab. *Ich hoffe das Gleiche für dich, Liv Beaufont. Ich danke dir für alles, was du getan hast, um mich zu befreien.*

Kapitel 16

Akio stolperte rückwärts, als Liv einen Schlag auf das Schlagpolster platzierte, das er hochgehalten hatte. Er warf ihr einen überraschten Blick zu, nicht daran gewöhnt, dass sie ihn während ihrer Sparringkämpfe aus dem Gleichgewicht brachte. Es gab nur wenige Kämpfer, die so stark und widerstandsfähig waren wie Akio Takahashi.

Er senkte das Angriffsziel, das er gehalten hatte. »Ein schlafender Drache ist in dir erwacht.«

Liv blinzelte ihm verwirrt zu, bevor sie erkannte, dass das eine weitere Metapher war, mit denen er bei ihren Übungen immer nur so um sich warf. Sie konnte ihm die Wahrheit über Adler nicht mitteilen. Und was noch schlimmer war, jetzt erkannte sie, dass sie weder ihm noch sonst jemandem die Wahrheit über die Sterblichen sagen konnte, ohne sie für diesen Kreuzzug zu verpflichten. Es war nicht so, dass sie die Informationen zuvor freiwillig hergegeben hätte, aber jetzt fühlte es sich viel mehr wie eine Verpflichtung an, sie geheim zu halten.

Dennoch fragte sie sich, wie die Sinclairs und die Beauforts ihre jeweilige Rolle im Haus gefunden und die Takahashis es geschafft hatten, sich herauszuhalten. Sie wünschte sich schweigend, sie hätte eine Takahashi sein dürfen. Doch wenn sie ehrlich zu sich selbst war, wusste Liv, dass das nur in der Theorie gut wäre. In ihrem Innersten glaubte sie, dass sie eine Beaufont war, weil sie eine Person war, die sich

DIE AUSSERGEWÖHNLICHE KRAFT

Gerechtigkeit wünschte. Sie war stolz darauf, dass sie Teil einer Familie war, die über Generationen hinweg Opfer für eine Zukunft in Frieden gebracht hatte. Sie wäre in keiner anderen Familie zufrieden. Außerdem hatten die Takahashis ihre eigenen Nöte und wie auch immer sie aussahen, sie war sich sicher, dass sie einzigartig für sie waren.

Liv schüttelte das Adrenalin ab und meinte: »Ich glaube, in mir ist mehr als nur ein schlafender Drache erwacht.«

Akio betrachtete sie einen langen Moment lang und studierte sie in dieser für ihn einzigartigen Weise, wobei er in ihre Seele zu schauen schien. »Die Konfrontation mit unseren Feinden heilt nie das, was sie uns zu Unrecht zugefügt haben.«

Liv hatte darüber fantasiert, was sie Adler antun könnte, wenn sie ihn traf. Sie hatte hundert verschiedene Szenarien durchgespielt. Er war derjenige, der ihre Eltern, Ian und Reese ermordet hatte. Er musste dafür bezahlen. Sie wusste nicht wo er war und wann er erneut auftauchen würde, aber wenn sie sich jemals wieder gegenüberstanden, sei es im Haus der Sieben oder irgendwo anders, würde sie ihn leiden lassen.

Aber Akio hatte recht. Was auch immer sie Adler antun würde, es konnte ihre Familie nicht zurückbringen. Sie würde sich dadurch vielleicht etwas besser fühlen, aber sie hätte Unrecht, wenn sie glaubte, es würde alles in Ordnung bringen. Es würde diesen Ort nur von einem bösen Mann befreien, damit sie ändern könnte, was er der magischen Welt angetan hatte. Das war ein Anfang, aber es brächte ihr keine Heilung. Das war etwas, das sie sich selbst zugestehen musste.

Liv war dabei, sich neu aufzustellen, damit sie weitermachen konnten, als Akio sich aufrichtete und vor jemandem verbeugte, der in der Tür des Studios stand.

»Kleine Reiterin, bist du gekommen, um mitzumachen?«, fragte Akio.

Als Liv sich umdrehte, sah sie Sophia. Sie trug ein hellblaues Kleid, ein helles Tuch um den Hals gebunden und einen Schlapphut auf dem Kopf. »Es tut mir leid, Meister Takahashi. Heute nicht. Ich unterbreche nur, weil meine Schwester einen dringenden Termin hat, zu dem ich sie abholen muss.«

Liv runzelte die Stirn, als sie ihre kleine Schwester betrachtete. »Einen Termin?«

Sophia nickte und klopfte sich auf das Handgelenk. »Und wir werden zu spät kommen, wenn du dich nicht beeilst und fertig machst. Das steht schon seit Ewigkeiten im Kalender.«

Liv wischte sich den Schweiß von der Stirn und versuchte sich zu erinnern, welchen Termin sie denn hatte. Dann traf es sie wie ein Schlag und sie erinnerte sich genau, warum sie es vergessen hatte.

Seufzend drehte sich Liv zu Akio um und verbeugte sich. »Lieber würde ich noch einige Stunden bleiben und mir von dir in den Hintern treten lassen, als das zu tun, was ich nun tun muss.«

Er erwiderte die Verbeugung mit einem leichten Lächeln. »Ich glaube nicht, dass ich nach dieser Runde heute den Pokal mit nach Hause nehmen dürfte, aber darf ich dir einen Rat geben, Kriegerin Beaufont?«

»Immer«, sagte sie und erkannte, dass sie Akio als einen Freund betrachten durfte. Es war seltsam, denn als sie das Haus der Sieben betrat, hatte sie keine Hilfe gewollt und jetzt erkannte sie die wertvollen Talente der Menschen um sie herum, die sie zunächst als elitär empfunden hatte. Das bewies nur, dass nicht alle in diesem Haus schlecht waren.

DIE AUSSERGEWÖHNLICHE KRAFT

Die Sinclairs waren es und es musste noch andere geben. Es war Teil von Livs Mission, all diese zu finden und zu bestrafen, zusammen mit Adler und Decar. Das war Teil ihrer Rolle in der Justiz.

»Wenn du dich selbst verlierst, nur um die Welt zu retten, ist es das dann wirklich wert?«, erkundigte sich Akio.

Sie öffnete ihren Mund und dachte, die Antwort sei leicht. Doch plötzlich war sie es nicht mehr. Ihre ursprüngliche Antwort ›Ja, absolut‹ schien nicht mehr richtig zu sein. Wären ihre Eltern stolz auf sie, wenn sie beendete, was sie begonnen hatten, aber vergaß, wer sie war?

Liv nickte ihrem Freund einfach zu. »Vielen Dank. Ich werde darüber nachdenken.«

»Ich bin sicher, dass du das tun wirst«, antwortete Akio. »Du bist eine kluge und geschickte Kriegerin. Lass nicht zu, dass dein Zorn das, was du in deinem Herzen als wahr erkennst, verfärbt.«

✶ ✶ ✶

»Im Ernst, musstest du mich wirklich wegen dieses Termins abholen?«, fragte Liv und versuchte, ruhig zu bleiben, damit sie nicht wieder von einer Nadel gestochen wurde.

»Ja«, sagte Sophia, auf dem Bauch liegend und ein Buch durchblätternd. »König Rudolf hat sechzehn Botschaften zu dir nach Hause geschickt, weil du nicht aufgetaucht bist.«

Liv seufzte und fing sich den verärgerten Gesichtsausdruck der Schneiderin ein. Sie war nicht das beste Modell, weil sie während der Anprobe nicht still gehalten hatte. Aber das Tragen eines engliegenden Abendkleides in Rosa und Neongrün war nicht unbedingt ihr Idealzustand. Als Trauzeugin auf Rudolfs Hochzeit wurde von ihr jedoch erwartet, dass sie zu den anderen Trauzeugen passte, die Anzüge in den Farben des Paares tragen würden.

»Ich brauche dich nunmal zum Anpassen, Schatz«, erklärte die Näherin und band Stoff um Livs Taille.

»Ich glaube, ich könnte darauf verzichten.«

Sophia blickte kichernd auf. »Ich glaube, du wirst wie eine Prinzessin aussehen. Das ist eines der erstaunlichsten Kleider, die ich je gesehen habe.«

Liv musste zugeben, dass sie recht hatte. Das Material war so verzaubert worden, dass die Farben zwischen rosa und grün wechselten. Auf dem Kleid sollten stellenweise Blumen blühen, je nach Stimmung der Trägerin. Es verströmte auch den Duft des Frühlings, wodurch sich Liv trotz all der frustrierenden Gedanken, die in ihrem Gehirn herumrasten, seltsam leicht fühlte.

Verzweifelt wollte sie Sophia erzählen, was sie über Adler und die Magie erfahren hatte, aber sie wusste nicht, wie. Es war eine Last, die sie nicht auf den Schultern des jungen Mädchens ablegen wollte. Zum Glück hatte Sophia ihre Magie noch nicht registrieren lassen, sodass sie sich keine Gedanken darüber machen musste, das in Ordnung zu bringen. Aber für sie und Clark war es eine andere Geschichte und eine viel kompliziertere.

Eine Rauchfahne schoss aus Livs Tasche, die in der Ecke lag. Sophia und Liv tauschten Augenaufschläge aus, die sagten: »Was um alles in der Welt war das?« Die Näherin schien es jedoch nicht zu bemerken.

»Was war das?«, fragte Sophia.

Liv versuchte sich zu erinnern, was sich in ihrer Tasche befand. Dann erinnerte sie sich an den Block, den Rory ihr gegeben hatte. Da sie annahm, es sei sicher, dass Sophia nachsehen könne und sie sich nicht bewegen durfte, ermutigte sie das Mädchen, für sie hineinzuschauen.

DIE AUSSERGEWÖHNLICHE KRAFT

Nachdem sie die Tasche durchwühlt hatte, hielt Sophia den Überall-Block hoch, auf dem einfach stand: »Ich bin bei Mama. Wir sind in Sicherheit … fürs Erste zumindest.«

Kapitel 17

Draußen auf der Roya Lane in der Sonne war Liv dankbar, wieder in ihrer normalen Kleidung zu sein. Sie hielt Sophia nahe bei sich, während sie die belebte Straße entlang gingen.

Sie war dankbar, dass Rory und Bermuda in Sicherheit waren, aber der Gedanke, dass Decar hinter ihnen her war, beunruhigte sie dennoch. Und nun wusste sie, dass sie ihretwegen, wegen ihrer Eltern, auf diese Mission geschickt worden waren. Wenn ihnen etwas passieren sollte, wäre es ihre Schuld. Dann wäre sie wirklich nur noch auf Rache aus.

Liv versuchte sich an das zu erinnern, was Akio ihr gesagt hatte: Die Welt zu retten, war der Mühe nicht wert, wenn sie sich selbst verlor. Das bedeutete, dass es nicht genug war, die Dinge nur in Ordnung zu bringen. Sie musste es auf die richtige Art und Weise tun. Das bedeutete wahrscheinlich den steinigeren Weg.

»Können wir in diesen Laden gehen?«, fragte Sophia und schleppte Liv in einen Laden, der kuriose Spielsachen und Bücher anbot. Bausteine waren übereinander gestapelt und schufen unterschiedliche Bauwerke, je nachdem, wer damit spielte. Die Bücher projizierten Szenen und erzeugten schillernde Visionen in der Luft. Das Kind, das mit den Puppenhäusern spielte, konnte zusammenschrumpfen und in den winzigen Häusern zu einer echten Spielfigur werden.

Liv und ihre Schwester erkundeten die Roya Lane stundenlang. Es war ein gemütlicher Nachmittag, Liv hatte sich einen solchen bisher nur selten gegönnt. Doch nach allem, was sie durchgemacht hatte, wusste sie, dass ihr Geist das nötig hatte. Die Zeit zu kämpfen würde kommen. Die Chance, die Dinge in Ordnung zu bringen, würde kommen. Doch gerade deshalb brauchte sie die Zeit mit Sophia, dem Menschen, der ihr Heim zu einem Zuhause machte.

»Oh, wie findest du das als Hochzeitsgeschenk für Rudolf und Serena?«, fragte Sophia und hielt ihr ein Paar selbstputzende Zahnbürsten vor die Nase.

»Gute Idee, aber ich glaube nicht, dass Fae ihre Zähne überhaupt putzen müssen«, erklärte Liv. »Ich glaube, sie bekommen magischerweise keinen Zahnbelag und haben angenehmen Atem.«

»Was ist mit Serena?«, schränkte Sophia ein.

»Ich glaube, sie weiß nicht, wie man sich die Zähne putzt. So weit ist sie noch nicht.«

Sophia kicherte und nahm eine Bratpfanne in die Hand. Auf der Innenseite stand: ›Für Genuss diese Seite nach oben.‹ Auf der Unterseite stand: ›Um ihm auf den Kopf zu schlagen.‹

»Was ist damit?«, fragte sie Liv.

»Weißt du was? Ich denke, das ist absolut perfekt für das glückliche Paar.« Sie lenkte Sophia zur Kasse des Ladens, wo sie überrascht war, Subner vorzufinden, der anscheinend auf sie wartete, mit saurem Gesichtsausdruck wie immer.

»Hey«, sagte Liv und sah ihn vorsichtig an. »Hat du-weißt-schon-wer einen Auftrag für mich?«

Er schüttelte den Kopf. »Aber er möchte, dass du vorbeikommst und ihn besuchst.«

Liv nickte, während sie darum bat, die Bratpfanne als Geschenk zu verpacken.

* * *

»Warum, glaubst du, lässt Papa Creola dich holen?«, interessierte sich Sophia, als sie ans andere Ende der Gasse gingen.

Liv zuckte die Achseln. »Ich weiß die Hälfte der Zeit nicht, was diesem kleinen Mann durch den Kopf geht.«

»Glaubst du, es macht ihm etwas aus, dass ich dich begleite?«, fragte Sophia.

»Nein. Wenn er wollte, dass ich komme, dann weiß er, dass du bei mir bist.« Liv zeigte auf die *Fantastischen Waffen*. »Dieser Mann weiß, was passieren wird, bevor es passiert, was wahrscheinlich die meisten Dinnerpartys und Zaubershows für ihn ziemlich langweilig macht.«

Sophia lachte. »Glaubst du wirklich, dass Vater Zeit zu Zaubershows geht?«

Bevor Liv antworten konnte, winkte Papa Creola sie von der Eingangstreppe hinein. »Komm schon rein. Ich habe ewig auf dich gewartet.«

Liv warf dem Gnom einen ungläubigen Blick zu. »Ernsthaft, schon ewig? Bist du sicher, dass du nicht ein bisschen melodramatisch bist?«

»Nein, bin ich nicht«, sagte er, nervöser als sonst.

»Und wirklich, hättest du nicht ganz genau wissen sollen, wann du uns erwarten kannst?«, wollte Liv wissen.

»Nur weil ich die meisten Dinge weiß, heißt das nicht, dass ich alles weiß, Liv«, antwortete er, bevor er seine Aufmerksamkeit Sophia schenkte. »Um deine Frage zu beantworten: Ich nehme an so vielen Kindergeburtstagen teil, wie ich kann, wenn auch inkognito. Eigentlich genieße ich die magischen Darbietungen, aber deine Schwester würde es nicht glauben.«

Sophia reichte dem Gnom ihre Hand. »Es ist mir ein Vergnügen, dich kennenzulernen.«

Papa Creola, der genauso groß war wie das kleine Mädchen, drückte ihr die behandschuhte Hand. »Die Freude ist ganz meinerseits, Sophia Beaufont.« Als ihre Hände sich trafen, schloss er die Augen, ein seltsames Lächeln auf seinem Gesicht. »Oh ja, du hast eine eigenwillige und abwechslungsreiche Zukunft, die nicht einmal ich beeinflussen kann. Was für ein interessantes Leben.«

»Paps?«, fragte Liv. »Was ist los?«

Seine Augen schossen auf. »Richtig. Entschuldigung. Es passiert nicht jeden Tag, dass ich Sophia Beaufont treffe.«

Liv warf ihrer Schwester einen vorsichtigen, seitwärts gerichteten Blick zu. »Ist alles in Ordnung?«

»Ja, solange du weiter an der Sache arbeitest, dass die Magie nicht für immer ausgelöscht wird«, meinte Papa Creola und führte sie weiter in den Laden, wo sich tatsächlich eine Menschenmenge versammelt hatte.

»Ich denke, du weißt sehr genau, dass ich es tue«, antwortete Liv. »Ich könnte dem mehr Zeit widmen, aber ich muss zu dieser Hochzeit … es sei denn, du denkst, ich könnte mich wegen offizieller Vater-Zeit-Geschäfte entschuldigen?«

Er schüttelte den Kopf. »Oh, nein. Ich werde tatsächlich auch anwesend sein. Eine Hochzeit ist eine heilige Angelegenheit. Besonders du solltest dabei sein. Es ist wichtig für … na ja, zukünftige Veranstaltungen.«

Liv warf Sophia einen weiteren Seitenblick zu. »Ist es nicht süß, wie er darauf anspielt, Dinge über mein Leben zu wissen, aber nichts Konkretes sagen will?«

»Es ist bezaubernd«, sagten Papa Creola und Sophia gleichzeitig, der eine meinte es so, der andere nicht.

Ihr Mund sprang überrascht auf, aber der Gnom zwinkerte nur. »Die Toilette ist hinten und ja, ich werde euch beide in wenigen Minuten hier rausbringen. Lange bevor dein

Drache aus seinem Nickerchen in seiner Schale erwacht.«

Sophias Augen weiteten sich ungläubig.

Liv fixierte ihren Blick auf ihrer Schwester. »Siehst du, es ist verdammt niedlich, nicht wahr? Versuche mal, eine Überraschungsparty für den Typen zu planen. Es wäre nervig.«

Mit einem unbehaglichen Lachen machte Sophia einen Knicks und marschierte Richtung Toilette.

»Warum solltet ihr eine Überraschungsparty für mich schmeißen?«, fragte Papa Creola Liv.

»Natürlich zu deinem Geburtstag«, antwortete sie.

»Und der wäre?«, fragte er und klang amüsiert.

»Erster Januar«, vermutete sie.

»Netter Versuch«, sagte er und führte sie nach hinten, wo ein paar Elfen und andere magische Kreaturen versammelt waren. »Ich habe dich hierher gebracht, damit du beim Auswahlverfahren helfen kannst.«

»Auswahlverfahren?«, hakte Liv irritiert nach.

»Nun, wie soll ich an Hochzeiten teilnehmen oder bei anderen Dingen helfen, wenn ich keine Mitarbeiter vor Ort habe«, hakte er nach.

»Du expandierst also tatsächlich?« Liv war überrascht.

»Liv, ich habe dir schon erzählt, dass ich zurück bin und andere damit beauftragen würde, Anfragen zu filtern und die erste Abwehrlinie zu bilden«, erklärte er.

»Heißt das also, dass du meine Hilfe weniger in Anspruch nehmen willst?«, erkundigte sich Liv verwundert.

Er schüttelte den Kopf. »Nein. Nach dem, was du bei Hawaiki erreicht hast, denke ich, dass du die Spitzenposition in meinem Büro einnehmen solltest.«

»Was ich erreicht habe?«

»Hast du die Elfe als jung oder alt gesehen?«, fragte er mit einem verschmitzten Grinsen im Gesicht.

DIE AUSSERGEWÖHNLICHE KRAFT

Sie schüttelte den Kopf. »Ich habe sie in jedem Alter gesehen.«

Er nickte stolz. »Was dich zur perfekten Mitarbeiterin für Vater Zeit macht. Du siehst die Menschen zeitlos, weil du nicht so sehr von den Zwängen der Zeit beherrscht wirst.«

»Ich habe keine Ahnung, was das bedeuten soll«, antwortete sie.

»Ich weiß«, sagte er und reichte ihr ein einfaches Clipboard. »Aber eines Tages wirst du es.«

»Was soll ich damit machen?«, fragte sie und zeigte auf die Zwischenablage.

»Geh und sortiere die schlechten Mitarbeiter aus«, fuhr er fort und leitete sie weiter.

»Ich soll also diejenigen finden, die dir die Arbeit erleichtern können?«, forderte sie Aufklärung und studierte den Fragebogen. Es gab Fragen wie: ›Wenn man zwischen Punkt A und B unterwegs ist, wie könnte man am schnellsten nach M gelangen?‹

Papa Creola schüttelte den Kopf. »Oh, nein. Ich habe dich gebeten, bei der Einstellung zu helfen, denn die richtigen Leute einzustellen, wird *dir* die Arbeit erleichtern. Du bist befördert worden.«

»Weil ich jedes Alter von Hawaiki gesehen habe?«, fragte Liv ungläubig.

»Das auch. Aber auch, weil du, als du die Wahrheit erfahren hast, nicht überreagiert hast.«

Liv dachte einen Moment darüber nach. »Ich dachte, du wüsstest, was passieren wird, noch bevor es passiert. Wenn ja, warum hast du nicht gewusst, dass ich nicht überreagieren oder alle Altersstufen von Hawaiki sehen würde?«

Papa Creola hob einen Finger hoch und hielt sie auf. »Für mich gibt es die Magie des Lebens. Ich sehe Potenziale. Sehr reale Möglichkeiten. Aber du, Liv Beaufont, tust weiterhin Dinge, die ich nicht erahne.«

»Sollte mich das nicht zu einem Risiko machen?«, wagte sie zu fragen.

Er zuckte die Achseln. »Es macht dich auch höchst unterhaltsam, was ich nach ein paar Jahrhunderten der Langeweile gut gebrauchen kann«, ermutigte er sie, der Gruppe magischer Kreaturen gegenüberzutreten, die um Jobs bei Vater Zeit wetteiferten.

Kapitel 18

»Bist du dir da sicher?«, fragte Clark und schaute Liv vorsichtig an, als sie vor der Kammer des Baumes standen.

Liv warf ihm einen aussagekräftigen Blick zu und nickte.

Sie hatte den verletzten Ausdruck auf dem Gesicht ihres Bruders nicht gern gesehen, als sie ihm erzählt hatte, was mit ihrer Mutter passiert war. Er war eifersüchtig geworden. Wie könnte er auch nicht eifersüchtig sein? Sie wäre es auch gewesen, wenn er einen letzten Moment mit ihrer Mutter ohne sie gehabt hätte. Aber es war nicht so, als hätte sie geahnt, dass Derartiges passieren konnte.

Wenn sie so zurückdachte, gab es hunderte Dinge, von denen sie sich gewünscht hätte, sie ihrer Mutter erzählen zu können, als sie die Gelegenheit dazu hatte. Es war alles so schnell gegangen und innerhalb weniger Minuten war so viel geschehen, dann war Guinevere Beaufont verschwunden. Sternenstaub und Asche, verflogen mit dem Wind.

An einem Ort, von dem sie wussten, dass er sicher war, erzählte Liv ihrem Bruder, was ihre Mutter ihr über die Aufhebung der Registrierung ihrer Magie gesagt hatte. Zuerst war Clark dagegen gewesen, aber als sie ihm erzählte, wie ihre Eltern getötet worden waren, war er sofort wütend geworden. Es war das erste Mal, dass sie annahm, sie müsse ihren Bruder vielleicht zurückhalten. Aber er hatte sich immer unter Kontrolle und riss sich zusammen, kurz bevor er die Kontrolle endgültig verlor. Sie hätte damit rechnen müssen, wurde ihr klar.

Als sie ihm alles erzählt hatte, hob und senkte sich sein Brustkorb so schnell, als würde er hyperventilieren. Sie konnte sehen, wie die Emotionen aus ihm herausströmten. So hatte sie sich gefühlt, als sie erfahren musste, dass Adler ihre Eltern ermordet hatte. Clark davon zu erzählen, hatte ihre Wut wieder neu entfacht. Sie wollte auf der Stelle hinter dem Albino her und sie versuchte es auch, aber es war Clark, der sie davon abhielt. Seine Leidenschaft hatte ihr Feuer wieder entfacht, und er hatte sie davon abgehalten, das zu tun, was sie von Anfang an gewollt hatte.

»Nein«, forderte Clark und hielt sie fest, bevor sie den Ort verlassen konnte, den sie nun mit Sophia bewohnte. »Wir schnappen ihn uns noch nicht. Wir tun noch gar nichts. Wir planen seinen Untergang. Warte nur ab, eines Tages wird er leiden. Das verspreche ich.«

Die Worte ihres Bruders liefen pausenlos in ihrem Kopf ab und erinnerten sie an die Rache, nach der sie sich sehnte. Aber sie musste für Clark auch die Stimme der Vernunft bleiben. Das taten sie füreinander.

»Ja, da bin ich sicher«, sagte Liv unerbittlich, ihre Augen huschten zu der schwarzen Leere auf der anderen Seite von Clark. Sie traute sich nicht, genau dort oder wirklich irgendwo im Haus der Sieben offen zu sprechen. Auch wenn Adler und Decar weg waren, ließ sie das Gefühl nicht los, dass noch jemand im Haus war und sie beobachtete. Heimlich. Und etwas tat. Aber Liv meinte auch, es könnte sich um Paranoia handeln. Das war etwas, dem man leicht zum Opfer fallen konnte, nachdem man erfahren musste, dass die Eltern von jemandem ermordet wurden, der eigentlich auf ihrer Seite stehen sollte.

DIE AUSSERGEWÖHNLICHE KRAFT

»Bist du sicher, dass die Kammer leer ist?«, flüsterte Liv.

Clark nickte. »Mit Ausnahme der Regulatoren. Die sind immer da drin.«

Liv ging nicht davon aus, dass Jude und Diabolos ein Thema sein sollten. Ihre Aufgabe war es, sich zu melden, wenn jemand während der Treffen hinterlistig war. Die magischen Tiere waren genau wie die Lophos, der sie im Kloster begegnet war. Sie brauchten keine Nahrung zum Überleben und sie alterten nicht. Ihre Aufgabe war zeitlos und verlangte von ihnen, immer präsent zu sein und dem Rat gegenüber Rechenschaft abzulegen.

»Okay, ich gehe zuerst«, sagte Liv, als sie durch die Tür der Reflexion trat. Sie erwartete, in der Vision etwas Lächerliches wegen ihrer Ängste zu sehen, wie das Tragen dieses schrecklichen Kleides, das Rudolf für die Hochzeit ausgesucht hatte. Doch das Bild, das sich in ihre Vision brannte, war nicht annähernd so trivial wie diese letzte Angst.

In der Vision stand Liv an der Spitze eines Hügels und schaute auf ein Schlachtfeld hinunter. Unter ihr tobte der große Krieg, als Magier und Sterbliche sich gegenseitig abschlachteten. Die Sterblichen hatten Gewehre und Panzer, die Magier kämpften mit Schwertern und Feuerkugeln. Keine der beiden Seiten schien zu gewinnen, sondern beide entfremdeten sich.

»Was, wenn ich falsch liege?«, hörte sich Liv laut sagen. Der Gedanke brachte sie zum Keuchen. Sie hatte nicht gezögert, die Wahrheit ans Licht zu bringen, die Mission fortzusetzen, die ihre Eltern begonnen hatten, aber sie hatte nie aufgehört, sich zu fragen, ob sie es denn tun sollte. Adler war ein schlechter Mensch, das war offensichtlich. Aber was wäre, wenn er oder derjenige, der damit begonnen hatte, doch recht hätte? Was, wenn die Sterblichen *nicht* im Haus sein sollten? Was wäre, wenn es alles ruinieren würde, wenn man ihnen erlauben sollte, wieder Magie zu sehen? Es gab kein Geschichtsbuch, das sie lesen konnte, um herauszufinden, was genau schiefgelaufen war. All das war vertuscht worden. Und so quälte diese Frage ihren Verstand.

Was, wenn es falsch wäre, die Wahrheit zu enthüllen? Was, wenn daraus ein weiterer Krieg entstehen würde?

Alles wäre ihre Schuld.

Liv schüttelte das Bild der wütenden Brände auf dem Schlachtfeld und des Todes ab, als sie den ganzen Weg durch die Tür der Reflexion ging.

Es war seltsam, in der Mitte der Kammer des Baumes zu stehen, ohne dass der Rat auf sie oder andere Krieger im Raum herabblickte. Über ihr strahlten die funkelnden Lichter des Baumes auf Liv herab und erinnerten sie an die Mission, für die sie hierhergekommen waren: die Registrierung ihrer Magie aufzuheben.

Sie war in letzter Zeit oft in der Kammer gewesen und hatte vergessen, den Baum hinter der Ratsbank zu studieren. Die Namen der Sieben waren auf den massiven Ästen des Baumes abgebildet. Wie anders würde er aussehen, wenn sie die Wahrheit enthüllten?

Clark betrat die Kammer einen Moment später und schien desorientiert, wie die meisten, nachdem sie durch die Tür der Reflexion gegangen waren.

»Hattest du eine Vision, in der du ein T-Shirt tragen musstest?«, erkundigte sich Liv grinsend.

»Ha-ha«, sagte er und wirkte dabei nicht amüsiert. »Meine schlimmsten Albträume sind nicht, dass ich lockere Kleidung trage.«

»Oh, sind deine Albträume von einer Welt, in der es kein Haargel gibt? Die Katastrophe schlechthin!«

Clark schüttelte den Kopf und richtete in der Kammer einen Zauber der Privatsphäre ein. »Ich habe echte Ängste, weißt du. Ängste, die dich und Sophia betreffen.«

Liv nickte und mochte nicht, dass er sie in die Realität zurückgeholt hatte. Es wäre besser für sie, wenn sie sich in der Zeit, in der sie dort drin waren, nur übereinander lustig machen würden.

»Also, denkst du, dass du uns ›abmelden‹ kannst?«, fragte Liv.

»Nun, ohne die anderen Ratsmitglieder dürfte ich das eigentlich nicht können«, erklärte er, an der Bank vorüber schreitend. »Wenn Adler jedoch in der Lage war, die Magie unserer Familie ohne die anderen zu verschließen, dann muss es doch irgendwie möglich sein.«

Liv war gerade dabei, ihr Telefon herauszuziehen, um Alicia anzurufen, der sie vertraute und die wusste, wie man mit magischer Technik umzugehen hatte. Doch genau in diesem Moment schlenderte der weiße Tiger an der Seite der Bank vorbei. Sie beachtete ihn fast gar nicht, weil sie dachte, er sei wie immer nur zum Entspannen und Beobachten da.

Diesmal war Jude allerdings etwas anders, wie Liv feststellte. Sein Körpergewicht verlagerte sich auf seine Hinterbeine und seine grünen Augen verengten sich. Wenn Liv sich nicht irrte, machte er sich zum Angriff bereit.

Clark, der sich nur darauf konzentrierte, auf die Bank zu kommen, hatte den weißen Tiger nicht gesehen. Er eilte nach vorne und kreuzte Judes Weg, gerade als Liv erkannte, was als Nächstes passieren würde.

»Vorsicht!«, schrie sie und warf die Hand in die Luft. Ein Windstoß schoss aus ihr, traf Jude direkt in die Brust, als er sich auf den Hinterbeinen aufrichtete, seine massiven Pfoten zu beiden Seiten ausgestreckt, als wolle er Clark umarmen.

Er flog zurück und schlug gegen die weit entfernte Wand. Der Boden unter ihren Füßen bebte und die Lichter flackerten. Von irgendwoher strömte ein kalter Windstoß in die Kammer, wodurch die Temperatur augenblicklich sank.

»Was hast du getan?«, schrie Clark, zwischen dem weißen Tiger, der an der Wand lag und Liv hin und her schauend.

»Ich musste es tun!«, antwortete sie und zog Bellator. »Er wollte dich angreifen.«

»Das passiert nur, weil ich etwas Falsches tue, Liv.«

Sie schüttelte den Kopf und ging vorsichtig hinüber. »Der Zauber der Privatsphäre schützt uns davor, dass andere etwas herausfinden. Wir müssen uns beeilen.«

»Aber was, wenn du ihn getötet hast?«, argumentierte Clark. »Wie sollen wir das erklären?«

»Ich habe ihn nicht getötet«, erklärte sie. »Ich habe dich nur beschützt. Gern geschehen.«

Wenn sie ehrlich zu sich selbst war, schien Jude tot zu sein, sein Kopf ruhte neben seinen Pfoten und der Rest seines Körpers sah leblos aus.

Was wäre, wenn sie einen der Regulatoren des Hauses getötet hätte? Wie sollten sie das erklären? Sie hatte den guten Regulator ausgeschaltet. Was war aus ihr geworden?

Clark tat, was sie vorgeschlagen hatte, er eilte zu seinem Platz auf der Bank und machte sich an die Arbeit. Er blätterte durch sein Speichergerät.

Liv hielt an, als sie die Spitze der Bank erreichte. Es war seltsam, von dort aus auf den Kammerboden zu blicken und diejenigen zu beurteilen, die auf den Plätzen der Krieger standen. Wie unterschiedlich die Positionen der Ratsmitglieder doch waren. Sie hatten bequeme Sitze hoch oben, während die Krieger unten standen und zu ihnen hinaufblickten. Hinter ihnen befand sich eine schmale Plattform, auf der früher offenbar Bücher und andere Nachschlagewerke aufbewahrt wurden. Das war, bevor sie zu digitalen Medien und magischer Technik übergegangen waren. Gegenwärtig war dieser Platz leer.

»Ich verstehe wirklich nicht, wie ich das machen soll«, grummelte Clark und blätterte weiter. »Es sollte nicht bei nur einem Ratsmitglied funktionieren.«

Liv wählte Alicia an, erleichtert, als sie nach nur einem Klingeln abhob.

»Hey, Vögelchen«, begrüßte sie die Italienerin, als sie antwortete.

Alicia fand diesen Spitznamen nicht lustig, aber sie lachte trotzdem.

»Erinnerst du dich, dass du angeboten hast, mir zu helfen, wenn ich jemals etwas mit komplizierter magischer Technik zu tun haben sollte?«, fragte Liv am Telefon.

»Natürlich«, antwortete Alicia.

»Nun, diesen Gefallen muss ich jetzt einfordern«, sagte sie und übergab das Telefon an Clark, der sie widerwillig ansah.

Es war nicht ratsam, andere in das, was sie taten, hineinzuziehen. Aber ohne Alicia könnten sie die Registrierung ihrer Magie nicht rückgängig machen, sodass sie den Angriffen Adlers genauso zum Opfer fallen würden wie ihre Familie.

Nachdem er Liv mit einem frustrierten Gesichtsausdruck bedacht hatte, nahm Clark das Telefon.

»Sie kann helfen«, meinte Liv ermutigend.

Clark nickte und hielt sich das Telefon ans Ohr.

Stolz hob Liv ihr Kinn an und begutachtete den Raum. Da sah sie es. Oder besser gesagt, das was fehlte.

Jude war verschwunden.

Kapitel 19

Was ist los?«, fragte Clark und nahm das Telefon von seinem Ohr, als er Livs panischen Gesichtsausdruck wahrnahm.

Sie schüttelte den Kopf und tastete die Kammer ab. »Es ist nichts. Erkläre Alicia einfach die Situation. Wir brauchen ihr Fachwissen.«

Clark schien Liv nicht zu glauben, als er das Telefon langsam wieder anhob.

War es wirklich ein Problem, dass Jude verschwunden war, nachdem er versucht hatte, Clark anzugreifen? Liv versuchte, sich einzureden, dass es keine große Sache war. Als das nicht funktionierte, redete sie sich ein, dass sie die ganze Geschichte falsch verstanden hatte. Der weiße Tiger würde niemals angreifen. Er war immer nur stoisch und anmutig gewesen, wenn sie in der Kammer des Baumes war.

Und doch erfüllte sie jede Sekunde, in der sie ihn nicht finden konnte, mit Angst. Liv stürzte von der die Treppe hinunter und suchte ständig den gesamten Bereich nach einem Zeichen des Regulators ab.

»Es ist ein kompliziertes Stück magische Technologie«, erklärte Clark mit ungeduldiger Stimme. »Ich glaube nicht, dass es helfen wird, sie aus- und wieder einzuschalten.«

»Tu einfach, was immer sie sagt«, befahl Liv, ihr Augenmerk auf die vielen dunklen Punkte im runden Raum gerichtet.

Ihr Bruder sah sie mit zorniger Miene an. »Aber sie will, dass ich das ganze System herunterfahre. Ich dürfte nicht in der Lage sein, das zu tun.«

»Und ein einziges Ratsmitglied sollte nicht in der Lage sein, uns abzumelden oder unsere Magie zu sperren und doch wissen wir, dass es geht«, erklärte Liv.

Alicias Stimme kam durch das Telefon, ihre Irritation war an ihrem hohen Tonfall zu erkennen. Clark nahm das Telefon von seinem Ohr, seine Augen weiteten sich.

»Sie hat geholfen dieses System zu schaffen«, meinte er ungläubig.

»Das ergibt Sinn«, antwortete Liv trocken, stellte sich mit dem Rücken zur Wand, während sie weiter nach dem weißen Tiger suchte. Es sollte keine Verstecke für ihn geben, da er mit über vierhundert Pfund riesig war. Das war jedoch eines der vielen Geheimnisse der Kammer des Baumes. Die dunklen Winkel um den Raum herum waren wie separate Orte, in die der Regulator oft verschwand. Umgekehrt hing Diabolos oft hoch obenherum, wo die Decke auf die Wände traf.

»Wenn ich das System neu starte, kann das jemand feststellen?«, fragte Clark Alicia am Telefon.

Einen Augenblick später holte er tief Luft. »Okay, gut. Ich bin bereit, es zu tun. Wie lange wird es dauern?«

Er warf einen Blick auf Liv. »Sie sagt, zwei Minuten. Dann haben wir ein kleines Zeitfenster, in dem die Sicherheitseinstellungen nicht so hoch sind und wir können unsere Registrierung aufheben.«

»Wie können wir verhindern, dass der Rat herausfindet, dass ich nicht mehr registriert bin?«, fragte Liv, da sie wusste, dass man ihren Magiegebrauch aus verschiedenen Gründen ständig überwachte. Das war bei Kriegern so üblich, um sicherzustellen, dass sie ihre Kräfte nicht missbrauchten oder um zu überprüfen, ob sie im Feld sicher unterwegs waren.

Clark hörte der Wissenschaftlerin am Telefon zu und nickte dann. »Alles, was du tun musst, ist auf deinem Platz zu stehen, während ich dich abmelde. Alicia sagt, dass es eine Möglichkeit gibt, deinen Magieverbrauch aus den letzten Monaten in eine Schleife zu legen, sodass er wie aktuell vorliegende Berichte aussieht.«

Liv gefiel diese Idee. Es war ähnlich dem, wenn Kriminelle in Filmen die Überwachungskameras in einer Schleife laufen ließen, damit die ahnungslosen Wachen nicht merkten, dass sie ausgetrickst worden waren.

»Okay, lass uns loslegen«, meinte Liv und ging auf ihren Platz auf der anderen Seite des Raumes zu. Sie nahm ihren Platz ein und schenkte Clark ein hoffnungsvolles Lächeln. »Zwei Minuten, dann sind wir fertig.«

Er atmete angestrengt aus, rote Flecken bedeckten sein Gesicht, so wie es immer geschah, wenn er nervös war. »Okay, fertig in drei, zwei, eins.«

Eines nach dem anderen blinkten die Lichter, die registrierte Zauberer darstellten, von oben herab. Die erleuchteten Äste des Baumes verdunkelten sich und wichen in Richtung Stamm zurück, bis sie in völliger Dunkelheit lagen. Liv blinzelte und fühlte sich plötzlich blind. Dann fing sie eine Lichtbewegung auf der Bank ein, während das Telefon an Clarks Gesicht gedrückt wurde – und hinter ihm sah sie die leuchtend grünen Augen des weißen Tigers, der auf dem breiten Regal hinter der Bank saß.

Kapitel 20

Liv dachte nicht einmal nach. Sie reagierte einfach, rief einen Feuerball herbei und schoss ihn ab. Ein Schrei entfuhr aus Clarks Mund, als er hinter der Bank aufsprang. Jude schwebte über ihm, der Feuerball verfehlte ihn nur um Zentimeter und prallte gegen die Wand hinter ihm.

Der weiße Tiger landete vor Liv, seine langen scharfen Zähne gefletscht, ein Knurren grollte aus seinem Maul und hallte im ganzen Raum wider.

Liv hatte bereits einen weiteren Feuerball bereit, sowohl zum Schutz als auch für Licht. Jude begann auszuweichen, sein nachdenklicher Blick lag auf Liv.

»Was ist in dich gefahren?«, fragte Liv ihn, als könne er irgendwie antworten. »Wir tun nichts Falsches.«

Das Knurren des weißen Tigers erschütterte Liv in ihrem Innersten, als stünde sie bei einem Rockkonzert direkt neben einem Lautsprecher.

»Okay, es mag falsch erscheinen, unsere Magie abzumelden, aber es dient unserer Sicherheit«, erklärte Liv. »Wo warst du denn, als Adler die Magie der Zauberer und was sonst noch alles gesperrt hat?«

Liv dachte, sie hätte einen ausgezeichneten Punkt angesprochen, aber der Ausdruck des weißen Tigers war unverändert.

Clark stand wieder auf, die Augen weit aufgerissen vor Schreck, das Handy an sein Gesicht gedrückt, während er mit Alicia flüsterte.

»Ich will dir nicht wehtun«, sagte Liv zu Jude. »Lass uns einfach tun, was wir tun müssen und dann verschwinden wir von hier.«

Der weiße Tiger stürzte sich auf Liv, ließ sie nach vorne springen und über eine Schulter abrollen. Sie warf den Feuerball auf seine Seite, wissend, dass er ihn nicht treffen, aber in der Hoffnung, dass er ihn zurückhalten würde.

»Ernsthaft?«, schrie Liv. »Das ist nicht einmal ein Treffen der Sieben. Nimmst du dir nicht mal einen Tag frei?«

Judes große Pfote tauchte auf und streckte sich in der Luft. Seine Reichweite war größer, als Liv dachte, sodass sie den Feuerball losließ, um ihn davon abzuhalten, ihr Gesicht zu zerfleischen. Der Tiger knurrte, als er sich zusammenkauerte, seine Augen glühten vor Wut.

Liv rief zwei weitere Feuerbälle herbei und bewegte ihre Hände schnell hin und her, um Jude davon abzuhalten, sich wieder auf sie zu stürzen. »Und Sieben, wirklich?«, fuhr sie fort. »Du weißt verdammt gut, dass es das Haus der Vierzehn sein muss. Du musst es wissen. Aber du stürzt dich nicht auf die Ratsmitglieder, wenn sie beiläufig die Sieben erwähnen, oder?«

Das schien den weißen Tiger zu treffen. Oder vielleicht waren es die hypnotisierenden Effekte der Feuerbälle, die sie durch die Luft bewegte. Das Licht von ihnen verschwamm leicht.

»Seine Aufgabe ist es, jeden Verrat zu verhindern«, erläuterte Clark von der Bank aus. »Man kann mit ihm nicht vernünftig reden. Er unterstützt Wahrheiten und versucht, Betrug zu verhindern.«

»Aber wir betrügen doch nur, damit wir am Leben bleiben können!«, schrie Liv wütend, als der Tiger erneut versuchte, sie anzugreifen. Sie ließ ihre beiden Feuerbälle fallen

DIE AUSSERGEWÖHNLICHE KRAFT

und sie erloschen sofort auf dem Boden. Bevor sie einen weiteren beschwören konnte, steckten Judes Krallen in ihrem Rücken, sein Gewicht drückte sie zu Boden. Sie versuchte zu schreien, aber ihr wurde der Atem aus den Lungen gepresst, als die Bestie auf ihr lag.

»Liv!«, schrie Clark von ganz oben.

Der Schmerz, der sich über Livs Rücken ausbreitete, als die Krallen des weißen Tigers in sie fuhren, war entsetzlich. Es fühlte sich nach mehr als nur Krallen und Zähnen an. Es war, als würde sie durch einen Fleischwolf gejagt. Sie wälzten sich zweimal, wobei Judes Gewicht jedes Mal, weil er auf ihr lag, die Verletzung noch verschlimmerte.

In der puren Dunkelheit der Kammer konnte Liv nichts sehen, nicht, dass Licht an diesem Punkt etwas helfen würde. Sie war in der unerbittlichen Umklammerung dieses Regulators gefangen.

»Ich muss das System wieder hochfahren!«, rief Clark in das Telefon. »Ich muss etwas unternehmen!«

Er hing oben fest und versuchte, mit Alicia zusammenzuarbeiten. Er hatte keine Möglichkeit, Liv zu retten. Licht hätte ihm dabei geholfen, aber in dieser pechschwarzen Nacht war er hilflos und das bereitete ihr Gewissensbisse. Es währte nicht lange, denn in einer schnellen Bewegung war Jude von ihr weg.

Sie verstand nicht, warum er sich zurückgezogen hatte, aber sie schaffte es, einige Meter zurückzurutschen und ihre Arme um die Knie zu legen. Ihre Reserven waren nach dem Angriff nur mehr gering, aber wenn sie sich genügend beruhigen konnte, sollte sie in der Lage sein, einen weiteren Feuerball herbeizurufen. Vielleicht Bellator ziehen. Alles tun, um sie vor dem Regulator zu schützen, dessen gegenwärtiger Standort unklar war.

Dann spürte sie seinen heißen Atem und wusste, dass seine Angriffe noch nicht vorbei waren. Das Knurren, das als Nächstes kam, ließ Livs verletzten Rücken schlagartig erkalten. Sie wusste nicht, ob sie nach rechts oder links abtauchen sollte oder wie sie dem, was als Nächstes kommen würde, entkommen konnte.

Die Lichter flackerten und machten den weißen Tiger sichtbar. Er war direkt vor Liv, sein Gesicht nur Zentimeter von ihrem entfernt. Sie rutschte rückwärts und versuchte, auf ihre Füße zu kommen, konnte aber wegen der Risswunden an ihrem Rücken nicht aufstehen. Wie durch eine Stroboskoplampe erhielt sie seltsame Einblicke auf Judes Fortschritt zu ihr, als die Lichter an und dann wieder ausgingen.

Sein weißes, mit ihrem Blut verschmiertes Gesicht sah falsch aus. Sie setzte all ihre Energie ein, um auf die Beine zu kommen und zog Bellator im selben Moment. Was sie als Nächstes tat, konnte unmöglich vertuscht werden. Der Rat würde wissen, dass sie dort gewesen waren. Es gäbe keine Möglichkeit zu verbergen, dass sie die alte Bestie getötet hatte.

Was dann geschah, passierte in Zeitlupe. Liv hatte Bellator gezogen und warf ihre ganze Kraft in die Bewegung. Gleichzeitig knurrte der Tiger und schwang seine riesige Pfote durch die Luft auf sie zu. Entweder das Schwert oder seine Pfote würden ihre Aufgabe zuerst erfüllen, aber einer von ihnen beiden würde in ein paar Sekunden nicht mehr stehen.

Und dann ließ der Ruf der Krähe darüber beide erstarren. Bellator blieb Zentimeter vor Judes Schnauze stehen. In ähnlicher Weise hielt seine Pfote nur einen Atemzug von Liv entfernt in der Luft an. Diabolos stürzte sich auf die beiden. Aus Angst vor einem weiteren Angriff warf sich Liv nach hinten und brachte Bellator hinter sich.

DIE AUSSERGEWÖHNLICHE KRAFT

Eine Explosion von Rauch und Asche regnete auf sie herab, als ein seltsames Flügelschlagen die Luft erfüllte. Das Geräusch schien von überall und nirgendwo gleichzeitig zu kommen. Es hallte in Livs Kopf wider und ließ sie glauben, dass sie sich das nur einbildete, aber dann rüttelte es den Boden unter ihren Füßen. Liv wusste, dass auch Jude es hörte, denn sein Kopf fiel auf den Stein, während er sich mit seinen Pfoten die Ohren zuhielt.

Ihre Zähne vibrierten von dem Geräusch, das von Sekunde zu Sekunde an Intensität zunahm. Sie versuchte, es abzuschütteln, aber plötzlich fühlte sie sich betäubt. Asche regnete weiter von oben herab, bedeckte ihre Füße und erschwerte jede Bewegung. Clark schrie sie von der Bank aus an.

Sie konnte ihn nicht hören. Das Flattern übertönte alles.

Er fuchtelte wild mit den Armen in der Luft, dann zeigte er auf die Mitte des Raumes. Liv konnte nicht verstehen, was er zu sagen versuchte und dann sah sie es. Beinahe vollständig von Asche bedeckt, aber immer noch glühend: ihr Platz in der Kammer!

Jude schaute auf, als sie zu ihrem Platz sprintete. Jeder Schritt war schwieriger als der vorherige. Die Distanz schien unwirklich weit zu sein. Liv erkannte das Feuer in den Augen des Tigers, als er sich auf seine Pfoten hob. Es war noch nicht vorbei.

Er wollte sich gerade auf sie stürzen. Sie war nur wenige Meter von dem glühenden Kreis entfernt, der ihren Platz markierte. Wenn sie nicht rechtzeitig dort ankäme, würden sie scheitern. Sie würde sterben, erschlagen von einem Tier, das die Wahrheit schützen sollte.

Die Ironie dessen entging ihr nicht.

Eine Explosion warf Liv aus dem Gleichgewicht und die Kammer bebte. Sie bedeckte ihren Kopf, unsicher, was geschah. Lodernde Flammen schienen von überall her an ihr zu lecken, sodass sie sich zu einer Kugel zusammenrollen musste und ihren Kopf bedecken. Es gab zwei laute Knalle. Die Wände bebten. Auf ein Knurren folgte ein lautes Krächzen.

Plötzlich war die Luft eiskalt. Nervös, was sie sehen würde, wenn sie die Arme von ihrem Kopf nahm, schaute Liv zögernd umher, als der Boden nicht mehr zitterte und ging in die Hocke. Jude lag leblos ein paar Meter von ihr entfernt. Sie keuchte, der Drang, seine Lebenszeichen zu überprüfen, pulsierte durch sie.

War er tot?, fragte sie sich, gerade als ein leises tickendes Geräusch ihre Aufmerksamkeit auf etwas an ihrer anderen Seite lenkte.

Diabolos, ähnlich wie Jude, lag auf dem Boden auf der anderen Seite von ihr. Obwohl er sich leicht bewegte, waren es schmerzhafte Bewegungen.

Liv wurde plötzlich schwindelig und sie hatte einen seltsamen Kupfergeschmack im Mund. Dann erinnerte sie sich, dass sie zu ihrem Platz gelangen musste, bevor es zu spät war, aber als sie sich umsah, wurde ihr klar, dass sie sich schon dort befand.

Ein Tropfen hallte durch den Raum. Liv schaute auf und dachte, es müsse ein Leck in der Decke geben, aber da war keines. Sie blickte nach unten, Orientierungslosigkeit wollte sie überwältigen und erkannte, woher das Tropfen kam. Es war ihr Blut, das in dicken Tropfen auf dem Kammerboden landete.

Das war das Letzte, was sie sah, bevor ihre Beine versagten. Ihr Kopf schlug neben Diabolos auf dem Boden auf und ihre Beine spreizten sich über Jude.

Kapitel 21

Sie würde sterben und es wäre alles seine Schuld, dachte Clark, als er durch das Haus der Sieben stürmte und jeden Korridor überprüfte.

Nach dem, was auch immer dort in der Kammer des Baumes geschehen war, war Clark zu Liv geeilt. Sie atmete, aber ihre Verletzungen waren schwer. So viel konnte er sagen. Und dann waren da noch Jude und Diabolos. Sie waren kaum noch am Leben.

Er war sich nicht sicher, was genau passiert war, obwohl er alles von der Bank aus beobachtet hatte. Die Krähe schien explodiert zu sein und hatte Asche in der ganzen Kammer verteilt. Dann, als Liv zu der erleuchteten Stelle auf dem Boden gestürzt war, hatte Jude sie verfolgt. Diabolos war in ihn hineinflogen, knapp über Livs Kopf und beide waren bewusstlos zu Boden gefallen. Es war das Seltsamste, das er je beobachtet hatte und das sagte schon eine Menge aus.

Im Wohnzimmer fand er schließlich Hester, die ihren Nachmittagstee trank. Die alte Heilerin wirkte so zivilisiert, las ein Buch und kaute auf einem Keks herum.

»Hester«, begann er und erkannte, dass er kurz davor war, zu hyperventilieren. »Ich brauche deine Hilfe. Es ist dringend.«

Sie blickte beiläufig auf und erhob sich ohne zu zögern. »Gut, dann lass uns gehen.«

»O-o-ohhh ...«, meinte er, nachdem er angenommen hatte, er müsse Überzeugungsarbeit leisten. »Es geht um Liv. Sie ist in der ...«

Hester schüttelte den Kopf, Schärfe in ihren grauen Augen. »Ich weiß, wo sie ist, aber niemand sonst muss es wissen«, sagte sie und blickte zu den Wänden, als hätten sie Ohren.

»Wirklich?«, fragte er überrascht.

»Natürlich, mein Lieber. Alles, was als Nächstes passiert, ist vorhergesagt worden.«

Clark dachte, er müsse sich übergeben. »Werden dann andere davon erfahren?«

»Sofern es sich nicht um Trudy handelt, die die Vision hatte, vermute ich nicht«, antwortete Hester und eilte aus dem Raum.

Trudy war also eine Seherin. Das ergab Sinn. Die DeVries waren eine alte magische Familie, die meisten von ihnen hatten einzigartige Fähigkeiten wie Hester, die heilen konnte. Clark wusste, warum sie nicht bekannt gemacht hatten, dass Trudy die Zukunft sehen konnte. Bei diesen Magiern war es über die Jahrhunderte hinweg so.

Clark flitzte hinter der alten Magierin her, überrascht, wie schnell sie sich bewegte. »Was geschah in der Vision? Wird sie in Ordnung kommen?«

Hester blieb stehen, als sich der Flur gabelte und schüttelte den Kopf. »Nein, sie stirbt.«

* * *

Galle strömte in Clarks Mund. Er versuchte, etwas zu sagen, aber Hester war bereits davongeeilt.

Als er sie schließlich einholte, erstickte er beinahe an seinen Worten. Hester war besonders vorsichtig, während sie durch das Haus huschte und blieb an jeder Ecke stehen, um sich zu vergewissern, dass sie nicht verfolgt wurden.

DIE AUSSERGEWÖHNLICHE KRAFT

Als sie den Ausdruck auf seinem Gesicht sah, schüttelte sie den Kopf und lehnte sich zu ihm. Sie flüsterte: »Du hast sie verlassen und ich weiß, weshalb. Aber in Trudys Vision war Jude nicht tot und er war noch nicht fertig mit ihr.«

Was?

Dieses eine Wort hallte lange Zeit in Clarks Kopf nach. Er hatte Liv zum Sterben zurückgelassen. Es war nicht zu fassen. Er würde niemals wieder mit sich selbst leben können.

»A-a-a-aber ...«

Hester gab ihm keine Gelegenheit, etwas zu sagen, sie ging einfach den Korridor entlang.

Clark schüttelte die Panik ab und nahm Geschwindigkeit auf, raste in Richtung der Kammer und ließ Hester hinter sich. Alles verschwamm, als er durch das Haus schoss und zu seiner Schwester rannte. Er hatte den Stock seines Vaters nicht dabei, aber er würde gegen Jude mit bloßen Händen kämpfen, wenn es nötig wäre. Was immer nötig sein sollte, um seine Schwester zu retten. Die Schuld war wie eine Bombe in seinem Kopf, bereit zu explodieren. Sie würde explodieren, sobald er die Kammer des Baumes betrat und sehen musste, was er angerichtet hatte.

Schnell passierte er die Tür der Reflexion und verdrängte die Visionen, seine Familie im Stich zu lassen, aus seinem Kopf. Es war nicht mehr nur eine kranke Möglichkeit. Es wurde zur Realität.

Clark blieb stehen, als er durch die Tür stolperte. Liv war nicht tot, aber sie war auch nicht in Sicherheit.

Trudy DeVries stand zwischen Jude und Liv, die immer noch ohnmächtig auf dem Boden lag. Die Kriegerin hielt ein Schwert auf den weißen Tiger gerichtet, der knurrte und den Kopf aggressiv zur Seite schwang. Sie wich nicht von ihrem Platz zurück und beschützte seine Schwester.

Als Jude Clark erblickte, rannte der Tiger auf ihn zu und seine Haltung zeigte, dass er bereit war, auf ihn loszugehen. Innerhalb weniger Sekunden war das stärkste Tier, dem Clark je begegnet war, im Begriff, einen Satz durch die Luft zu machen und anzugreifen. Er war nicht so schnell wie Liv. Er war nicht mutig. Aber er hatte etwas, das sie nicht hatte.

Clark Beaufont fiel auf ein Knie und senkte den Kopf in Demut. »Jude, Regulator für das Haus, wir haben die Regeln gebrochen. Wir haben die Registrierung unserer Magie aufgehoben. Wir haben es getan, weil unsere Familie getäuscht wurde. Die Magie meiner Eltern war verschlossen, als sie auf dem Matterhorn waren und sie wurden von Adler Sinclair überwältigt. Wir taten, was wir tun mussten, nicht, weil wir versuchen, das Haus zu täuschen, sondern weil wir versuchen, es zu schützen. Wir können es nicht mehr tun, wenn wir tot sind.«

Clark gingen die Worte zu schnell aus. Er hatte nicht mehr zu sagen, um seinen Standpunkt darzulegen. Er fühlte, wie der Blick des weißen Tigers schwer auf ihm lastete. Als er aufsah, stellte er fassungslos fest, dass die Haltung des Regulators plötzlich eine andere war. Er war nicht mehr in Angriffsposition, sondern saß auf seinen Hinterbeinen, der Schwanz pendelte hin und her und er hatte einen gelassenen Gesichtsausdruck, so wie normalerweise bei Besprechungen.

Mehrere Sekunden lang war Clark sprachlos. Dann griff Hesters Hand an seine Schulter und er sprang fast bis an die Decke.

»Nur Worte, die hundertprozentig ehrlich waren, konnten Jude besiegen«, sagte die Heilerin. »Gut gemacht, Rat Beaufont.«

DIE AUSSERGEWÖHNLICHE KRAFT

Clark erhob sich und schüttelte den Kopf. »Aber Liv hat versucht, ihm dasselbe zu erklären, bevor er sie angegriffen hat.«

»Aber ihr beide seid auch gerade dabei gewesen, etwas zu tun, das er für falsch hielt«, erklärte Hester. »Er kann nicht die Wahrheit hören und gleichzeitig sehen, dass ein Unrecht geschieht. Das ist zu verwirrend für Jude.«

Die Heilerin eilte davon, aber nicht zu Liv, wie Clark erwartet hatte. Sie schnappte sich Diabolos und hob die schlaffe Krähe in ihre Arme.

»Was ist mit Liv?«, fragte Clark.

Hester warf ihr einen Blick über die Schulter zu. »Sie ist wieder in Ordnung, sobald sie sich ausgeschlafen hat. Judes Angriffe sind rein mental.«

»Aber ich sah sie bluten«, erklärte Clark und drehte sich um, um das Blut zu sehen, das auf den Boden getropft war. Es war nirgendwo. Auch die Asche, die den Boden bedeckt hatte, war verschwunden. Er machte eine volle Umdrehung, bevor er Hester und Trudy mit einem fragenden Blick gegenüberstand.

»Es ist eine sehr reale Erfahrung, wenn ein Regulator seine Regel verteidigt«, klärte Trudy auf, während Hester sich bei Diabolos an die Arbeit machte. »Es ist real für die Person, die angegriffen wird und für den, der zuschaut. Ich bin sicher, es war schrecklich, zuzusehen, wie deine Schwester so etwas durchmachen musste.«

Clark nickte, schüttelte dann aber den Kopf. »Ich habe eigentlich nicht viel davon gesehen. Es herrschte völlige Dunkelheit. Aber ich hörte ihre Schreie und ich spürte, dass ich nichts tun konnte, um sie zu retten.«

»Hast du getan, weswegen ihr beide hierhergekommen seid?«, erkundigte sich Trudy.

»Unsere Magie aus der Registrierung entfernen?«, fragte Clark. »Ja, aber ich muss erklären, warum …«

Trudy schnitt ihm mit einem Kopfschütteln das Wort ab. »Es gibt keinen Grund, mir das zu erklären. Ich weiß, warum ihr beide hier gewesen seid. Ich bin dankbar, dass ich erfahren habe, dass es heute passieren würde, sonst wäre ich nicht rechtzeitig aufgetaucht, um sie zu retten.«

»Aber du behauptest doch, Judes Angriffe wären rein mental?«, hakte Clark nach.

»Ja, aber was mit dem Geist geschieht, kann den Körper beeinflussen«, erklärte Trudy.

Clark hatte viele Fragen, die ihm durch den Kopf gingen, wurde aber durch einen Flügelschlag abgelenkt, als Diabolos in Hesters Armen erwachte. Die Krähe hob sofort ab und flog dorthin, wo Jude nun neben der Bank saß. Er landete neben dem weißen Tiger und blickte mit einem seltsamen Ausdruck in den Augen zu ihm auf, als wäre er dankbar, wieder neben seinem langjährigen Freund zu sitzen.

Hester seufzte erleichtert. »Nun, das hat mich für den größten Teil der Woche erschöpft. Ich musste noch nie etwas so Mächtiges zurückbringen seit … nun, ich glaube, das war das erste Mal.«

Trudy bot ihrer Schwester den Arm an. »Bitte lass mich dich auf dein Zimmer bringen.«

Hester schüttelte sie ab. »Im Moment geht es mir gut. Aber ich habe noch viele Fragen an dich, Rat Beaufont.«

Clark schluckte. Es gab wirklich viele Fragen. Er wünschte sich, Liv wäre wach und könnte ihm helfen, sie zu beantworten. Um sie zu erklären. Aber sie schlief immer noch friedlich auf dem Boden der Kammer.

»Du konntest eure Magie selbst abmelden?«, fragte Hester.

»Nun, ja. Aber wir mussten …«

»Nachdem ich gehört habe, was deiner Familie zugestoßen ist, bin ich absolut dafür«, erklärte Hester.

»Und wir wären mit dieser Information zum Rat gekommen, aber ...«

Die Heilerin schüttelte den Kopf. »Ich denke, wir alle wissen, dass es unsicher und unklug wäre, unsere Bedenken über solche Dinge offen zu äußern. Du hattest Recht, das geheim zu halten.«

»Liv und ich planen ...«

Unisono schüttelten beide Schwestern hartnäckig den Kopf. »Bitte verrate uns eure Pläne nicht. Es ist besser, wenn wir es nicht wissen, falls etwas passiert«, sagte Hester.

»Ihr werdet dem Rat nichts dazu sagen?«, fragte Clark, der Schwierigkeiten hatte, zu realisieren, was hier gerade passierte. Er wusste, dass Hester und Trudy auf ihrer Seite waren, aber es war auch schwer jemandem zu vertrauen, nach allem, was er erfahren hatte.

Trudy warf ihrer Schwester einen fragenden Blick zu. »Irgendetwas sagen worüber?«

Hester zuckte die Achseln. »Ich bin mir nicht sicher. Glaubst du, der Koch serviert heute Abend zum Abendessen eine Gurkensuppe?«

Trudy dachte einen Moment lang nach. »Ich weiß es nicht, aber ich hoffe es. Ich könnte etwas Erfrischendes gebrauchen.«

Hester rieb ihre Hände aneinander, als wolle sie sich wärmen. »Oh, ich auch. Obwohl, wenn ich jetzt auf dem Kammerboden schlafen würde, wäre Suppe nicht das, was ich bräuchte, wenn ich aufwache.«

Die Schwestern gingen gemeinsam auf den Ausgang zu. »Ach, wirklich? Was hättest du denn gerne?«, fragte Trudy mit lauter Stimme.

»Ich denke an Kuchen. Vielleicht eine Eistorte. Möglicherweise sogar Eiscreme und Kuchen«, antwortete Hester.

Als sie an der Tür der Reflexion waren, wandte sich Hester wieder dem sehr verwirrten Clark zu. »Ich wünschte, wir könnten euch beiden mehr helfen, Rat, aber irgendetwas sagt mir, dass die Beaufonts die einzigen sind, die uns vor dem retten können, was als Nächstes passiert.«

Trudy schubste ihrer Schwester mit dem Ellenbogen in die Seite. »Ich ziehe es vor, nicht ›irgendetwas‹ genannt zu werden.«

Hester nickte. »Ich weiß, dass du das tust. Ich bitte um Entschuldigung.« Einen Augenblick später verschwand sie durch die Tür der Reflexion.

Trudy warf einen nachdenklichen Blick auf Liv, bevor sie Clark freundlich anschaute. »Ich habe die Zukunft in letzter Zeit auf viele verschiedene Arten gesehen. Es wird immer schwarz, wenn sich jemand anderes als ein Beaufont einmischt. Ich hoffe, du weißt, dass wir helfen würden, wenn wir annehmen könnten, dass es einen Unterschied machen würde.«

Die Kriegerin verschwand durch die Tür der Reflexion und Clark wusste, dass sie recht hatte. Seine Vorfahren hatten dafür gesorgt, dass die Beaufonts die Wahrheit nicht vergaßen. Das war ihre Rolle bei all dem, ob man es nun als Segen oder als Fluch betrachtete und deshalb konnte niemand außer einem Beaufont das beenden.

Er und Liv könnten bei dem Versuch, das Nächste anzugehen, sterben, aber sie wollten es gemeinsam tun.

Es endete allein mit ihnen.

Kapitel 22

Liv war nur Sekunden davon entfernt, Clark durch den Raum zu schleudern.

»Hat Hester nicht gesagt, ich sollte Kuchen und Eis essen?«, fragte sie und schob die Hühnersuppe mit Nudeln zur Seite.

»Ja«, sagte er und wischte sich die Hände an der um seine Taille gebundenen Schürze ab. »Aber wir müssen sowohl an gesunde Ernährung als auch an magische Reserven denken. Das eine geht vielleicht nach oben, aber das andere bleibt auf der Strecke, wenn man nicht aufpasst.«

Liv zog eine Grimasse. »Warum halten mir in letzter Zeit alle Vorträge über meine Ernährung?«

»Vielleicht liegt es daran, dass wir wegen deiner Vorgehensweise besorgt sind«, meinte Clark und deutete auf das noch volle Glas Wasser auf dem Tablett auf ihrem Schoß.

»Ja, ich habe vor, das zu trinken. Sobald du mir etwas Richtiges gibst, kann ich es damit herunterspülen«, erklärte Liv, die aufrecht in ihrem Bett saß. Dort hatte sie sich an diesem Morgen wiedergefunden. Sie hatte lange Kratzspuren auf ihrem Rücken erwartet, aber es gab keine. Dann war Clark mit einem Tablett mit unzureichendem Essen und einer Erklärung aufgetaucht, die Hester und Trudy betraf, die offensichtlich eine Seherin war.

»Also gut«, lenkte Clark ein. »Was möchtest du essen?«
»Eiscreme«, sagte Liv definitiv.

»Liv, es ist Morgen«, argumentierte er, als Sophia auftauchte und um den Türrahmen schaute.

»Ja, Eis zum Frühstück ist eine fantastische Idee«, sagte Liv. »Mach zwei Schüsseln daraus, eine für mich und eine für Sophia. Es sei denn, du möchtest dich uns anschließen. Wir essen im Bett. Vielleicht sogar mit unseren Schuhen an den Füßen. Oh, und ich werde mir auf keinem Fall vorher die Hände waschen.«

Clark rollte mit den Augen und stampfte aus dem Raum.

Sophia glitt um den Türrahmen herum und verdeckte ihr Grinsen, bis Clark weg war. Dann konnte sie ein Kichern nicht mehr zurückhalten. »Er wäre jetzt so wütend auf dich, wenn du nicht im Bett liegen würdest.«

Liv schüttelte den Kopf. »Gern geschehen. Du profitierst von meiner misslichen Lage. Hast du schon einmal Eis zum Frühstück gegessen?«

»Nein, normalerweise zwingt mich Clark dazu, Haferflocken ohne Zucker zu essen und einen grünen Smoothie dazu zu trinken, der nach eingeschlafenen Füßen schmeckt.«

Liv verzog das Gesicht und sagte: »Nun, heute nicht. Vielleicht sogar morgen auch nicht. Das Leben ist zu kurz, um Dinge zu essen, die uns zum Würgen bringen.«

»Er behauptet aber, dass ich länger lebe, wenn ich diese Dinge esse.«

»Sicher, du wirst länger leben, aber was bringt das?«, schlussfolgerte Liv. Sie klopfte auf die leere Stelle neben sich im Bett. »Komm schon. Lass uns kuscheln und du kannst mir erzählen, was du so getrieben hast, während ich langweilige Abenteuer erlebt habe.«

Sophia lächelte. »Ich weiß, du hast verrückte, todesmutige Dinge getan.«

DIE AUSSERGEWÖHNLICHE KRAFT

»Ich stand einem magischen Tiger gegenüber, der verrückte Sachen mit meinem Kopf, aber anscheinend nichts mit meinem Körper angestellt hat«, korrigierte Liv. »Was ist mit dir und Morgan? Was gibts Neues bei euch beiden?«

Sophia nahm neben Liv im Bett Platz und schien die Möglichkeit zum Kuscheln zu genießen. »Sein Name ist nicht Morgan.«

»Ach, wirklich?«, fragte Liv. »Ich dachte, du suchst nach einem traditionellen Namen für den Drachen? Simon, vielleicht? Oder Donald? Oder sogar George?«

Sophia zog sich die Decke über den Kopf, als Clark wieder eintrat, ein Tablett mit zwei Schüsseln Eiscreme in den Händen, ein widerwilliger Ausdruck im Gesicht. »Weißt du, nur du erholst dich von der magischen Erschöpfung, Soph nicht.«

Liv nahm die Schale, die er ihr anbot und reichte sie ihrer kleinen Schwester. »Nein, sie ist noch ein Kind und weißt du, wie oft man die Chance zurückbekommt, wieder jung zu sein? Oh, warte.«

Er schüttelte den Kopf, ein missbilligender Ausdruck auf seinem Gesicht. »Ich versuche nur …«

»In unserem besten Interesse zu handeln«, fiel Liv ihm ins Wort, als sie die andere Schale vom Tablett nahm. »Ich weiß das vollkommen zu schätzen. Aber würde es dir etwas ausmachen, mir noch eine Portion Eiscreme zu holen?«

Er runzelte die Stirn. »Du bist doch damit noch nicht fertig.«

»Ich weiß, aber gleich und dann werde ich immer noch hungrig sein.« Liv schaute Sophia fragend an. »Wie bin ich, wenn ich hungrig bin?«

Sophia steckte sich einen großen Löffel Schokoladeneiscreme in den Mund. »Das möchtest du nicht wissen. Sie ist furchtbar.«

»Liv ...«, warnte Clark.

»Es ist, als würde ich mich in einen weißen Tiger verwandeln und Leute zerfleischen, obwohl ich einsehe, dass du nicht wissen kannst, wie das ist, weil du ja von jemandem in der Kammer beschützt worden bist«, meinte Liv beiläufig.

»Oh, schön«, meinte Clark niedergeschlagen, während er zum Ausgang stapfte.

Sophia und Liv kicherten, als sie sich mehr Eiscreme in den Mund schaufelten. Sie fühlte sich dadurch zwar besser, aber was sie tatsächlich heilte, war, dass sie mit ihrer Schwester und ihrem Bruder hier war. Sie und Clark hatten das getan, was sie sich vorgenommen hatten. Ihre Magie war nicht mehr registriert. Ihre Spuren waren verwischt. Und sie waren so viel näher dran, Adler Sinclair aufzuhalten. Sie musste ihn nur noch finden.

Der Überall-Block, den Rory ihr gegeben hatte, lag neben ihrem Bett. Er leuchtete plötzlich auf und erregte die Aufmerksamkeit beider Mädchen. Liv stellte ihre Schüssel auf den Schoß und holte den Block zu sich heran. Rory hatte ihr eine Nachricht geschickt.

Wir haben die Vergessenen Archive.

»Die *Vergessenen Archive*?«, fragte Sophia und blickte Liv über die Schulter. Sie könnte schwören, das kleine Mädchen wurde jeden Tag größer. Bald würde sie größer sein als sie selbst, was nicht mehr lange auf sich warten lassen konnte.

»Ja, das frage ich mich auch.« Liv nahm ihren Stift vom Nachttisch.

Was sind die Vergessenen Archive?

Das ist die verlorene Geschichte. Durch die Aktivierung des Buches wird es so gestaltet, dass Sterbliche und magische Geschöpfe sich an die richtige Geschichte erinnern.

Cool, schrieb Liv. *Aktiviert es.*

DIE AUSSERGEWÖHNLICHE KRAFT

Das können wir nicht, antwortete Rory. *Nicht, bevor die Sterblichen wieder Magie sehen können.*

»Natürlich«, knurrte Liv.

»Frag ihn mal, ob es ihm gut geht«, forderte Sophia.

»Nun, er schreibt mir Nachrichten, also denke ich, dass das voraussetzt, dass es ihm gut geht, oder er zumindest nicht tot ist«, antwortete Liv.

»Frag ihn trotzdem«, ermutigte Sophia.

Liv nickte und schrieb: *Wie geht es dir und Mum?*

Eine Minute später erschien eine Nachricht.

Sag Sophia, dass es uns gut geht und danke der Nachfrage, obwohl Mama sagt, dass du sie Misses Laurens nennen sollst.

Liv lachte. »Diese Frau kann man nicht täuschen, oder?« Sie zog den Überall-Block näher heran.

Ist Decar immer noch hinter euch her? Braucht ihr Hilfe?

Rory antwortete nach einer kurzen Pause.

Ja, er ist hinter uns her, aber wir brauchen deine Hilfe nicht.

Bist du sicher? Ich habe im Moment nichts zu tun.

Sophia kicherte und nahm einen großen Löffel schmelzendes Eis.

Manchmal verlassen wir uns zu sehr auf dich, Liv, hieß es in Rorys Antwort. *Du hast uns so weit gebracht. Diese Mission ist eine, die wir allein für dich erfüllen müssen.*

»Oh, das ist so süß«, schwärmte Sophia.

Liv dachte einen Moment lang nach.

Hat Misses Laurens dich gebeten, das zu schreiben, um mich fernzuhalten? Sie will nicht, dass ich sie dort belästige, oder?

Und ich dachte, ich wäre diplomatisch, antwortete Rory.

Okay, nun, seid vorsichtig und schlagt Decar k.o., schrieb Liv, die nicht die ganze Geschichte auf einem magischen Block erzählen wollte. Sie musste Rory persönlich erzählen, was sie über die Sinclairs erfahren hatte. Trotzdem war es unmöglich, sich keine Sorgen um ihn und Bermuda zu machen.

Das werden wir. Wir sehen uns bald, schrieb Rory.

Klingt gut. Sterbt bitte nicht, antwortete sie, als Clark den Raum wieder betrat und ein Tablett mit einer einzigen Schüssel Eiscreme in der Hand hielt.

»Du hast noch nicht einmal die erste Schüssel aufgegessen, die ich dir besorgt habe«, jammerte Clark. »Die hier wird geschmolzen sein, bevor du fertig bist.«

Liv nickte und rutschte im Bett umher. »Dann solltest du wohl besser herkommen und es für mich essen.«

Clark schenkte ihr einen entrüsteten Ausdruck, der besagte: »Das kann nicht dein Ernst sein.«

Sie tätschelte den Platz an ihrer anderen Seite. »Komm schon. Wann hattest du das letzte Mal etwas Lustiges zum Frühstück, das nicht voller Ballaststoffe war und wie Pappe geschmeckt hat?«

»Liv ...«, meinte er. Sie schien seine Geduld auf eine harte Probe stellen zu wollen.

»Clark ...«, antwortete sie, passend zu seinem Tonfall. »Man lebt nur einmal. Würdest du bitte deine Schwestern verwöhnen, dich zu uns gesellen und das Frühstück im Bett zu dir nehmen? Wir verlangen doch wirklich nicht viel.«

Er blickte auf seine Kleidung hinunter. »Aber ich trage ...«

»Unglaublich gestärkte Klamotten«, unterbrach Liv. »Du wirst es hoffentlich überleben, eine halbe Stunde in einem Bett zu liegen.«

»Eine halbe Stunde?«, fragte er ungläubig.

»Oh ja, Clark Beaufont«, sagte Liv und nahm ihm das Tablett aus den Händen. »Du wirst mindestens eine halbe Stunde lang faulenzen und Eiscreme essen. Wenn ich

DIE AUSSERGEWÖHNLICHE KRAFT

einen Fernseher hätte, würden wir dazu Zeichentrickfilme schauen.«

»Warum hast du keinen Fernseher?«, erkundigte sich Sophia.

»Erstens bin ich zu beschäftigt, um irgendetwas anzuschauen«, antwortete Liv und zog Clark neben sich nach unten. Zum Glück erlaubte er es, obwohl er seine Schuhe seitlich von der Matratze hielt. »Und außerdem habe ich auf den perfekten Zeitpunkt gewartet, mir einen anzuschaffen.«

Liv zog die Nase hoch und versuchte, genau an das zu denken, was sie wollte. Einen Augenblick später deutete sie zu der Wand gegenüber ihrem Bett. An der Wand erschien der perfekte Flachbildfernseher, genau in der richtigen Höhe aufgehängt.

»Ich schätze, dann ist wohl jetzt der perfekte Zeitpunkt?«, fragte Clark, steif neben ihr sitzend.

Sie reichte ihm die Schüssel mit Eis und nickte. »Ja, und wenn du das nicht isst, schmilzt es und du wirst für den Rest deines Lebens auf der Du-warst-nicht-brav-Liste stehen.«

»Liv ...«

»Clark, wir haben noch so viel zu tun. Wir müssen Bösewichte besiegen, Wunden heilen und Menschen retten. Wenn das, was Trudy gesagt hat, wahr ist, dann sind wir es, die das in Ordnung bringen müssen. Also lass die Beauforts für den Augenblick einfach diese gestohlene Zeit miteinander verbringen, in der wir so tun können, als wären wir wieder Kinder.«

»Hey!«, grunzte Sophia und machte auf sich aufmerksam.

»Oder wir *sind* einfach nur Kinder«, korrigierte Liv.

Clark lächelte tatsächlich und nahm seinen vor Eiscreme tropfenden Löffel in die Hand. »Ja, ich schätze, du hast recht. Auf die Beauforts.«

Liv und Sophia schlugen mit den Löffeln gegen seinen, bevor sie alle einen Happen zu sich nahmen und sich aneinander kuschelten, wie sie es noch nie getan hatten.

Denn auch Helden brauchten einen freien Tag. Auf diese Weise konnten sie wachsen und ein Übel ausmerzen, das schon viel zu lange Bestand hatte.

Kapitel 23

Die Einsamkeit zerriss Adler Sinclair beinahe. Allein in dieser Einrichtung am Matterhorn zu sein, forderte seinen Tribut.

Er vermisste die Anwesenheit von Indikos neben sich. Es lag nicht daran, dass sich die beiden außergewöhnlich gut verstanden oder sie ihre gegenseitigen Bedürfnisse gekannt hätten. Er hatte jahrelang darum gekämpft, zu verstehen, was der Miniaturdrache brauchte. Aber er hatte Indikos gerne in seiner Nähe. Dadurch fühlte er sich beschützt.

Gegenwärtig erinnerte der heulende Wind Adler daran, dass er einsam auf dem Gipfel dieses gefährlichen Berges stand. Der Strom flackerte regelmäßig, was seine Arbeit noch schwieriger machte.

Er brauchte die Elektrizität nicht, um sie in das Signal zu speisen. Es wurde von magischer Technik angetrieben. Er brauchte keine Elektrizität für das Upgrade, das er gerade durchführte, aber er brauchte Licht zum Arbeiten.

»Das ist der schlimmste Ort der Welt«, maulte Adler und warf das Werkzeug in seiner Hand quer durch den Raum. Er hätte sich keinen schrecklicheren Ort vorstellen können, aber schon bald durfte er den abscheulichen Ort wieder verlassen. Olivia Beaufont würde nicht lange fernbleiben können; dessen war er sich sicher. Sie wäre hinter ihm her und wenn sie kam, wäre er bereit. Dann könnte er sie erledigen und wäre ein für alle Mal mit den Beaufonts fertig. Alles würde zu einem Ende kommen und zwar keine Minute zu früh.

Adler war dieses andauernden Kampfes überdrüssig. Talon hätte einen entscheidenderen Sieg erringen müssen, als er die Sterblichen besiegt hat. Das hätte er tun sollen. Wenn er es so gemacht hätte, wie Adler es wollte, wäre es kein Problem gewesen.

Der Gott-Magier hatte immer geglaubt, dass Vater Zeit das größte Hindernis für seinen Erfolg wäre, da er ihn davon abhielt, zur vollen Macht aufzusteigen und für die Ewigkeit uneingeschränkt zu leben. Doch er irrte sich. Es waren die Sterblichen gewesen, und Adler wusste das.

Bald sollten sie kein Problem mehr darstellen.

Er zog sich von dem riesigen Stück magischer Technik zurück, das Talon vor Jahrhunderten erfunden hatte. Es war unglaublich, ein Signal zu senden, das die Sterblichen davon abhielt, Magie zu sehen. Und bald würde es so viel mehr tun.

Mit seinem Finger und den Dingen, die er von seinem Ururgroßvater gelernt hatte, verschmolz Adler mithilfe seiner Magie Drähte miteinander. Als die Arbeit beendet war, lehnte er sich zurück und fragte sich, ob er tatsächlich getan hatte, was er glaubte, tun zu müssen.

Er atmete tief durch und fügte den Code hinzu, der die von ihm vorgenommenen Änderungen umsetzen sollte. Es war für ihn unmöglich zu erkennen ob es funktioniert hatte, von dort aus, wo er sich befand. Dazu bräuchte er Augen auf dem Boden.

Er holte sein Telefon aus der Tasche und wusste, dass das Signal funktionieren würde, obwohl er mitten im Nirgendwo war, oder, wie Talon es genannt hatte, am Anfang vom Ende. Das Matterhorn war der Ort, von dem der Eine gefolgert hatte, dass er die magische Energiequelle, mit der die Sterblichen verbunden waren, am besten unterbrechen konnte.

DIE AUSSERGEWÖHNLICHE KRAFT

Und von welchem Ort aus sollte man sie besser alle ausschalten können?

Das Telefon klingelte dreimal, bevor die Person am anderen Ende abhob.

»Ich habe das Signal mit den Upgrades aktiviert«, sagte Adler.

»Was soll ich tun, Meister?«, fragte die Frau am Ende der Leitung.

Er schnüffelte vor Frustration. »Was denkst du? Behalte die Sterblichen weltweit im Auge. Notiere und dokumentiere alle weit verbreiteten Veränderungen.«

»Änderungen, Sir?«, fragte sie.

»Epidemien«, erklärte er.

Kapitel 24

Rudolf musste einfach loslegen und heiraten«, sagte Liv und hüpfte auf einem Bein herum und versuchte, ihren anderen High Heel zu finden. Es war schwierig, den Boden mit einem so langen Kleid zu sehen.

»Ich glaube, es stört dich nicht so sehr, dass er heiratet, als dass er dich zu seiner Trauzeugin gemacht hat«, vermutete Sophia, die an der Kante von Livs Bett saß und ihre Füße hin und her schaukelte, während sie zusah, wie sie unter der Kommode nach dem fehlenden Schuh tastete.

»Ja, das ist genau der Teil, der mich stört«, grunzte Liv, griff blind unter die Kommode und tastete herum. »Ich bin nicht dazu bestimmt, zu solchen Veranstaltungen zu gehen, unbequeme Kleidung zu tragen und Smalltalk mit lästigen Fae zu betreiben.«

»Pass auf, sonst bringst du dein Haar durcheinander«, mahnte Sophia.

»Dann werde ich einfach nicht mehr hingehen können«, hoffte Liv mit einem Achselzucken.

»Du musst«, Sophia pfiff anerkennend. »Du siehst aus wie ein Filmstar.«

Erfolgreich zog Liv ihren anderen Stöckelschuh unter der Kommode hervor. Sie schlüpfte hinein und stellte sich in voller Größe vor den Spiegel. Sophia hatte Recht. Liv erkannte sich selbst nicht mehr. Sie sah tatsächlich so aus, als wolle sie in ihrem enganliegenden Ballkleid mit langer Schleppe bei einer wichtigen Veranstaltung über den roten

Teppich schreiten. Die Grün- und Rosatöne wechselten je nach Licht, Raum oder einem anderen Faktor, den Liv nicht herausfinden konnte und die Blumen hatten lange genug aufgehört zu blühen, damit sie sich fertig machen konnte. Das war gut so, denn dadurch war es etwas einfacher, sich zu bewegen.

Rudolf hatte Liv mitgeteilt, dass die Blumen blühen würden, wenn sie Liebe empfände. Die Idee dahinter war, dass während der Zeremonie, nachdem Rudolf und Serena ihr Gelübde abgelegt hatten, die Kleidung der Hochzeitsgesellschaft aufblühen würde, wenn das Paar seinen ersten Kuss als Mann und Frau austauschen würde.

Liv musste ein Würgen unterdrücken, nachdem sie das erfahren hatte. Dennoch musste sie zugeben, dass Rudolfs romantische Seite in Vorbereitung auf die große Zeremonie zum Vorschein gekommen war.

Sophia hatte bei Haar und Make-up geholfen, indem sie die langen Strähnen zu Blumenformen arrangiert und Perlen in ihren weichen Locken verflochten hatte. Ihr Make-up war zart und natürlich und hob ihre Züge hervor, ohne sie wie eine Prostituierte aussehen zu lassen.

»Ich glaube, etwas fehlt noch«, sagte Sophia, neigte den Kopf zur Seite und betrachtete Liv zaghaft.

»Die Liste ist eigentlich lang«, murmelte Liv. »Zunächst einmal meine Stiefel. Unterwäsche wäre auch ganz nett.«

»Rudolf hat gemeint, das würde die Wirkung des Kleides stören«, schritt Sophia ein.

»Ja, aber wann habe ich Rudolf Sweetwater erlaubt, mir zu sagen, ob ich einen BH tragen darf oder nicht?«, murrte Liv und presste ihre Hände auf die Hüften. »Ich meine, ich verstehe schon, dass Männer normalerweise ganz scharf darauf sind, dass wir dieses unbequeme Kleidungsstück tragen, aber er sollte wirklich kein Mitspracherecht bei dem haben, was ich anziehe.«

»Er möchte nur, dass du so strahlend wie möglich aussiehst«, argumentierte Sophia. »Und das wirst du auch. Vor allem, weil ich noch etwas für dich habe.«

Liv warf ihrer Schwester einen überraschten Blick zu, als eine kleine flache Schachtel in ihren kleinen Händen erschien. »Bitte sage mir, dass mein Umhang in dieser Schachtel ist.«

Sophia kicherte. »Nein, aber es ist etwas von unserer Mutter.«

Das Lächeln auf Livs Gesicht verschwand. »Soph ... das hast du nicht.«

Ihre Schwester nickte. »Das habe ich. Und es ist perfekt für diesen Anlass.«

Guinevere Beaufont war ihrer Tochter sehr ähnlich gewesen und hatte sich nicht um Schmuck oder andere Modeartikel gekümmert. Ihre Mutter hatte jedoch eine Halskette besessen, an die sich Liv bestens erinnerte. Erstens trug sie sie nur zu den ganz besonderen Anlässen. Zweitens war es das schönste Schmuckstück, das Liv je gesehen hatte.

»Du bist zum Haus gegangen und hast sie geholt?«, fragte Liv und bemerkte, dass ihre Hände zitterten.

Sie konnte sich nicht vorstellen, die Halskette ihrer Mutter zu tragen. Es war, als wäre sie in ein neues Reich gekommen, in dem Kindheitsträume möglich waren. Wie oft hatte sie sich vorgestellt, zu tanzen und das schönste Schmuckstück ihrer Mutter um den Hals zu haben?

Für ein Kind, das nie Verkleiden gespielt hatte, war es das einzige Mal, dass Liv sich daran erinnerte, eine Prinzessin sein zu wollen. Aber das lag vor allem daran, wie ihre Mutter bei den wenigen Gelegenheiten ausgesehen hatte, bei denen sie dieses Schmuckstück trug. Guinevere sah mit der schweren smaragd- und diamantbesetzten Halskette nicht nur wie eine Prinzessin aus. Sie hatte wie eine Königin ausgesehen. Eine, die allen den Atem raubte und alle starren ließ, während sie lachte und ihre blauen Augen funkelten.

»Sie wird perfekt zum Grün im Kleid passen und sie ist genau das, was du jetzt brauchst.« Sophia hielt Liv die Schachtel hin.

Sie verkrampfte sich beim Öffnen des Deckels und enthüllte die Halskette, die sie seit vielen, vielen Jahren nicht mehr gesehen hatte.

Sie war noch schöner, als sie sich erinnern konnte, mit ihren quadratischen Smaragden, die von funkelnden Diamanten umgeben waren. Livs Finger zogen sich zurück, bevor sie die Kette berührte, aus Angst, dass die Edelsteine sie, wie Inexorabilis, schocken und abwehren könnten.

Das Zögern auf ihrem Gesicht lesend, schob Sophia die Schatulle auf Liv zu. »Sie würde wollen, dass du sie trägst.«

Liv schüttelte den Kopf. »Nein, sie würde sich an meine Schwierigkeiten mit Schmuck erinnern und mir sagen, ich solle die Kette nicht verlieren.«

Sophia seufzte. »Du wirst sie nicht verlieren. Selbst wenn du es tätest, würde Mami wollen, dass du sie trägst.«

Ihre Schwester hatte recht. Guinevere hatte oft gesagt, dass es keinen Sinn hätte, schöne Dinge zu besitzen, wenn man sie nicht benutzte. Sie war nicht der Meinung, dass wertvolles Porzellan in einem Schrank weggeschlossen und nie benutzt werden durfte. Sie hätte die Smaragdhalskette wahrscheinlich viel öfter getragen, wenn sie mehr Gelegenheiten gehabt hätte, aber das Leben eines Kriegers bot nicht viele Möglichkeiten, zu solchen Veranstaltungen zu gehen. *Zum Glück*, dachte Liv.

»Komm schon«, drängte Sophia. »Ich will sehen, wie sie an dir aussieht.«

Liv atmete tief durch und hob die Halskette an. Sie war so schwer, wie sie es sich vorgestellt hatte, mit Diamanten und Smaragden – mindestens über dreihundert Karat. Sie war ein Beispiel für die unglaubliche Handwerkskunst der Zwerge und ein Geschenk ihres Vaters, als Guinevere ihr erstes Kind Reese bekam.

Vorsichtig legte Liv die wertvolle Halskette um und betätigte den Verschluss. Ihre Finger fanden den größten Smaragd vorne und berührten ihn leicht, während sie hinunterstarrte.

Verlegen blickte sie zu Sophia auf, die ein Quietschen von sich gab, das nur Hunde hören konnten. »Das ist das Schönste, was ich je an dir gesehen habe!«

Livs Wangen erröteten. »Ich weiß es nicht. Es fühlt sich nach zu viel an. Ich glaube nicht, dass ich die richtige Persönlichkeit habe, um das durchzuhalten.«

Sophia schüttelte den Kopf. »Stell dich nicht so an! Du bist mutig und die perfekte Person, um sie zu tragen. Niemand wird die Braut auch nur anschauen, weil du so bezaubernd bist.«

»Nun, dann lege ich sie besser ab«, scherzte Liv. »Serena wird versuchen, mich umzubringen, wenn ich ihr heute die Schau stehle.«

Die Türklingel bimmelte.

Ihr Herz raste plötzlich und Liv schaute auf. »Wie? Ich bin noch nicht bereit!«

»Natürlich bist du das«, sagte Sophia. »Ich gehe zur Tür.«

»Das bin ich nicht«, argumentierte Liv. »Ich muss ...«

»Du bist bereit«, argumentierte Sophia und rannte zur Vordertür.

DIE AUSSERGEWÖHNLICHE KRAFT

Liv warf einen letzten Blick in den Spiegel. Wenn sie schielte, musste sie zugeben, dass sie ein bisschen wie ihre Mutter aussah. Guinevere Beaufont war der schönste Mensch gewesen, den sie je gesehen hatte. Im Übrigen war sie in der Regel die schönste Person gewesen, die die Menschen je getroffen hatten, einschließlich aller Fae. Es fiel Liv schwer zu glauben, dass sie die Halskette ihrer Mutter trug und im Begriff war, in einem Ballkleid an einer Hochzeit teilzunehmen. Wann war sie erwachsen geworden? Es fühlte sich alles ein bisschen surreal an.

Mit einem letzten ermutigenden Blick machte sie sich auf den Weg ins Wohnzimmer, wobei sie jeden Schritt vorsichtig tat, um nicht über ihr Kleid zu stolpern.

»Ich schwöre, Rudolf hat dieses Kleid extra für mich entworfen, nur um zu sehen, wie ich wenig graziös auf mein Gesicht purzle«, meinte Liv, als sie aus dem Schlafzimmer kam.

Die aufgeregten Stimmen, die durch den loftartigen Raum hallten, hörten auf, als Liv den Raum betrat. Sie war sich ziemlich sicher, dass alle den Atem anhielten und nur darauf warteten, dass Liv ausrutschte und auf ihrem Hintern landete. Als sie es sicher ein paar Schritte geschafft hatte, schaute sie siegessicher auf.

»Ich habs geschafft!«, rief Liv.

Stefan Ludwigs Mund war teilweise geöffnet, seine blauen Augen weit aufgerissen vor Schreck, als er Liv aus nur wenigen Metern Entfernung anstarrte.

»Was hast du?«, fragte Sophia.

»Ich habe es bis hierher geschafft«, sagte Liv und fand es plötzlich schwer, deutlich zu sprechen.

Es war das erste Mal, dass Liv Stefan so herausgeputzt in einem Smoking sah. Sein normalerweise chaotisches Haar war zurückgekämmt und seitlich gescheitelt, und das freche Lächeln in seinen Augen war das perfekte Accessoire für sein Ensemble.

»Mit diesen Absätzen wirst du es noch viel weiter schaffen müssen«, klärte Sophia auf.

Liv schüttelte den Kopf und erkannte, dass sie das unter den gegenwärtigen Umständen nicht durchziehen konnte. »Eigentlich tue ich das nicht.« Sie schnippte mit dem Finger Richtung ihrer Füße und schrumpfte um knapp drei Zentimeter.

»Was hast du getan?«, wollte Sophia wissen. »Bist du deine Absätze losgeworden?«

»Ich überlasse sie dir zum Spielen«, erklärte Liv, die viel bequemer als zuvor voranschritt. Als sie vor Stefan stand, schenkte sie ihm ein kleines Lächeln. »Versuchst du, Fliegen zu fangen?«

Er sah verwirrt aus.

Sie deutete auf sein Gesicht. »Dein Mund. Er steht offen.«

Er presste erschrocken die Lippen zusammen und richtete sich auf. »Nun, ich weigere mich, mich zu entschuldigen, Kriegerin Beaufont. Du hast mich ziemlich überrascht.«

»Weil du es nicht gewohnt bist, mich mit gebürsteten Haaren zu sehen?«, fragte Liv und zügelte das Lachen, das sie immer verspürte, wenn sie mit Stefan scherzte. Es fiel ihnen viel zu leicht.

»Oh, du hast dir die Haare gebürstet?«, fragte er. »Ist mir nicht aufgefallen. Meine Aufmerksamkeit wurde völlig eingenommen durch ...«

»Die Smaragdhalskette, die ich trage«, schlug Liv vor. »Sie gehörte meiner Mutter.«

»Äh? Was?« Stefan schüttelte den Kopf wie betäubt. »Du trägst eine Halskette? Ach, das. Das habe ich kaum bemerkt.«

DIE AUSSERGEWÖHNLICHE KRAFT

»Nun, ich verstehe«, seufzte Liv nervös. »Bei dieser Ungeheuerlichkeit eines Kleides, das ich gezwungen wurde zu tragen, fällt es schwer, viel zu bemerken.«

Stefans verwirrter Blick glitt an ihrem Kleid hinunter und dann wieder hoch zu ihrem Gesicht. »Oh, das Kleid. Ja, es tut mir leid. Das habe ich auch nicht bemerkt. Es war dein ...«

»Meine Nägel?«, lieferte Liv. »Es ist, weil ich unter meinen Nägeln sauber gemacht habe, oder?«

Er schüttelte den Kopf und verbarg ein Lächeln. »Nein, das ist es nicht, was meine Aufmerksamkeit gestohlen hat, als du zum ersten Mal den Raum betreten hast.«

Sie seufzte dramatisch. »Hmmm. Vielleicht liegt es daran, dass ich heute Morgen eines von Sophias Gummivitaminen zu mir genommen habe. Ich habe das Mittagessen ausgelassen und gedacht, es würde seinen Zweck erfüllen.«

Stefans Augen wichen nicht von ihren ab, als er weiter den Kopf schüttelte. »Das ist es nicht, Liv.«

»Nun, dann bin ich ratlos«, sagte Liv. »Aber wir sollten los. Wir wollen nicht zu spät kommen. Oder vielleicht doch. Vielleicht sollten wir nicht auftauchen, bis die Fae alle betrunken sind.«

»Was Äonen dauern könnte«, bot Stefan an.

»Das würde es nicht, wenn sie nicht jeden einzelnen Tag trinken würden«, witzelte Liv.

»Und ja, ich denke, wir sollten los«, Stefan bot Liv einen Arm an. »Kennst du den Weg?«

Sie nickte und ging zuerst in die Hocke, um mit Sophia zu sprechen, die vor Aufregung zappelte. »John wird in etwa zehn Minuten kommen, nachdem er den Laden geschlossen hat. Er sagte etwas über das Kochen von Hähnchen Cordon Bleu und Dämpfen von Gemüse. Weißt du, was das alles ist oder ob es sicher ist, Dinge zu dämpfen? Ich bin mir sicher, dass fast alle Lebensmittel frittiert werden sollten.«

Sophia und Stefan lachten. »Ich bin sicher, er wird mir etwas anbieten, das ich essen kann.«

Liv schüttelte den Kopf. »Da wäre ich mir nicht so sicher. Aber für alle Fälle habe ich eine Tüte Chips in der Speisekammer gelassen. Sie dürfen jedoch erst dann gegessen werden, wenn du die bereits geöffnete Packung Gummibärchen aufgebraucht hast.«

»Das ist ein sehr seltsamer Haushalt, den du da führst«, brummelte Stefan hauptsächlich zu sich selbst.

Liv erschoss ihn in einem Scheinangriff. »Es geht darum, Prioritäten zu setzen.« Sie erwiderte Sophias Blick. »Bitte hör auf John. Ich habe Filme für euch beide im neuen Unterhaltungszentrum vorbereitet.« Sie deutete auf den großen Fernseher, den sie an jenem Tag ›installiert‹ hatte.

»Ist es ein Disney-Prinzessinnen-Film?«, fragte Sophia.

Liv schüttelte den Kopf. »Komm schon. Ich habe nicht vor, dir Propaganda in den Hals zu stopfen. Ich habe euch die gesamte ›*Drachenzähmen leicht gemacht*‹-Reihe besorgt, obwohl ich mir fast sicher bin, dass keine der Lektionen, die du mit Gerald umsetzen kannst, so laufen wird.«

»Gerald?«, unterbrach Stefan erneut.

Liv schoss ihm einen Blick zu. »Das ist der inoffizielle Name ihres Drachen.«

Sophia schüttelte den Kopf. »Nein, das ist er nicht. Er hat noch keinen Namen.«

»Aber wenn er einen bekommt«, sagte Liv, die aufgestanden war, »dann nehmen wir so etwas wie Harry.«

»Nein, das tun wir nicht«, lehnte Sophia mit einem Kichern ab.

DIE AUSSERGEWÖHNLICHE KRAFT

»Okay, na gut. Dann etwas biologisch passendes. Wie wäre es mit Scaly?«, fragte Liv.

Sophia drückte ihre kleinen Hände in Livs Seite und schob sie in die Mitte des Raumes. »Geh du zur Hochzeit. Und komm dann zurück. Ich. Kann. Es. Nicht. Erwarten. Einzelheiten. Zu. Erfahren.«

Liv schaute Stefan gelangweilt an. »Ich hätte mir so gewünscht, dass meine kleine Schwester mehr Begeisterung für das Leben hätte. Sie ist so farblos.«

Er zuckte die Schultern und bot ihr erneut seinen Arm an. »Vielleicht gibt es einen Zauberspruch, den du auf sie legen könntest.«

Liv griff mit der Hand an die Brust und warf ihm einen abstoßenden Blick zu. »Du möchtest mir doch nicht etwa unterstellen, dass ich zaubere?«

»Das will ich«, sagte er, als sie seinen Arm nahm und seltsamerweise seine Wärme genoss. Sie hatte schließlich obenrum so gut wie nichts an, argumentierte sie.

»Ich weiß nicht, in welch einer seltsamen Welt du lebst, Mister Ludwig, aber in meiner Welt halten wir nichts von so fantastischen Ideen wie Magie.« Liv streckte ihre Hand gerade aus und versuchte, sich an die Adresse für die Hochzeit zu erinnern. Einen Moment später öffnete sich spiralförmig ein Portal in der Mitte des Wohnzimmers.

»Ich weiß. Ich neige dazu, ein bisschen zu träumen«, lächelte Stefan.

Liv warf Sophia einen Blick über die Schulter zu. »Ich werde früh wieder zu Hause sein. Bitte hör auf John und wenn du etwas brauchst …«

Ihre Schwester schüttelte hartnäckig den Kopf. »Geh! Komm erst zurück, wenn du die Letzte bei dem Empfang bist. Und mach tonnenweise Fotos.«

169

Liv schenkte Stefan einen verwirrten Blick. »Was sind das für Fotos, von denen sie spricht? Und wie nehmen wir sie auf?«

»Liv!«, beschwerte sich Sophia, während Stefan lachte.

»Gut, und ja« Liv winkte ihrer Schwester zu, als sie durch das Portal traten. »Halt dich fest. Es könnte etwas holprig werden.«

»Warum?«, fragte Stefan plötzlich ängstlich.

Liv grinste bösartig, als das Portal sie umhüllte. »Die Hochzeit ist in einer anderen Dimension.«

Kapitel 25

Der Transit durch das interdimensionale Portal war definitiv nicht so angenehm wie ein normaler. Livs Gehirn fühlte sich dadurch an, als wäre es in einer Mikrowelle gekocht und dann wieder in ihren Kopf geschoben worden.

Als sie gelandet waren, war sie dankbar, dass ihr Körper noch genau so war, wie sie sich daran erinnerte. Die Welt um sie herum war es jedoch definitiv nicht.

»Wow«, meinte Stefan, ihren Arm fester umklammernd. »Wo sind wir hier?«

»Wir sind definitiv nicht mehr in Kansas, Toto«, sagte sie und sah sich ehrfürchtig um.

»Wirklich?«, fragte Stefan. »Ich bin der Hund in diesem Theaterstück?«

»Nicht irgendein Hund«, sagte Liv, die immer noch die seltsamen Anblicke um sie herum aufnahm. »Du bist der Hund, der so ziemlich alle Probleme verursacht und damit die Geschichte ausgelöst hat. Wenn Toto nicht gewesen wäre, hätte die böse Hexe ihn nicht gefangen genommen, Dorothy wäre nicht weggelaufen, dann wäre sie während des Sturms sicher gewesen und es gäbe keine Reise zum Zauberer.«

»Du möchtest damit sagen, dass du froh bist, mich mitgenommen zu haben, richtig?«, wollte Stefan schüchtern wissen.

»Ich habe mich noch nicht entschieden«, antwortete Liv spielerisch.

Die Sehenswürdigkeiten um sie herum konnten nur als überirdisch bezeichnet werden. Liv und Stefan standen in einem Fluggerät, das im Weltraum zu schweben schien. Der Boden war halbtransparent und unter und um sie herum leuchteten Sterne in der Ferne. Auch Planeten mit Ringen und mehreren Monden schwebten mit unterschiedlichen Geschwindigkeiten vorbei.

Die Fläche hatte etwa die Größe eines Fußballfeldes. In der Ferne konnte Liv eine Reihe von Fae und anderen magischen Kreaturen sehen. Sie waren vor einem Torbogen aus Platin aufgereiht, der seltsamerweise direkt aus einem Science-Fiction-Roman zu stammen schien und auch ziemlich fantastisch aussah, bedeckt mit Blumen und winzige Feen summten herum.

»Ich denke, dass die Zeremonie in dieser Richtung stattfindet«, erkannte Liv und zerrte Stefan in diese Richtung.

Als sie fast am Torbogen angekommen waren, erkannte Liv die außergewöhnlichen Dekorationen. Sie schwebten im Weltraum, Sterne flogen vorbei und ferne Planeten funkelten überall um sie herum. Die Dekorationen in der merkwürdigen, im Freien gelegenen Halle waren recht dezent. Die Sitzgelegenheiten waren nicht befestigt, sodass sie nicht die Möglichkeit beeinträchtigten, die kostbare Galaxie zu sehen, die sich unter ihren Füßen auftat. Kein geringerer als der König der Fae, Rudolf Sweetwater, stand vorne und sah ziemlich nervös aus.

Sein Gesicht wurde heller, als er sah, wie Liv sich durch die Menge drängte. Er hob eine Hand und winkte ihr kräftig zu.

Sie drehte sich zu der Menge in ihrem Rücken und sah sich um.

»Ich glaube er winkt dir zu«, vermutete Stefan.

Liv bot ihm ein leichtes Grinsen. »Ich weiß. Es ist ein kleines Spiel, das wir spielen.«

Sie blickte Rudolf direkt an und zeigte auf einen Fae neben ihr. »Dieser?«, murmelte sie.

Rudolf schüttelte den Kopf und zeigte direkt auf sie.

Sie deutete auf Stefan. »Oh, ist es der, den du meinst?«

Wieder schüttelte Rudolf den Kopf, heftiger als zuvor.

Liv machte eine Dreihundertsechzig-Grad-Drehung und gab vor, ratlos zu sein. »Ich weiß es nicht. Auf wen zeigt er denn?«

Stefan überraschte sie, indem er ihre Hand in seine nahm und sie mit beeindruckender Kraft den Gang hinunterführte. »Der König verlangt deine Aufmerksamkeit.«

»Ich weiß doch«, flüsterte Liv. »Ich habe mit ihm gespielt.« Sie versuchte, ihre Hand von Stefans Hand wegzuziehen, aber er hielt sie fest.

»Oh, da bist du ja«, Rudolf schlug erleichtert mit den Händen auf seine Beine. Er war in einem Smoking mit smaragdgrünen Manschettenknöpfen gekleidet und er trug eine große Gardenie im Revers seiner Jacke. »Habt ihr Liv Beaufont gesehen? Sie soll meine Trauzeugin sein.«

Liv blinzelte den König der Fae an. »Was glaubst du denn, wer ich bin?«

»Nun, du bist die Doppelgängerin, die sie geschickt hat, um mich zu täuschen«, antwortete er. »Ich suche nach der Echten.« Er hob seine Hand in die Mitte seiner Brust. »Sie ist ungefähr so groß und hat normalerweise ein Rattennest als Haar und Schmutzflecken im Gesicht. Hast du sie gesehen?«

Liv senkte ihr Kinn. »Ich bin die einzig Wahre.«

Seine Augen weiteten sich. »Neiiiiiin.«

»Oh, ja, König Dumpfbacke. Ich bins wirklich.«

Er breitete seine Arme weit aus und warf sie, ohne um Erlaubnis zu bitten, um sie. »Du *bist* es. Nur Liv würde diesen bezaubernden Spitznamen verwenden.«

»Wenn du deine Hände nicht von mir nimmst, werde ich dich mitten im Weltraum aus diesem schwebenden Fluggerät werfen«, brummte Liv mit zusammengebissenen Zähnen.

Rudolf zog sich mit einem Lachen zurück. »Und wie ich sehe, konntest du ein Date finden. Was hast du gezahlt?« Er zeigte auf Stefan.

Liv blinzelte wieder. »Ich musste keinen männlichen Begleiter anheuern.«

Rudolf schaute Stefan aufmerksam an und nickte anerkennend. »Nein, ich sehe jetzt, dass er nicht männlich ist. Aber er hätte mich fast getäuscht. Für mich ist es jedenfalls egal, ob du männliche oder weibliche Prostituierte bevorzugst. Es geht darum, dass du jemanden gefunden hast, der dich toleriert.«

»Und genau jetzt hast du so ziemlich die Hälfte meiner Trinkspruchrede geklaut«, seufzte Liv.

»Jetzt aber im Ernst«, meinte Rudolf und zog Liv näher heran, als wollte er für die Zeremonie ein blaues Auge erhalten. »Wo sind die Ringe?«

Liv beugte sich näher heran. »Ganz im Ernst, wovon zum Teufel redest du?«

»Nun, ich habe dir gesagt, du sollst die Ringe für die Zeremonie mitbringen«, sagte er kurz und bündig und schaute ihr über die Schulter, als weitere Gäste ihre Plätze einnahmen.

»Ru, hast du mir das direkt oder über die imaginäre Verbindung mitgeteilt, von der du denkst, dass wir sie haben?«, fragte Liv.

DIE AUSSERGEWÖHNLICHE KRAFT

Er hob sein Kinn und grinste. »Ich glaube nicht, dass ich darauf antworten muss.«

Liv warf ihre Hände in die Luft. »Im Ernst, du hast keine Ringe für die Zeremonie?«

»Nun, das kommt darauf an«, begann Rudolf. »Hast du sie mitgebracht?«

»Nein, weil du es mir nicht gesagt hast.«

»Doch, das habe ich.«

»Das hast du nicht.«

»Oh doch!«

Stefan trat zwischen die beiden und hielt sie vorübergehend auf. »Vielleicht ist jetzt nicht die Zeit für Schuldzuweisungen.«

»Ich denke, jetzt ist der perfekte Zeitpunkt für Schuldzuweisungen«, erklärte Liv. »Dann gehen wir zur Gewalt über, gefolgt von weiteren Beleidigungen und dann enden wir völlig verschwitzt.«

Stefan legte seine Finger um Livs Arm und die Wirkung war merkwürdig. Sie fühlte sich plötzlich viel ruhiger. Es fiel ihr leichter zu atmen, während sich ihre Brust kurz zuvor eingeengt angefühlt hatte. »Gibt es eine Möglichkeit, Ringe herbeizuzaubern?«

»Das glaube ich nicht«, verdeutlichte Liv. »Wir befinden uns in einer anderen Dimension, weil *jemand* eine spezielle Hochzeit haben musste«. Sie blickte dem Bräutigam über Stefans Schulter an.

»Es musste entweder diese oder eine Elvis-Hochzeit sein und wir wissen beide, dass ich mich nicht von einem Mann mit besserer Frisur als meiner in den Hintergrund drängen lassen kann«, erklärte Rudolf.

»Liv, es muss einen Weg geben, hier Ringe zu bekommen«, Stefan klang wie die einzige Stimme der Vernunft im ganzen Universum.

Zerstreut schaute Liv durch den Saal und hoffte, dass die Kleidung der Gäste sie inspirieren würde. Da bemerkte sie zwei Riesen, die in den Saal schlenderten. »Rory!«

Sie entfernte sich von Rudolf und Stefan und eilte frontal auf Rory und Bermuda zu.

»Okay, wir machen fünf Minuten Pause, während du über die Optionen nachdenkst«, rief Rudolf Liv hinterher.

Rory und Bermuda überragten die Menge, die sich zu ihren Sitzen beugte. Liv zwängte sich durch die Fae, griff Rorys Hand und zerrte an ihr.

»Mum, ich glaube, mir wurde auf dem Weg hierher von etwas in die Hand gebissen«, erklärte Rory und sah seine Mutter an, obwohl Liv für beide deutlich sichtbar war.

»Es war wahrscheinlich eine Fliege. Das sind lästige, kleine Dinger«, antwortete Bermuda.

»Hey, Leute!«, sagte Liv und zerrte noch fester an der Hand des Riesen. »Ich bin es! Liv!«

Rory blickte sich um, als hätte er etwas gehört, konnte aber die Quelle nicht ganz zuordnen. »Mama, hörst du etwas?«

Bermuda spielte mit. Sie trug ein paillettenbesetztes, blaues Kleid und einen großen Hut mit einem Pfau darauf. Rory trug den gleichen Anzug, den er auch bei Rudolfs Krönung getragen hatte. »Ich habe ein Geräusch gehört, wie von einem Schaf, das auf die Schlachtbank geführt wird, aber das war's auch schon.«

»Hey, Leute!«, schrie Liv und versuchte, die Aufmerksamkeit auf sich zu lenken, trotz der Menge Leute, die sich zu ihren Sitzen drängte.

»Da ist wieder dieser Lärm«, kommentierte Bermuda. »Es ist wie das Kratzen von Nägeln auf einer Schiefertafel, nicht wahr?«

DIE AUSSERGEWÖHNLICHE KRAFT

»Ha-ha«, sagte Liv und gab Rorys Hand frei. »Schön, ich bin nicht froh, dass du lebst, ich brauche deine Hilfe nicht, um die Zeremonie zu retten und ich werde mich selbst über den Rand dieses komischen Fluggerätes, das im Weltraum schwebt, werfen.«

Rory blickte zu Liv hinunter, sein Gesicht strahlte. »Oh, da bist du ja. Warum hast du nicht gesagt, dass du hier bist?«

Liv stieß einen langen Atemzug aus. »Ich wusste nicht, dass du Zeit hattest, dich in der Clown-Schule anzumelden, während du weg warst. Du solltest dein Geld wirklich zurückfordern.«

»Was hat es damit auf sich, dass du Hilfe brauchst, um die Zeremonie zu retten?«, fragte Bermuda und glitt auf den Platz neben ihrem Sohn.

Liv verbeugte sich. »Es ist auch schön, dich zu sehen. Ich würde dich ja auf beide Wangen küssen, wie es bei den Riesen üblich ist …«

»Das ist es nicht«, unterbrach Bermuda.

»Aber ich habe keine Leiter«, fuhr Liv fort.

»Ist alles in Ordnung?«, fragte Rory.

»Sollte ich euch beide das nicht besser fragen?«, wollte Liv wissen.

»Ja, und es ist alles in Ordnung«, antwortete Rory. »Wir werden dich später informieren.«

»Decar?«, fragte Liv.

»Später«, zischte er.

»Okay, gut«, sagte Liv. »Wie auch immer, ich brauche ganz schnell zwei Ringe. Kannst du etwas basteln?«

»Ähm, nein«, lehnte Rory ab. »Ich habe keine … nun, keine Ausrüstung oder Materialien und es ist eine Tonne Fae hier.«

»Okay, gut, schade«, sang Liv. »Ich werde Rudolf einfach sagen, dass …«

»Die Ringe sind für den König der Fae?«, fragte Bermuda. »Wer war für sie verantwortlich? Der Trauzeuge, nehme ich an.«

»Ja, aber dieser Idiot hat sie völlig vergessen«, meinte Liv abweisend. »Wir nennen es ein Kommunikations-Chaos.«

Bermuda spitzte die Lippen. »Dieser Mann sollte von dieser Hochzeitsgesellschaft ausgebuht werden. Das ist ja furchtbar.«

»Ich stimme zu«, erklärte Liv. »Ich denke, diese Person sollte von hier weggehen und den Rest der Nacht in Yogahosen auf der Couch verbringen und Cartoons schauen können.«

Bermuda und Rory warfen ihr neugierige Blicke zu.

»Du bist die Trauzeugin, nicht wahr?«, fragte Rory.

»Ja, aber mir wurde nie gesagt, ich solle Ringe mitbringen«, erklärte Liv.

»Es ist allgemein bekannt, dass der Trauzeuge die Ringe mitbringt«, erläuterte Bermuda selbstgefällig.

»Nun, es scheint, dass meine Ausbildung, wie man ein richtiger Trauzeuge wird, etwas vernachlässigt wurde«, sagte Liv. »Gibt es etwas, das ich tun kann? Können wir einfach improvisieren?«

»Ich fürchte nicht«, wusste Bermuda und strich mit ihrer großen Hand über ihr kräftiges Kinn, während sie überlegte. »Die Ringe, die die Fae in dieser Zeremonie benutzen, sollen sie auf Lebenszeit verbinden.«

»Aber spielt das wirklich eine Rolle, wenn die Braut eine dumme Sterbliche ist?«, fragte Liv und erregte die Aufmerksamkeit einiger Fae, die sich auf ihre Plätze begeben wollten. »Ich meinte das als Kompliment.«

Die Fae schienen ihr nicht zu glauben und wandten sich empört ab.

DIE AUSSERGEWÖHNLICHE KRAFT

»Oh, wirklich, Liv«, sagte Bermuda und öffnete ihre große Handtasche. »Wie bringt man sich selbst nur immer wieder in solche Situationen?«

»Die kurze Antwort dafür ist, einzig durch meine Geburt«, antwortete sie.

Aus ihrem Portemonnaie zog Bermuda zwei silberne Kugeln heraus. »Diese könnten funktionieren, obwohl wir nichts haben, um sie zu schmieden.«

Liv schnappte sich die beiden Kugeln und huschte nach hinten, wo sie gerade zwei andere bekannte Gesichter hatte eintreten sehen.

»Gerne geschehen, Kriegerin Beaufont«, rief Bermuda durch die Menge.

»Setze es einfach auf meine Rechnung«, rief Liv über die Schulter und glitt durch die enge Ansammlung von Fae. Sie blieb an einer besonders belebten Stelle stehen und schob die Leute beiseite. »Aus dem Weg. Vater Zeit nimmt im Moment keine Anfragen entgegen. Hier geht es um Wichtigeres.«

Die Fae, die sie beinahe umgestoßen hätte, warfen ihr beleidigende Blicke zu, bis sie erkannten, dass sie es war. Die meisten zerstreuten sich, als sie kam und vor Subner und Vater Zeit stehen blieb.

Liv blickte über die Schulter zu den Gnomen und überblickte das Gebiet. »Ich habe euch zwei hier so ohne Unterstützung nicht erwartet.«

»Wir sind eingeladen«, sagte Vater Zeit.

»Hast du nicht vielleicht mal daran gedacht, dass in deiner Situation ein Leibwächter angebracht wäre?«, fragte Liv vorwurfsvoll und warf den Fae weiterhin ernste Blicke zu, die so aussahen, als wollten sie Papa Creola um etwas bitten wollen.

»Nun, mit den Neuen, die du vor kurzem eingestellt hast, dachten wir, dass die Anfragen zurückgehen würden«, erklärte Vater Zeit.

Liv war enttäuscht. »Sie beschäftigen sich mit formellen Anträgen. Es wird immer einen Schurken-Fae oder eine magische Kreatur geben, die keinen formellen Antrag stellen will, sondern dich in der Öffentlichkeit sieht und beschließt, mutig zu sein. Warte nur ab, bis der Champagner hier zu fließen beginnt.«

Papa Creola warf einen kurzen Blick zu Subner. »Es scheint, ich hätte verkleidet kommen sollen.«

Einen Augenblick später nahm der fröhliche Gnom die Gestalt einer weiblichen Fae an, die ein silbernes Ballkleid trug, das einen Schlitz bis fast zur Hüfte hatte. Das schimmernde Funkeln des sexy Kleides passte zu den Flügeln der Fae.

»Wow«, Liv pfiff anerkennend. »Wenn du schon inkognito gehst, dann aber richtig.«

»Was soll ich sagen? Ich mag es, meine weibliche Seite auszudrücken, wenn ich kann«, Papa Creola klimperte mit den langen Wimpern, bevor er sich zu seinem Sitzplatz begab.

Liv widmete sich Subner. »Hey, ich brauche einen wirklich schnellen Gefallen. Kannst du die bitte in Ringe umwandeln?« Sie öffnete ihre Handfläche, um die beiden silbernen Kugeln zu zeigen.

Der Gnom betrachtete die Gegenstände in ihrer Hand und lachte dann. »Du willst, dass ich diese Kugeln auf magische Weise einfach in heilige Bänder verwandle, die den König der Fae für den Rest seines Lebens an seine Frau binden?«

Liv schaute zu den Kugeln hinunter und nickte dann. »Kannst du das?«

DIE AUSSERGEWÖHNLICHE KRAFT

»Sind das Silberstücke von der Isle of Man, wo die Riesen ihre Metalle ausgraben?«, fragte Subner.

Livs Augen gingen nach links und rechts um. »Ich denke schon. Warum?«

»Nur so«, meinte er und schnappte sich die beiden Kugeln, wobei er nahtlos zwei glänzende Ringe in Livs Hand zurückließ.

Ihr Mund öffnete sich und dann ergab für sie alles einen Sinn. »Warte, du und Papa Creola wusstet, dass ich Ringe brauche, nicht wahr?«

Er steckte die Silberkugeln ein. »Vielleicht.«

»Und du wolltest das Riesensilber, nicht wahr?«, bohrte sie weiter.

»Ist das jetzt noch wichtig?«, brummte Subner und schritt hinter der großen blonden Fae an der Stirnseite des Saals her, die nicht wie Papa Creola aussah. »Du hast deine Ringe und das ist alles, was zählt, oder?«

Liv grunzte bejahend und erkannte, dass sie wegen der spontanen Mission ins Schwitzen geraten war. »Warum muss ich sogar an meinem freien Tag einen Fae babysitten und lächerliche Probleme lösen?«

Kapitel 26

Es hatte an diesem Tag bereits so viele Überraschungen gegeben, aber die größte war der Anblick von Serena. Als die Sterbliche den Saal betrat, strahlte der Saturn in der Ferne sichtbar und die Sterne blinkten um sie herum, was sie zur Schönsten im ganzen Universum machte.

Es bewies Liv, dass die Fae die Schönheit nicht gepachtet hatten. Serena war sterblich und würde es immer bleiben, aber sie war absolut umwerfend und Rudolf liebte sie. Das bedeutete, dass es viele andere Möglichkeiten gab, wie Sterbliche sich in das Leben magischer Geschöpfe einbringen konnten, um sowohl ihre Herzen als auch ihre Magie zu retten.

Ruhig stand Liv neben Rudolf, als seine Braut den langen Weg bis zu ihm nahm. Livs Augen schweiften über die Menge und staunten über all die verschiedenen Gesichter. Sie zwinkerte Rory zu, der sich in seinem Anzug sichtlich unwohl fühlte. Bermuda hatte sich ein Taschentuch an die Nase gepresst, als ob sie jeden Augenblick zu weinen beginnen wollte. Papa Creola wirkte als weibliche Fae absolut hinreißend und Subner neben ihm eher gelangweilt. Einzig die Tatsache, dass die beiden anwesend waren, war jedoch ziemlich erstaunlich.

Als Liv das restliche Publikum betrachtete, stellte sie fest, dass alle Augen auf die Braut gerichtet waren, als sie sich auf den Weg nach vorne machte. Nun, alle Augenpaare außer einem.

DIE AUSSERGEWÖHNLICHE KRAFT

Stefan Ludwig schaute direkt zu Liv.

Als sie das bemerkte, verdrehte sie die Augen und deutete heimlich auf die Stelle vor ihr, wo Serena bald stehen sollte.

Sofort schüttelte Stefan den Kopf, aus echtem Trotz.

Liv rollte mit den Augen und beschloss, ihn später für seinen Ungehorsam zu schelten.

Obwohl Liv befürchtet hatte, dass Rudolf und Serena aus ihrer Zeremonie ein Debakel machen würden, ging es eigentlich ziemlich schnell. Das Ganze dauerte weniger als eine halbe Stunde und als es an der Zeit war, die Ringe zu tauschen, war Liv dankbar, dass sie Rudolf zwei zur Verfügung stellen konnte.

Er nickte ihr anerkennend zu, bevor er sie nahm. Als es an der Zeit war, das Ganze mit einem Kuss zu besiegeln, brach die ganze Gesellschaft in Jubel aus. Viele der Hochzeitsgäste hatten große weiße Blumen auf ihren Kleidern, die jetzt aufblühten. Liv blickte nach unten, entdeckte aber bei ihrem nichts.

Sie schüttelte den Kopf und ihr wurde bewusst, dass es viel mehr brauchte als die Vereinigung des Königs der Fae mit einer toten Sterblichen in einer anderen Dimension, um die Liebe in ihrem Herzen zu entfachen.

»Und nun ist es mir eine große Ehre, euch zum allerersten Mal«, rief der die Zeremonie leitende Priester abschließend, »König und Königin Sweetwater zu präsentieren.«

Schimmernder Staub regnete vom Himmel herab und senkte sich auf die Köpfe, als Rudolf und Serena nach hinten traten. Liv folgte dem glücklichen Paar, erstaunt über die Dinge, die die Menschen taten, um ihre Liebe auszudrücken. Sie verstand es nicht so recht und doch fühlte sie Ehrfurcht vor etwas so Mächtigem.

* * *

Da sie bisher nie an einer Hochzeitsfeier teilgenommen hatte, war Liv nicht an die Aufmerksamkeit gewöhnt, die ihr während des Empfangs zuteil wurde. Der Empfang wurde vor dem Ort der Zeremonie abgehalten. Anscheinend hatte Rudolf mit den Zentauren verhandelt, um Sternschnuppen für die abendlichen Feierlichkeiten zu bekommen. Es war nicht nur eine geplant, was bedeutete, dass ein paar tausend Sterne in dieser Nacht sterben mussten, und zwar aus keinem anderen Grund als der Tatsache, dass im Raum eine schöne Dekoration für die Feierlichkeiten entstehen sollte.

Liv hatte hunderte Hände geschüttelt, so schien es und sie tat so, als würde sie lächeln, als Fae ihr Kleid bewunderten oder sie eine sehr nette Trauzeugin nannten. Sie nickte höflich und wünschte sich, die Zeit für Kuchen würde endlich kommen.

»Welch unerwartete Überraschung«, sagte eine quietschende Stimme vor Liv.

Sie blickte sich um, suchte nach der Quelle, sah aber nur Hinterköpfe und lachende Fae, die ihr keine Aufmerksamkeit schenkten.

»Hier unten, Liv Beaufont, Kriegerin für das Haus der Sieben.«

Liv blickte hinunter, um Mortimer, den Brownie, zu entdecken, der ihr zuwinkte. Neben ihm stand seine Sekretärin Pricilla, die ein ausschweifendes Kleid trug, das sie … nun, irgendwie größer aussehen ließ.

»Mortimer und Pricilla!«, rief Liv aus und war dankbar, endlich jemanden zu sehen, den sie kannte. »Was bin ich froh euch hier zu sehen.«

»Wir auch«, Mortimer verbeugte sich leicht vor ihr. Er war viel schlanker, als sie ihn in Erinnerung hatte. Sein Haar war auf dem Kopf dichter und fehlte an den Ohren und am Hals. »Wir haben Neuigkeiten.«

»Oh?«, fragte Liv und ging in die Knie, sodass sie sich auf Höhe der Brownies befand. »Hat es mit dem Büro zu tun?«

Mortimer schenkte Pricilla ein hinterhältiges Grinsen. »Vielleicht. Wir werden uns in Zukunft etwas mehr Zeit nehmen.«

»Weil du deinen Betrieb erweiterst?«, erkundigte sich Liv. Er schüttelte den Kopf.

»Weil du an einem Sicherheitstraining teilnehmen möchtest?«, fragte Liv weiter.

Wieder schüttelte er den Kopf. »Nein, Liv Beaufont, wir werden ein neues Mitglied unserer Familie willkommen heißen.«

»Oh, wow!«, rief Liv aus. »Das sind wunderbare Neuigkeiten.«

»Nun, wir wussten nicht, ob du erfahren hast, dass wir ein Paar sind«, sagte Mortimer errötend. »Es ist wegen vieler unserer Diskussionen, dass ich Pricilla um ein Date bitten sollte. Und seitdem, nun ja, die Dinge haben sich weiterentwickelt.«

Liv zwinkerte. »Wie ich es vorausgesagt habe. Bitte lasst mich wissen, was ihr beide benötigt. Ich würde euch gerne ein Geschenk schicken.«

Mortimer winkte, als Pricilla ihn zum Buffet zog, das mit den dekadentesten Speisen gefüllt war. »Wird gemacht! Danke, Liv Beaufont.«

* * *

Noch nie zuvor war Liv von so vielen Menschen angesprochen worden. Sie hob ihre Champagnerflöte und schenkte Rudolf ein unsicheres Lächeln. Er schien begierig auf ihre Rede zu warten, ebenso wie Serena neben ihm – oder zumindest gelang es ihr anscheinend immer besser ihre Abneigung zu unterdrücken.

Als Liv auf das Publikum blickte, bereit für ihre Rede, fühlte sie, dass ihr Abendessen bereit war, ihr die Kehle hinaufzusteigen.

»Hmmm …«, begann sie, ihr Magen kribbelte vor Nervosität. Es war erstaunlich, dass sie sich problemlos riesigen Wanzen und vielen anderen Schurken stellen konnte, aber wenn sie öffentlich sprechen sollte, wollte sie sich am liebsten übergeben.

Die Menge begann untereinander zu flüstern, offensichtlich gespannt auf Livs nicht gerade überragende Rede.

»Als ich Rudolf Sweetwater zum ersten Mal traf«, sagte Liv schließlich eilig und wich damit von ihrer geplanten und einstudierten Rede ab, »weigerte er sich, mir zu helfen, weil er sagte, er brauche einen Beweis für die Ehrenhaftigkeit meiner Mission, bevor er mir helfen könne.«

Die Menge schenkte Liv ihre Aufmerksamkeit mit erwartungsvollem Gesichtsausdruck.

Liv räusperte sich. »Ich hielt ihn für einen Schmarotzer, der wegen magischer Störungen aus einer Nervenheilanstalt ausgebrochen war.« Sie sah sich in der Menge um. »Eigentlich frage ich mich gerade jetzt, ob viele von euch bei einem massiven Ausbruch zusammengearbeitet haben.«

Das Publikum lachte.

»Doch als ich Rudolf dann besser kennenlernte, wurde mir klar, dass er nicht geisteskrank war. Nun, er ist es schon, aber er ist nicht nur verrückt. Ich war dabei, als dieser Mann

DIE AUSSERGEWÖHNLICHE KRAFT

Visa besiegt hat. Ich war dabei, als er alles riskiert hat, einschließlich meines Lebens, um den Auferstehungsstein von Vater Zeit zu stehlen. Ich war dabei, als er Serena wiederbelebt hat. Und all diese Erfahrungen haben mir eine sehr solide Erkenntnis hinterlassen.«

Liv schaute über das Publikum und genoss es, dass sich nun alle nach vorne lehnten und neugierig waren, was sie als Nächstes sagen würde.

»Ja, Rudolfus Sweetwater ist ein lächerlicher und manchmal irritierender Mann, der alles tun wird, um das zu bekommen, was er will«, begann Liv, »aber er ist auch ein wunderbarer Mensch, der absolut alles für die Leute tun wird, die er liebt. Er wollte mir nicht helfen, bis er wusste, dass ich gute Absichten hatte. Er hat nicht aufgehört, bis die Frau, die er liebte, wieder auf dieser Erde war. Nun, nicht *diese* Erde, da ich absolut keine Ahnung habe, wo wir sind, sondern die Erde, von der wir kommen, die, wie ich glaube, irgendwo dort drüben liegt.« Liv zeigte ziellos irgendwohin. »Ich kann euch sagen, dass Rudolf keine Sekunde gezögert hat, als er Visa gegenüberstand. Er setzte sein Leben aufs Spiel, wohl wissend, dass die Fae davon profitieren würden, wenn er diese böse Königin besiegt.«

Liv hob ihr Glas und sah Rudolf liebevoll an. »Du bist viele Dinge, Ru. Nervig, leicht hirngeschädigt, schlecht ausgebildet, schlecht erzogen, benimmst dich schlecht und manchmal …«

Aus der ersten Reihe des Publikums, neben Stefan, hustete Rory laut und sagte indiskret: »Komm endlich mal auf den Punkt!«

»Richtig«, sagte Liv und richtete sich auf. »Der Punkt ist, dass ich vielleicht nicht der typische Trauzeuge bin, aber ich fühle mich geehrt, das Glas auf jemanden zu erheben, den ich als einen der besten Fae-Könige betrachte, die regieren sollten. Rudolf und Serena, ich wünsche euch das Allerbeste. Jeder sollte eine Liebe besitzen, die über Tod und Intelligenz hinausgeht, genau wie ihr beide.«

Das Publikum brach in Applaus aus, prostete sich mit den Gläsern zu und trank. Automatisch füllten sich die Gläser wieder bis zum Rand, als die Band zu spielen begann.

Rudolf und Serena traten für ihren gemeinsamen ersten Tanz in die Mitte der Tanzfläche, während alle staunend zusahen.

Liv nahm einen Schluck von ihrem Champagner und war dankbar, dass sie ihren Job für diese Nacht endlich hinter sich hatte. Nun konnte sie wieder böse Männer bekämpfen und ihr Leben für Magie riskieren, was viel einfacher war, als vor einer Menschenmenge zu sprechen.

»Dein Gesicht«, meinte Stefan an ihrer Seite.

Liv tat so, als ob sein plötzliches Auftauchen sie nicht erschreckt hätte. »Was ist mit meinem Gesicht?«

Er studierte sie einen Moment lang. »Als ich dich vorhin abgeholt habe und du dich gefragt hast, was mich da in Ehrfurcht hat erstarren lassen?«

»Oh, dieses lächerliche Kleid«, sagte sie und blickte auf das verzauberte Material, das immer wieder von dunklem Grün zu hellem Rosa wechselte.

Er schüttelte den Kopf und bot ihr seine Hand an. »Darf ich um diesen Tanz bitten, Miss Liv Beaufont?«

Schrecken machte sich in ihrem Geist breit und schrie, sie solle besser durch ein brennendes Gebäude rennen oder vielleicht versuchen, einen geistesgestörten dreiköpfigen Drachen zu jagen.

»Ich verspreche dir, dass ich nicht beiße«, beschwichtigte Stefan, nachdem er ihre Besorgnis gespürt hatte.

DIE AUSSERGEWÖHNLICHE KRAFT

Ohne die Möglichkeit abzulehnen, nahm Liv seine Hand und erlaubte ihm, sie auf die Tanzfläche zu führen. Nachdem er sie in seine Arme genommen hatte, führte er sie mühelos durch den Raum und tanzte mit einer Anmut, von der sie keine Ahnung gehabt hatte, dass er sie besaß.

»Du kannst tatsächlich tanzen«, erkannte Liv und starrte Stefan über die Schulter.

»Es gibt noch eine Menge weitere Dinge über mich, von denen du nichts weißt«, neckte er.

»Was zum Beispiel?«, fragte Liv.

»Nun, mein Lieblingseis ist Cookie and Cream, Ananas auf Pizza sollte verboten werden und Eier Benedict sind das einzig wahre Frühstück.«

»Irgendetwas, das nicht deine Ernährungspräferenzen betrifft?«, fragte Liv.

»Gibt es sonst noch etwas, das du über eine Person wissen musst?«

Sie zuckte ratlos die Achseln. »Nicht wirklich.«

»Ich habe eine Frage an dich«, kündigte Stefan an und wirbelte Liv auf der Tanzfläche herum, eine seltsame Eleganz in seinen Bewegungen. Es war wie auf dem Schlachtfeld, wenn er Dämonen hinterherrannte, nur weicher. Nur für sie. Und es war perfekt.

»Blau«, antwortete sie sofort und versuchte, ihre plötzliche Nervosität zu unterdrücken.

Er schüttelte den Kopf. »Ich will deine Lieblingsfarbe nicht wissen.«

»Acht«, gab sie an.

»Auch nicht deine Lieblingszahl.«

Sie schniefte. »Das zeigt, wie viel du über mich weißt. So viele Männer habe ich getötet.«

Er lachte. »Nein, auch das nicht.«

»Ja, du hast recht, das ist es nicht.«

Stefan bog sie leicht nach hinten und wurde plötzlich ernst. »Liv, ich weiß, dass du an etwas arbeitest, das nichts mit den Angelegenheiten des Hauses zu tun hat. Du musst es mir nicht sagen, aber du kannst mir vertrauen, wenn du willst.«

Liv streckte sich zurück in die Senkrechte und trennte sich von Stefan, plötzlich durch seine Bitte aus dem Gleichgewicht gebracht. Er hatte sie nicht gedrängt und doch fühlte es sich genau so an. Tief in ihrem Inneren wusste sie, dass man ihm vertrauen konnte, aber sie konnte ihm nicht vom Haus der Vierzehn erzählen. Sie hatte ihn schon vorher nie in Gefahr bringen wollen. Jetzt, da sie wusste, dass einzig ein Beaufont die Information weitergeben konnte und die Person dazu bringen würde, sich der Sache anzunehmen, war es noch schwieriger. Stefan war bereits von einem Fluch beherrscht, der ihn unermüdlich gegen das Böse kämpfen ließ. Wie konnte sie ihn noch weiter belasten?

Als sie jedoch tief in seine blauen Augen blickte, wurden ihr zwei Dinge gleichzeitig klar. Erstens respektierte sie Stefan Ludwig mehr als jeden anderen auf der Welt. Er hatte nicht einfach so um Vertrauen gebeten. Er hatte es sich verdient. Immer wieder, in den stillen Momenten des gemeinsamen Kampfes, in den dunklen Stunden, in denen im Kampf gegen die Bestien Albträume wahr wurden, hatte Stefan durch sein Handeln bewiesen, dass er sie auf keinen Fall im Stich lassen würde.

Die andere Erkenntnis war so viel subtiler und doch genauso kraftvoll. Stefan Ludwig, ob er nun ein Freund oder jemand war, der Liv viel näherstand, er verdiente es, über das Haus der Vierzehn Bescheid zu wissen.

DIE AUSSERGEWÖHNLICHE KRAFT

Liv ließ ihre Hand nach unten gleiten, bis sie die seine traf. Dann zog sie ihn von der Menge weg und erzählte ihm alles.

Kapitel 27

Das aufgerüstete Signal war nun vierundzwanzig Stunden lang ausgestrahlt worden.

Das sollte doch eigentlich genug Zeit gewesen sein.

Adler Sinclair ging auf und ab, sein Gewand verfing sich zwischen seinen Beinen.

Etwas stimmte nicht. Er wusste es. Er war niemand, der seinen Instinkten vertraute; das waren lästige Emotionen, die nichts bewiesen. Doch er konnte das seltsame Gefühl im Bauch nicht abschütteln, als ob etwas, das schon lange mit ihm verbunden war, plötzlich verschwunden wäre. Vermisst. Unersetzbar.

Aber das war unmöglich. *Wir sind nicht alle miteinander verbunden, wie dumme Hippies gerne denken*, dachte Adler. Jeder war allein und versuchte, das Beste aus den Umständen zu machen, in die er gebracht wurde. Im Moment musste Adler wissen, was das Signal erreicht hatte. Er hielt sich selbst davon ab, es zu manipulieren. Etwas zu verändern. Stattdessen ging er einfach weiter und wartete.

Das Klingeln des Telefons in seiner Tasche ließ ihn fast in die Höhe springen.

Verwirrt zog Adler sein Telefon aus der Tasche und es fiel ihm fast aus der Hand, als er es an sein Ohr hielt.

»Was?«, bellte er hinein.

»Sir?«, sagte die Stimme einer Frau.

»Ja, was?«

DIE AUSSERGEWÖHNLICHE KRAFT

»Es funktioniert«, berichtete sie, mehr brauchte sie nicht zu sagen.

»Sind Sie sicher?«, fragte er.

»Ja, eine Epidemie ist in den größten Städten Nordamerikas ausgebrochen«, berichtete die Frau. »Tausende sterben.«

Adler legte auf und lächelte zum ersten Mal seit einer Ewigkeit.

Er hatte es getan. Die Sterblichen wären bald ausgerottet.

Kapitel 28

»Wow, ich wusste es«, gestand Stefan, als Liv ihm alles erzählt hatte.

Sie betrachtete ihn volle zehn Sekunden lang völlig ungläubig. Dann gab sie ihm einen Klaps auf den Arm. »Nein, das hast du nicht.«

Er lachte, fasste ihre Hand und hielt sie fest. »Nein, Liv, das habe ich nicht. Aber wow! Das ist verrückt.« Er schüttelte den Kopf und seine blauen Augen wurden größer. »Nur du kannst so etwas aufdecken.«

»Das ist mein Schicksal«, erklärte sie. »Die Beaufonts sind dazu bestimmt, diese Informationen zu finden. Es ist das, was meine Eltern, meine Geschwister und wer weiß wen noch getötet hat.«

Mit einem düsteren Blick nickte Stefan. »Und du hast es *mir* erzählt. Dafür bin ich dir wirklich dankbar. Wir haben eine Menge Arbeit vor uns.«

Ihr erster Instinkt war, ihm zu sagen, er solle sich da raushalten, dass es ihre Sache sei. Da sie sich jedoch entschieden hatte Stefan in die Dinge einzuweihen, musste sie ihm auch erlauben ihr zu helfen. Und wenn sie es sich ehrlich eingestehen würde, war sie erleichtert zu wissen, dass er nun an der Sache beteiligt war. Sie wollte ihn nicht in Gefahr bringen, aber sie wollte das hier gewinnen. Mit Stefan an ihrer Seite war die Wahrscheinlichkeit dafür bedeutend größer.

Liv starrte auf die Sterne und beobachtete mit Stefan, wie sie durch die tintenschwarze Dunkelheit blitzten. Sie versuchte, jedes Mal einen neuen Wunsch zu äußern, wenn einer von ihnen vorbeirauschte, aber sie fielen so schnell, dass es schwer war mitzuhalten.

»Zählst du die Sterne?«, fragte Stefan, und Liv merkte, dass er sie beobachtet hatte, während sie die Sterne betrachtete.

»Hör auf, mich so anzuschauen, nur weil ich ein dummes Kleid trage«, schimpfte sie.

Er lachte. »Du hast mich völlig falsch verstanden. Ich schaue dich nicht an, weil du ein Kleid trägst oder dein Haar gebürstet ist oder deine Schwester dein Gesicht bemalt hat.« Stefan lehnte sich zu ihr. »Eigentlich bist du mir in Umhang und Stiefeln mit einem Schwert an der Seite lieber.«

»Hör auf dich einzuschleimen, Mister Ludwig«, meinte Liv und zog sich leicht zurück.

»Es ist wahr«, sagte er und zog sie eng an sich heran.

Zu ihrem Entsetzen entkam Livs Mund ein dämliches Kichern. Sie konnte es nicht glauben. Sie hatte gekichert. Wer auch immer ihr etwas ins Getränk getan hatte, würde sterben. Aber als sie Stefan ansah, wurde ihr seltsam schwindlig.

»Bin ich dir auch als Krieger lieber?«, fragte Stefan.

Liv trat einen Schritt zurück und schaute sich seinen schicken Smoking an. »Ich weiß nicht. Ich könnte mich daran gewöhnen, dich im Frack zu sehen.«

Stefan griff anmutig ihre Hand in einer schnellen Bewegung, die von den meisten unbemerkt geblieben wäre. Er bewegte sich wie der Wind, eine Gabe, die er den Dämonen gestohlen und zum Wohle des Kriegers eingesetzt hatte. Er wirbelte sie hinaus, dann wieder zu sich und fing sie mit der anderen Hand auf.

»Was hast du dir gewünscht, Liv?«, flüsterte er neben ihrem Kopf.

Sie schloss die Augen und wollte sich diesen Moment nicht gönnen, obwohl sie ihn mehr brauchte, als sie ahnte.

»Ein glückliches Ende«, antwortete sie ehrlich.

Wären ihre Augen offen gewesen, hätte sie ihr Kleid überall blühen sehen; es ließ sie wie einen Frühlingsgarten erscheinen, in dem die Liebe blühen durfte.

Kapitel 29

Liv und Stefan standen lange Zeit dort und starrten den Sternschnuppen nach.

Schließlich sagte er: »Ich habe dich nie für den Typ gehalten, der sich so etwas wünscht.«

»Ich dachte einfach, es könnte nicht schaden«, meinte sie nachdenklich.

»Nun, ich habe eine ganze Tüte Münzen für dich, die du in den Brunnen in deiner Wohnung werfen kannst«, schmunzelte er.

Sie wand sich aus seinen Armen und täuschte einen Ausdruck von Wut vor. »Oh, verspotte mich nicht, Mister Ludwig.«

»Das würde mir nicht im Traum einfallen, Miss Beaufont«, antwortete er und verbeugte sich vor ihr. »Und wie geht es weiter? Wie machen wir es wieder zum Haus der Vierzehn?«, fragte Stefan, während er die Planeten und Sterne betrachtete.

»Ich folge weiter den Hinweisen«, antwortete sie. »Ich muss Adler finden.«

»Apropos Hinweise verfolgen«, unterbrach Rory sie.

Liv drehte sich um und entdeckte den Riesen neben seiner Mutter Bermuda. »Hey.«

Rory warf einen Blick auf ihre Umgebung. Es war sonst niemand in der Nähe, die meisten tanzten. Aus seiner großen Anzugsjacke zog Rory ein Buch. »Das ist es, was Mum wiedergefunden hat.«

Liv nahm das Buch und fand es viel schwerer, als sie erwartet hatte. »Wow, woraus sind diese Seiten gemacht? Blei?«

»Papier, liebe Liv«, korrigierte Bermuda und wirkte nicht amüsiert.

»Oh, Entschuldigung«, sagte Liv gleichgültig. »Ich dachte wirklich, das Buch sei aus Metall.«

Rory warf seiner Mutter einen Seitenblick zu. »Nein, dachte sie nicht.«

»Möchte mir einer von euch sagen was hier los ist?« Sie stellte Stefan vor. »Ihm kann man vertrauen.«

»Natürlich kann man das«, erklärte Bermuda. »Deshalb hast du ihm gerade das Geheimnis verraten, das nur ein Beaufont weitergeben kann.«

Liv schaute die Riesin verblüfft an. »Woher weißt du … Egal. Ich verbuche an dieser Stelle einfach alles unter Voodoo.«

Bermuda zeigte auf das Buch in Livs Händen. »Das sind die *Vergessenen Archive*. Sobald du es aktivierst, wird automatisch die wirkliche Geschichte, die, die alle vergessen mussten, übernommen. Es ist jedoch wichtig, dass die Sterblichen zuerst die Magie sehen können. Andernfalls werden sie die neue Geschichte infrage stellen. Das Timing ist immens wichtig.«

Liv studierte das Buch, das völlig normal erschien. »Ich kann nicht glauben, dass das die Lösung sein soll. Ich muss die Sterblichen nur dazu bringen, wieder Magie zu sehen.«

»Glaub mir, wenn ich sage, dass ich den leichteren Job hatte«, erklärte Bermuda.

»Da fällt mir ein …«, sagte Liv, als sie Stefan das Buch übergab. Er warf ihr einen fragenden Blick zu. »Sieht es so aus, als hätte ich Taschen in diesem Kleid?«

Er nickte sofort und steckte das Buch in seine Tasche.

»Was ist mit Decar geschehen?«, fragte Liv die Riesen.

Sie tauschten Blicke aus. »Obwohl wir es bevorzugt hätten, dass es nicht so weit kommt, mussten wir kurz vor unserer Ankunft hier kämpfen. Er hat nicht von uns abgelassen«, erklärte Bermuda.

»Jetzt ist er tot«, sagte Rory.

Liv fühlte sich nicht besser, als sie das erfuhr. Der Tod der eigenen Feinde brachte keinen Frieden. Er erinnerte sie nur an die schrecklichen Dinge, denen sie ausgesetzt waren, dass sogar der Tod eine Option darstellte.

»Aber ihr beide seid in Sicherheit«, flüsterte Liv. »Dafür bin ich dankbar.«

»Und jetzt musst du zu Rudolf gehen«, sagte Bermuda zu ihr. »Er hat nach dir gefragt.«

Liv blickte über die Schulter und sah zur Party, die hinter ihnen stattfand. »Rudolf? Aber er ist …«

»Er braucht dich«, drängte Rory.

Liv nickte, weil sie die Strenge in seiner Äußerung sah. »Okay.« Sie drehte sich zu Stefan um, aber er schien bereits zu spüren, was sie hören musste.

»Ich werde das Buch sicher verwahren und hier sein, wenn du zurückkehrst«, erklärte er. »Dann gehen wir zusammen nach Hause.«

* * *

Liv drängte sich durch die Menge und versuchte, sich nach vorne durchzuschlagen. Je betrunkener die Fae wurden, desto schwieriger war es, sie davon zu überzeugen, dass sie weiter musste und nicht tanzen wollte.

Sie war fast am Ziel, als Liv ein bekanntes Gesicht bemerkte, das sie dort nicht erwartet hatte. »Emilio?«

Der Krieger drehte sich um und verabschiedete sich von einer schönen Fee mit langen schwarzen Haaren. Er trug einen ertappten Ausdruck im Gesicht und viel zu viel Kölnisch Wasser.

»Was machst du hier?«, wollte Liv wissen.

Wütend schüttelte er den Kopf. »Du darfst es meiner Schwester nicht sagen. Ich hoffte, du würdest mich nicht bemerken.«

Liv blickte ihn ungläubig an. »Du bist einer von drei Magiern hier und du dachtest, ich würde dich nicht bemerken?«

Er packte sie auf sehr unhöfliche Weise am Arm und versuchte, sie wegzuziehen. Liv riss ihren Arm zurück, folgte ihm aber, wobei sie die Dringlichkeit spürte, die er fühlte.

Als sie weit genug von der Menge entfernt waren, drehte sich Emilio zu ihr um. »Ich bin in eine Fae verliebt.«

»Bist du sicher, dass du keine Geschlechtskrankheit hast?«, fragte Liv.

Er schüttelte den Kopf. »Nein. Ich weiß, sie können Psychospielchen spielen und seltsame …«

»Krankheiten«, sagte Liv. »Das ist das Wort, nach dem du suchst.«

»Aber das ist es nicht«, sagte Emilio. »Wir sind verliebt. Und wir wollen zusammen sein.«

»Glückwunsch«, meinte Liv und suchte in der Menge nach Rudolf. »Ich komme zur Hochzeit. Ein Kleid hab ich schon.«

Wieder schüttelte der Krieger den Kopf. »Du verstehst nicht. Bianca hat mir verboten, mit einer Fae auszugehen. Sie hat behauptet, dass es Verrat sei.«

»Hat sie mal in den Spiegel geschaut?«, fragte Liv. »Diese hochgeschlossenen Kleider, die sie trägt, gäben mir das Gefühl zu ersticken.«

DIE AUSSERGEWÖHNLICHE KRAFT

Emilio schien nicht in der Stimmung zu sein, zu lachen. »Als Ältere kann sie mich durch einen unserer jüngeren Cousins ersetzen. Sie sagt, wenn ich eine Fae heirate, würde ich die Mantovani-Blutlinie verwässern. Wenn sie es herausfindet, dann …«

»Zunächst einmal«, so begann Liv, »bist du auf der Hochzeitsfeier eines Fae und einer Sterblichen. Und nicht irgendeines Fae, möchte ich hervorheben. Des Königs der Fae. Er macht sich keine Gedanken darüber, seine Blutlinie zu verwässern, obwohl ich mir sicher bin, dass er sowieso nicht mit einem großen Genpool ausgestattet ist.«

»Bianca wird es egal sein«, erklärte Emilio. »Sie besteht darauf, dass ich nicht mit jemandem zusammen bin, der kein Magier ist. Die Sterblichen hasst sie ganz besonders.«

Liv atmete lange aus. »Das überrascht mich nicht. Und mach dir keine Sorgen, dein Geheimnis ist bei mir sicher.«

Er seufzte erleichtert. »Ich danke dir.«

»Aber das ist noch nicht vorbei«, stellte Liv voller Überzeugung fest. »Wenn ich Zeit habe und ich bin mir nicht sicher, wann das sein wird, werde ich dieses Problem angehen. Ich bin es leid, in einer geteilten magischen Welt zu leben.«

»Aber das Haus ist nur so lange mächtig, wie unsere Blutlinien rein sind«, erklärte Emilio.

Liv schüttelte den Kopf. »Das ist es, was sie uns glauben machen wollen. In diesem Haus ging es nie um Blut. Es geht um Gerechtigkeit.«

✶ ✶ ✶

Liv brauchte weitere zehn Minuten, um Rudolf zu finden. Er war nicht auf der Tanzfläche, wie sie erwartet hatte. Er naschte auch nicht am Schokoladenbrunnen. Zu ihrer Überraschung brachten seine Sicherheitsleute sie in einen privaten Bereich, wo er neben Serena saß, die auf einem Bett lag, wobei sie Schweißperlen auf der Stirn hatte.

»Was ist los?«, fragte Liv.

Er schüttelte den Kopf. »Sie ist krank geworden.«

»Warum?«, wollte Liv wissen und untersuchte das Umfeld nach Hinweisen. »Ist es die Dimension? Höhenkrankheit? Hat sie Plastik gegessen?«

»Das glaube ich nicht«, meinte Rudolf. Er stand auf und blickte nachdenklich zu seiner Frau. »Ich habe Berichte von der Erde erhalten.«

Es war seltsam, das zu sagen, aber Liv behielt ihren Witz für sich.

»Anscheinend werden die Sterblichen auf der ganzen Welt krank«, erklärte Rudolf. »Ich bin mir nicht sicher warum. Vielleicht gibt es eine bestimmte Krankheit, der sie zum Opfer fallen. Ich möchte dich auch auf etwas anderes aufmerksam machen.«

»Ja?« Liv neugierig, ihr Herz klopfte plötzlich wild.

Rudolf zeigte auf eine Karaffe auf dem Tisch neben Serenas Bett. Sie war zur Hälfte mit sprudelndem Champagner gefüllt.

»Wow, das ist super beeindruckend«, so Liv trocken.

Er schüttelte den Kopf. »Du verstehst nicht. Ich habe gerade versucht, die Karaffe bis zum Anschlag mit Champagner zu füllen. So geht das schon den ganzen Abend. Meine Magie … sie hat nicht mehr ihre volle Kraft … aus irgendeinem Grund.«

Liv ging einen Schritt zurück und fügte alles zusammen. Serena hatte sich nicht irgendeine Krankheit eingefangen. Rudolfs Magie verlor nicht von selbst ihre Kraft. Die beiden waren miteinander verbunden und sie vermutete, dass Adler dahintersteckte. Die Magie war in Gefahr, weil die Sterblichen erkrankten.

Das Ende würde bald kommen, wenn sie dem nicht Einhalt gebieten konnte.

Kapitel 30

Clark drehte die *Vergessenen Archive* in seiner Hand, ein vorsichtiger Ausdruck auf seinem Gesicht. »Ich will mit dir gehen.«

Livs Blick richtete sich auf Stefan, der in der Ecke stand. Er hatte seinen Smoking gegen sein übliches schwarzes Outfit und den Umhang eingetauscht. Sie hatte sich auch umgezogen, sobald sie nach Hause zurückgekehrt war.

»Du weißt, dass du das nicht kannst«, erklärte Liv. »Wenn mir etwas passiert …«

»Dir wird nichts passieren«, schaltete sich Stefan ein.

Sie nickte ihm zuversichtlich zu und erwiderte Clarks Blick. »Ich weiß, du willst mit mir gehen, aber jemand muss auf Sophia aufpassen.«

Die junge Magierin schlief auf der Couch neben John, den Kopf auf seinem Schoß, während seine Finger sanft durch ihr Haar strichen.

Clark deutete mit dem Arm auf das Paar. »John kümmert sich um sie.«

»Nein«, sagte Liv deutlich. »Ich meine, wenn ich nicht zurückkommen sollte.«

»Liv«, sagte Stefan kehlig.

»Es besteht eine reale Möglichkeit, dass ich nicht zurückkehre«, feuerte Liv. »Meine Eltern sind auf dem Matterhorn gestorben.«

»Weil Adler betrogen und ihre Magie verschlossen hat«, argumentierte er.

»Das spielt keine Rolle«, antwortete Liv. »Wir wissen nicht, welche Gefahren mir dort oben begegnen werden. Wenn du mit mir kommst, dann muss dir klar sein, dass dies die gefährlichste Mission sein könnte, die wir je hatten.«

»Ich komme mit«, erklärte er bestimmt.

»Warum darf Stefan mit dir gehen und ich nicht?« Clark klang ein wenig kindisch.

Aber sie verstand es. Zu Hause zu sitzen, während sie und Stefan das Böse ausschalten wollten, verletzte Clarks Ego. Es würde auch ihres verletzen. Aber er war dafür nicht ausgebildet. Er war ein Ratsmitglied. Das war es, was Ratsmitglieder tun mussten. Sie blieben zurück, während die Krieger sich dem Bösen stellten und es auslöschten.

»Stefan und ich arbeiten gut zusammen«, verdeutlichte sie und ließ den anderen Krieger nicht aus den Augen. Während der Hochzeitsfeier hatten sich die Dinge zwischen ihnen verändert. Es gab keinen Weg mehr zurück zu dem, wie es vorher war und damit war sie absolut einverstanden. Wenn sie es sich eingestand, dann war das, was sie mit Stefan jetzt hatte, genau das, was sie wollte. Jemand Starkes an ihrer Seite. Einen Ebenbürtigen. Eine Beziehung, auf die sie stolz war. Einen Mann, nach dem sie sich sehnte. Eine Romanze, die es mit der ihrer Eltern aufnehmen konnte.

»Aber seine Magie könnte verschlossen sein«, argumentierte Clark.

»Adler verdächtigt ihn nicht. Es sind die Beaufonts, um die er sich Gedanken macht«, versuchte Liv zu überzeugen.

»Nun, was soll ich damit machen?«, fragte Clark und hielt das Buch hoch.

»Lies es«, erklärte Liv. »Das ist die wahre Geschichte. Sobald das Signal abgeschaltet ist, können wir die wirkliche

Geschichte aktivieren, sodass sich jeder daran erinnert. Aber im Moment musst du es sicher aufbewahren. Vielleicht steht da etwas drin, das uns helfen kann.«

»Ja, du weißt nicht einmal, womit du es zu tun bekommst oder wie du das Signal abschalten kannst«, gab Clark zu bedenken und versuchte immer noch zu begründen, warum er auch gehen sollte.

»Vielleicht kann ich dabei helfen«, meldete sich John zum ersten Mal seit Beginn dieses Treffens zu Wort. »Alicia und ich haben diese Signalsache besprochen.«

Die Wissenschaftlerin hatte eine Menge Fragen gestellt, nachdem Liv sie gebeten hatte, bei der Abmeldung ihrer Magie zu helfen. Sie vertraute Alicia, aber sie wollte sie nicht so belasten, wie sie es bei Stefan getan hatte. Deshalb hatte sie ihr nur mitgeteilt, was ihrer Meinung nach für sie relevant war, nämlich die Signalübertragung vom Matterhorn.

Vorsichtig hob John Sophia von seinem Schoß und stand auf. »Ich konnte nicht herausfinden, welche Art von Signal vom Matterhorn ausgestrahlt wird, das so stark ist, dass es die Sterblichen auf der ganzen Welt beeinflussen könnte. Alicia erklärte jedoch, wie magische Technik funktioniert und das brachte mich zum Nachdenken. Etwas von diesem Kaliber abzuschalten wird nicht einfach sein. Es ist nicht so, als könnte man einen Schalter umlegen, weil es magisch angetrieben wird.«

Aus seiner Gesäßtasche zog er etwas heraus, das wie ein USB-Stick aussah. »Alicia und ich haben das gemacht. Er enthält eine Art Virus. Wenn man ihn an die elektronische Stromversorgung von dem anschließt, was auch immer das Signal sendet, sollte er die magische Seite angreifen und dadurch das ganze Ding zu Fall bringen.«

Livs Gesicht leuchtete auf. »Das ist genial, John. Danke. Ich hätte sonst das gesprengt, was auch immer die Quelle sein sollte.«

»Und möglicherweise dich selbst und diesen so beliebten Berg«, antwortete John und übergab das Gerät.

»Sauber kalkuliert«, meinte Liv und empfand eine zärtliche Zuneigung für den Mann. John war all die Jahre für sie da gewesen. Er war nicht nur der Grund dafür, dass ihre Magie stärker war, denn er war einer der Sterblichen Sieben. Er war der Grund dafür, dass *sie* stark war.

Bevor sie sich beherrschen konnte, warf Liv ihre Arme um seine Schultern und umarmte ihn fest. Er schien von dieser Geste überrascht zu sein, erholte sich aber schnell und schlang seine Arme um sie. Als sie sich zurückzog, lächelte er ihr nachdenklich zu.

»Du wirst wieder zurückkommen, Liv«, erklärte John bestimmt.

»Natürlich werde ich das«, versicherte Liv. »Und dann bringe ich dich ins Haus der Vierzehn. Es gibt dann einen Platz im Haus mit deinem Namen darauf. Aber zuerst nimmst du den Urlaub, den du verschieben musstest.«

»Ja, es wird ganz anders werden, wenn die Sterblichen wieder in den Schoß der Gesellschaft zurückkehren«, stellte Clark fest.

»Es wird sicherlich besser werden«, versicherte Liv voller Überzeugung.

»Du willst das also wirklich tun?«, fragte Clark und fuchtelte mit dem Buch herum.

Liv sah die Besorgnis in seinen Zügen, aber es gab wenig, was sie sagen konnte, um seine Ängste zu zerstreuen. Sie war im Begriff, den gleichen Weg einzuschlagen, den ihre Eltern vor ihrem Tod gegangen waren. Auch sie war auf dem

Matterhorn schon fast gestorben. Wenn Plato nicht gewesen wäre, wäre es vorbei gewesen.

Aber das war sie nicht. Und sie hatte auch nicht geplant, an diesem Tag oder in naher Zukunft zu sterben.

»Ich werde mich mit euch in Verbindung setzen, sobald ich Neuigkeiten habe«, erklärte Liv.

»Mit dem albernen Block, den du mir gegeben hast?«, fragte Clark.

»Das ist ein Überall-Block«, korrigierte sie. »Alicia vermutet, dass Geräte, selbst magische technische Geräte, aufgrund des Signals auf dem Matterhorn nicht funktionieren werden. Wenn du mir etwas mitteilen musst, benutze das.«

»Und was soll ich Sophia sagen, wenn sie aufwacht?«, fragte Clark und deutete auf das süße Mädchen, das auf der Couch schlief.

»Sag ihr die Wahrheit«, sagte Liv auf dem Weg zum Sofa. »Sag ihr auch, dass ich zurückkomme, sobald ich fertig bin.«

Sie beugte sich vor und gab Sophia einen zärtlichen Kuss auf die Stirn.

»Und bitte hör auf ihr diese ekelhaften grünen Shakes zum Frühstück vorzusetzen«, bat Liv ihren Bruder. »Sie hasst sie, ist aber viel zu höflich es dir zu sagen.«

»Sie sind gut für sie«, argumentierte Clark, ein kleines Grinsen verbarg sich in seinen Augen.

»Lachen auch«, argumentierte Liv. »Bring sie stattdessen zum Lachen.«

Er schüttelte den Kopf, schien aber ihrer Bitte nachkommen zu wollen, als er die Arme ausbreitete.

»Was machst du da?«, fragte Liv skeptisch.

»Ich werde dich umarmen, bevor du gehst«, erklärte er.

Sie schüttelte den Kopf. »Nein, das ist nicht nötig.«

Clark schien verletzt zu sein. »Aber du hast John umarmt.«

»Das liegt daran, dass er eine magische Technologie gebastelt hat, die bei unserer Mission helfen wird.«

»Und du hast Sophia geküsst«, fuhr Clark fort.

»Weil sie ein süßer kleiner Engel ist«, argumentierte Liv. »Wenn ich dich umarme, wird es so aussehen, als hätten wir Angst, dass ich nicht zurückkehre und das ist nicht die Botschaft, die ich dem Universum vermitteln möchte.«

»Aber Liv, was ist, wenn …«

»Oh, na gut«, lenkte Liv ein, schloss den Abstand zwischen ihnen und zog Clark in ihre Arme. Er drückte ihren Kopf in seine Brust und sie konnte fühlen, wie Angst von ihm ausstrahlte.

Wenn sie sich selbst die Möglichkeit gäbe, würde sie auch ihre spüren. Aber Sorgen durfte sie sich auf der Reise, die sie unternahm, besser keine machen. Sie würden sie nur schwächen.

Kapitel 31

Das Wetter war nicht besser als beim ersten Mal, als Liv auf dem Matterhorn ankam. Es war auch nicht schlechter. Es war anders ...

Sie konnte nicht einordnen, warum ihr die Luft so seltsam erschien. Es war, als würde der Wind in die falsche Richtung wehen.

»Also du und der Dämonenjäger«, erkannte Plato, nachdem sie durch das Portal getreten war und sich auf dem Weg hinauf zum Matterhorn orientiert hatte.

»Ja«, sagte sie stolz. »Ich mag ihn. Verklag mich doch.«

»Ich glaube, dass die Menschen andere wegen ihrer Zuneigung heute nicht mehr verklagen«, antwortete Plato.

»Haben sie das denn mal getan?«, fragte Liv.

»Im vierzehnten Jahrhundert konnte man verklagt werden, wenn man jemanden nur falsch ansah.«

Liv warf einen Blick zurück auf das Portal und fragte sich, warum Stefan so lange brauchte, um durch das Portal zu kommen.

»Ich musste seine Ankunft verzögern«, bekannte Plato schuldbewusst.

»Warum solltest du das tun?« Liv schüttelte den Kopf. »Und wie?«

»Portalmagie ist sozusagen meine Spezialität.«

»Warum hast du ihn aufgehalten?«, bohrte Liv nach.

»Damit ich dir noch schnell etwas sagen kann«, gab Plato zu.

DIE AUSSERGEWÖHNLICHE KRAFT

Liv starrte auf den vor ihr liegenden Gipfel und bereitete sich auf das vor, was als Nächstes kommen würde. »Ich werde vorsichtig sein. Mach dir also keine Sorgen.«

»Ich mache mir keine Sorgen«, gestand er. »Aber ich muss ein Geständnis ablegen.«

Liv senkte ihr Kinn und schaute den Lynx schief an. »Du *hast* den letzten Keksteig verspeist, oder?«

»Nein«, bekannte Plato. »Ich habe ihn weggeworfen. In dem Zeug sind Geschmacksverstärker drin.«

»Wann bist du so gesundheitsbewusst geworden?«

»Seit mir klar geworden ist, dass du keine neun Leben hast«, sagte Plato mit einer für ihn untypischen Schärfe im Tonfall.

Liv war mehr als überrascht über sein seltsames Verhalten. »Ist alles in Ordnung?«

»Es wird«, sagte er, ein geheimnisvoller Klang in seiner Stimme.

»Okay, dieses Geständnis, das du …«

»Ich habe eigentlich zwei«, begann er. »Das erste werde ich dir jetzt offenbaren. Das andere, nun ja, das muss bis später warten.«

»Warum sagst du mir dann überhaupt, dass es zwei sind?«, fragte sie.

»Weil du, genau wie ich, von Neugierde angetrieben wirst.«

»Du glaubst also, dass ich, wenn ich weiß, dass du mir ein Geheimnis verraten wirst, eine zusätzliche Motivation habe, am Leben zu bleiben und von dieser Mission zurückkehren werde? Ist das richtig so?«

Plato nickte. »Außerdem bin ich noch nicht bereit dazu, dir das andere zu erzählen. Ich brauche mehr Zeit.«

»Um was zu tun?«, fragte Liv.

»Um Dinge herauszufinden«, sagte er einfach.

»Okay, also was *kannst* du mir sagen?«

»Liv, erinnerst du dich, wie wir uns zum ersten Mal getroffen haben?«

»Wie könnte ich nicht?«, sagte sie und studierte die Landschaft. Es war der ideale Zeitpunkt für eine Wanderung auf das Matterhorn. Es lag nicht viel Schnee und die Bedingungen stimmten, abgesehen von diesem seltsamen Wind, den sie immer noch nicht einordnen konnte.

»Es war am Tag nach dem Tod deiner Eltern, als du das Haus der Sieben verlassen und auf deine Rolle als Krieger verzichtet hast«, fuhr Plato fort.

»Ja, ich erinnere mich daran, als wäre es gestern gewesen.«

»Ich habe deine Eltern gekannt, bevor wir beide uns kennengelernt haben«, gestand Plato.

»Du hast was?«, fragte Liv, nicht sicher, warum sie das überraschte. Es war nur, dass ihr bester Freund es ihr nie erzählt hatte und es schien wirklich etwas zu sein, das er hätte erwähnen sollen.

»Es ist wahr«, nickte er. »Deine Eltern, nun ja, sie haben mir über die Jahre einige Gefallen getan.«

»Gefallen?«, forderte Liv.

»Meistens hat mich das aus der Klemme geholt«, sprach Plato weiter.

»Du benimmst dich, als hätte man dir Strafzettel verpasst.«

»Magische Strafzettel, wenn du so willst«, sagte Plato beiläufig. »Jedenfalls baten sie mich im Gegenzug, auf eines ihrer Kinder aufzupassen, falls ihnen jemals etwas passieren sollte.«

Und einfach so stürzte plötzlich alles, was Liv in ihrer Welt zu wissen glaubte, um sie herum wie ein Kartenhaus zusammen. Wenn sie etwas in der Hand gehabt hätte, hätte sie es fallen lassen. Hätte sie gesessen, wäre sie von ihrem Stuhl gekippt. Wenn ihr Herz nicht schon gebrochen wäre, wäre es jetzt gebrochen. Ihre Knie wurden weich und sie konzentrierte sich darauf, aufrecht stehen zu bleiben. »Du bist also nur aus Pflichtgefühl hier.«

»Nein«, lautete die sofortige Antwort. »Ich bin ursprünglich aus Pflichtgefühl gekommen. Ich bin jedoch geblieben, weil ich es wollte. Meine Vereinbarung mit deinen Eltern war, dass ich bleibe, bis du deine Rolle als Krieger übernommen hast, falls das jemals geschehen sollte.«

»Warum erzählst du mir das?«, fragte Liv, die sich nun etwas weniger zerbrechlich fühlte. Jahrelang hatte sie sich gefragt, warum Plato aufgetaucht war, als er es tat. Sie hatte sich Gedanken gemacht, ihn zu diesem Thema zu befragen und befürchtet, sie könnte ihn wegstoßen, wenn ihr die Antwort nicht gefallen würde. Eigentlich hatte sie sich gefragt, ob er eines Tages einfach verschwinden und nie wieder auftauchen würde. Jetzt fühlte sich das wie eine potenzielle Realität an.

»Weil du es verdienst, die Wahrheit zu erfahren«, erklärte Plato.

»Aber warum jetzt?«

»Weil der Zeitpunkt wichtig ist«, antwortete Plato. »So mächtig ich auch bin, ich kann dich nicht vor allem retten. Wenn du erst einmal unterwegs bist, kann ich dir nicht mehr folgen.«

»Aber du hast mich das letzte Mal gerettet«, argumentierte Liv.

»Du bist nur bis zu diesem ersten Grat gekommen.« Plato deutete auf die Stelle, an der Liv das Schwert ihrer Mutter gefunden hatte. »Das Signal stößt mich ab. Ich konnte fast nicht zu dir gelangen, als du gefallen bist.«

Liv schluckte. Sie wusste, dass Plato sich selbst in Gefahr gebracht hatte, um sie zu retten, als sie vom Bergkamm fiel, aber sie hatte keine Ahnung vom Ausmaß der Gefahr für ihn gehabt. »Du wirst mir also nicht folgen können. Normalerweise, wenn ich dich nicht sehe, weiß ich immer noch, dass du da bist. Aber das bist du nicht mehr, wenn ich mich auf den Gipfel begebe, nicht wahr?«

Er schüttelte den Kopf. »Ich kann da nicht hoch. Es tut mir leid.«

»Nur weil meine Eltern dir gesagt haben, du sollst auf mich aufpassen, heißt das nicht, dass du das auch tun musst«, brummte Liv, überrascht von der plötzlichen Bitterkeit in ihrer Stimme.

»Liv, ja, ich bin zu dir gekommen, weil ich dazu verpflichtet war, aber ich bin geblieben, weil ich es wollte«, wiederholte Plato. »Deine Eltern hatten mich nicht gebeten, bei Ian zu bleiben, der als nächster an der Reihe war, Krieger zu werden. Sie baten mich, auf *dich* aufzupassen. Ich glaube, sie wussten, dass du es schaffen würdest, alles zu ändern. Sie müssen geahnt haben, dass eines Tages alles auf dir lasten würde.«

»Nochmals, warum sagst du mir das jetzt?« Livs Stimme hallte wider, ihre Emotionen zerrissen sie.

»Ich möchte, dass du weißt, dass, wenn die Dinge zusammenbrechen, wenn du deine Magie verlierst, wenn du das Gefühl hast, dass du nicht mehr weitermachen kannst«, verdeutlichte Plato mit echter Überzeugung in seiner Stimme, »erinnere dich mit jeder Faser deines Wesens daran, dass ich alles auf dieser Welt gesehen habe. Ich bin von Anfang an hier gewesen. Ich werde von Magie angetrieben, die so alt ist wie diese Erde. Das, was Papa Creola erschaffen hat, hat auch mich geschaffen. Liv, wenn dir etwas zustoßen sollte, so hoffe ich, dass mir schnell dasselbe Schicksal zuteilwird und ich von diesem Ort gelöst werde.«

»Plato«, Liv fühlte einen Schmerz, der ihr den Atem raubte.

»Liv Beaufont, auf dich aufzupassen war die größte Ehre meines sehr langen Lebens«, fuhr Plato fort. »Dir nicht in diese Schlacht folgen zu können, ist bei Weitem das Schlimmste, was mir jemals widerfahren ist, aber ich muss dich allein gehen lassen. Ich möchte nur, dass du weißt, wie sehr du mir am Herzen liegst. Das sage ich dir nicht, weil du möglicherweise nicht zurückkommst. Ich sage dir das, *damit* du zurückkommst.«

Kapitel 32

Liv war von Platos Geständnis so erschüttert, dass sie nicht sofort reagieren konnte. Als sie ihre Stimme schließlich wiedergefunden hatte, war er verschwunden, und Stefan trat durch das Portal.

Er starrte umher, völlig desorientiert. »Etwas hat mit dem Portal nicht gestimmt.«

Sie nickte. »Mein bester Freund war das.«

Stefan warf ihr einen fragenden Blick zu. »Oh, ist diese Person hier?«

Liv schaute sich um, ein seltsamer Frieden ruhte in ihrem Herzen. »Ja, im Moment ist er das. Aber er ist keine Person. Er ist die unglaublichste magische Kreatur der Welt.«

Mit einem Lächeln schüttelte Stefan den Kopf. »Du bist mir ein Rätsel. Werde ich jemals all deine Geheimnisse erfahren?«

»Gott, ich hoffe nicht«, seufzte Liv. »Das wäre doch echt langweilig!«

Stefan blickte zum Gipfel hinauf, die Augen mit der Hand beschattend. »Das ist also unser Ziel. Sollen wir auf dem Weg nach oben etwas singen?«

»Du kannst es versuchen, aber ich könnte dich dafür töten.«

Er gluckste. »Okay, also ein klares Nein zum Singen. Ich habe einen ganzen Haufen Klopf-Klopf-Witze parat. Wie wäre es damit?«

Liv streckte die Hand aus und griff nach Stefans Hemd, einen Ausdruck spöttischer Wut im Gesicht. »Wie wäre es mit ›nein, außer du kannst Berge hinunterfliegen‹?«

DIE AUSSERGEWÖHNLICHE KRAFT

Er schloss seine Hand über ihrer, ein schiefes Grinsen im Gesicht. »Ich mag es, wenn du so tust, als wärst du wütend. Also, wirklich, ich mag dich eigentlich immer.«

Liv zog ihn näher heran, ihr Mund war nur Zentimeter von seinem entfernt. Er beugte sich vor. Als er sie gerade küssen wollte, schob sie ihn zur Seite und schritt an ihm vorbei. »Wir gehen jetzt besser«, meinte sie und versteckte das verschlagene Grinsen in ihrem Gesicht.

»Oh, du nimmst mich auf den Arm«, sagte er und holte sie leicht ein.

»Die Wanderung dürfte von hier aus mehrere Stunden dauern«, erklärte Liv.

»*Du* wirst einige Stunden brauchen«, schimpfte er zurück. »Ich wäre schon längst da oben, wenn ich nicht auf dich warten müsste.«

Sie lachte. »Bring mich nicht dazu, meine Meinung darüber zu ändern, dich mitzunehmen.«

»Oh, das werde ich nicht«, gestand Stefan. »Ich hoffe, du hältst es für die beste Entscheidung, die du je getroffen hast. Du wirst mich nicht mehr loswerden wollen.«

»Aber ich arbeite gerne allein«, sagte Liv.

»Ja, aber niemand ist eine Insel.«

»Und danach muss ich wieder für Vater Zeit arbeiten«, versuchte die junge Magierin zu argumentieren.

»Wer weiß, wie die Welt danach aussehen wird?«, konterte Stefan.

Liv konnte diese Möglichkeit kaum ausloten. Das war es, was die Beaufonts von Anfang an versucht hatten – die Sterblichen mit Magie zu vereinen. Ihre Eltern hatten die gleiche Wanderung unternommen, um das Signal zu unterbrechen. Es war surreal zu erkennen, dass sie nun in ihre tatsächlichen Fußstapfen trat.

Sie warf Stefan einen Seitenblick zu und war dankbar, dass sie bei dieser Mission nicht allein war. Sie arbeitete zwar gerne allein, so hatte sie angenommen, aber in Wahrheit war Liv nie wirklich allein gewesen. Plato war da gewesen und jetzt war es Stefan. In der Zukunft würde sie andere an ihrer Seite haben. Auf diese Weise wurden die besten Dinge auf dieser Welt geregelt, mit der Hilfe von Freunden.

»Du lächelst«, Stefan studierte ihren Gesichtsausdruck.

»Nein, das tue ich nicht«, argumentierte sie.

»Wie nennst du dann diesen Gesichtsausdruck?«, fragte er grinsend.

»Verdauungsstörungen«, log sie.

»Du bist so wunderbar lächerlich.«

»Und du bist …«

Stefan hielt an und warf seinen Arm schützend vor Liv.

»Was ist los?«, flüsterte sie.

Er schnüffelte. »Dämonen.«

»Hier?«, fragte sie und riss Bellator aus der Scheide. »Tja, sieht aus, als hätte ich dann genau den Richtigen mitgenommen.«

Stefan lachte nicht wie erwartet. Sein Gesicht war blass, ein seltsamer Ausdruck bedeckte seine Züge. »Irgendetwas stimmt nicht mit diesen Dämonen.«

»Wann ist etwas richtig an einem seelenaussaugenden Dämon?«, fragte Liv.

Er schüttelte den Kopf. »Ich weiß noch nicht, was hier vor sich geht. Ich kann nicht herausfinden, was ich spüre, aber sei auf der Hut.«

»Natürlich«, sagte Liv und erlaubte Stefan, den Platz vor ihr einzunehmen. Noch nie zuvor hatte ihn die Anwesenheit von Dämonen so beunruhigt. Er war immun gegen ihre

DIE AUSSERGEWÖHNLICHE KRAFT

Angriffe. Doch von seiner Haltung her hatte er Todesangst vor dem, was vor ihm lag.

Liv suchte immer wieder den Boden unter ihren Füßen ab und erinnerte sich daran, dass sich Dämonen im Boden versteckt hatten, damit sie Stefan hinunterziehen konnten, um ihn zu ersticken. Sie war so sehr darauf konzentriert, den Boden zu untersuchen, dass sie gegen Stefan prallte, als dieser plötzlich stehen blieb.

»Entschuldigung«, sagte sie und hielt schnell den Mund, als sie aufblickte. Ihr Brustkorb verengte sich. »Es waren keine Dämonen, die du gespürt hast.«

»Nein, etwas viel Schlimmeres«, gab er zu, den Arm schützend um sie gelegt. »Touristen.«

Kapitel 33

Adler hatte natürlich erwartet, dass Olivia Beaufont ihm folgen würde. Er hätte sogar darauf gewettet. Doch sie kam zu spät. Das Signal tötete nicht nur die Sterblichen auf der ganzen Welt, es war auch nicht mehr aufzuhalten. Dafür hatte er gesorgt. Die magische Technik, die das Signal erzeugte, war viel zu mächtig.

Leider hatte das Signal in der Nähe nicht funktioniert, was bedeutete, dass die Sterblichen, die das Matterhorn bestiegen, noch nicht davon betroffen waren. Adler wich von der Kugel zurück, die ihm den Aufstieg auf den Gipfel durch Olivia Beaufont und Stefan Ludwig zeigte. Er hatte Warnsysteme aufgestellt, die ihn warnten, falls jemand mit Magie den Aufstieg schaffen sollte. Er hätte ahnen müssen, dass sie den Dämonenjäger rekrutieren würde. Stefan mochte vielleicht gut darin sein, Dämonen zu jagen, aber wie würde er ohne seine Magie zurechtkommen?

Er sandte die Botschaft an Talon. Der Gott-Magier brauchte nicht einmal die Kammer des Baumes zu betreten, um die Magie von jemandem zu verschließen. Er war mächtig genug, dass er mit mehreren Bereichen des Hauses verbunden war, wobei einer davon das System war, in dem die Magie der Magier aufbewahrt wurde.

Nachdem er die Botschaft an den Einen geschickt hatte, lachte Adler. Liv würde es ohne Magie nicht weit bringen. Genau wie ihre Eltern und Geschwister würde sie schnell erkennen, wie schwach sie ohne Magie wäre.

DIE AUSSERGEWÖHNLICHE KRAFT

Als Talon eine Bestätigung zurückschickte, eilte Adler zum Beobachtungsfenster. Die Sterblichen, die den Gipfel hinaufwanderten, waren aus dieser Entfernung nur Punkte. Er brauchte sie jedoch nicht deutlich zu sehen, damit dieser Zauber wirken konnte. Alles, was er tun musste, war, an der dunklen Magie zu kratzen, die den Berg erfüllte. Sie hatte das Signal jahrelang geschützt und gerade jetzt würde sie seinen Zauber noch verstärken. Adler murmelte die Beschwörungsformel, die einer der ersten Flüche gewesen war. Er erschuf aus den Menschen Monster.

✶ ✶ ✶

»Ich verstehe das nicht«, sagte Liv, als sie an einer Reisegruppe vorbeikamen, die auf dem Weg nach unten war. »Ich dachte, du spürst das Böse.«

»Ich verstehe es auch nicht«, flüsterte Stefan mit gedämpfter Stimme. »Ich meine, Touristen sind schon ziemlich nervig, aber nicht unbedingt böse.«

»Vielleicht ist es Adler.« Liv zeigte auf den Gipfel, wo sie erwartete, dass er das Signal bewachte. Das war jedenfalls ihre beste Vermutung bezüglich seines Aufenthaltsortes gewesen.

»Ich bin an ihn gewöhnt«, erklärte Stefan. »Das ist etwas anderes. Es ist wie Dunkelheit, die irgendwo lauert, aber es ist nicht wie etwas, das ich schon einmal gefühlt habe.«

»Also kein Dämon, Vampir oder Werwolf?«, fragte Liv.

Er schüttelte den Kopf. »Nein, ich spüre nicht, dass es ein Ding oder eine Person ist. Es fühlt sich eher wie Energie an.«

»Jetzt wirst du mir gegenüber auch noch metaphysisch«, scherzte Liv. »Bitte sag mir, dass du dich nicht in einen dreckigen Hippie verwandelst, der meine Aura lesen wird.«

»Oh, du stehst nicht auf so was?«, neckte er. »Ich hatte gehofft, wir könnten am Kombucha nippen und die Horoskope des jeweils anderen vorlesen, wenn die ganze Sache vorbei ist.«

Liv rollte mit den Augen. »Dann sind wir offiziell fertig miteinander.«

Stefan fuhr herum und täuschte einen verletzten Gesichtsausdruck vor. »Ernsthaft, du machst jetzt schon Schluss mit mir? Ich wusste, dass du mich nicht lange ertragen würdest, aber ich hatte gehofft, dass wir es mehr als einen Tag schaffen würden.«

»Schön, ich gebe dir noch eine Chance, aber noch mehr Hippie-Schwachsinn und ich trete dich über die Felskante.«

»Notiert«, sagte Stefan und schlenderte weiter. »Gibt es noch andere Regeln, die ich befolgen sollte?«

»Keine niedlichen Spitznamen.«

»Wie Kuschelmonster?«, fragte er.

»Und schon sind wir wieder fertig.«

»Nein, nein, nein«, sagte er überstürzt. »Ich habe nur grob nach Spitznamen wie Kuschelmonster gefragt.«

»Okay, gut. Und ja, keine niedlichen Namen, die mich zum Kotzen bringen. Außerdem: Fotografiere mich niemals, wenn ich schlafe. Wenn ich genau darüber nachdenke, beobachte mich nicht, wenn ich schlafe. Das ist total unheimlich.«

»Wann besteht denn die Möglichkeit, dass ich dir nicht beim Schlafen zusehen darf? Wache ich in deinem Bett auf, oder du in meinem?«, fragte Stefan.

»Wie ich schon sagte«, fuhr Liv fort und ignorierte seine Anspielung, »schlechte Tischmanieren sind auch ein No-Go.«

»Gut, dass ich den Knigge-Kurs gemacht habe.«

DIE AUSSERGEWÖHNLICHE KRAFT

»Wenn du deine Klamotten auf dem Boden liegen lässt, wandern sie in den Müll«, erklärte Liv.

»Nochmals, wann besteht die Möglichkeit, dass ich meine Kleider nicht auf dem Boden liegen lassen darf?«

»Niemals, wenn du nicht auf dich aufpasst.«

»Habe ich die Klamotten dann auf dem Boden liegen lassen, nachdem du sie mir vom Leib gerissen hast?«, neckte Stefan.

Liv schüttelte den Kopf und unterdrückte ein Grinsen. »Nimm kein Essen von meinem Teller, ohne vorher zu fragen. Singe niemals, wirklich niemals, meinen Namen. Wenn du sagst, dass du etwas tun wirst, dann tu es. Ich mag keine Leute, die reden, es aber nicht durchziehen. Benutze Kopfhörer, wenn du Musik auf deinem Handy hörst. Niemand will deine Teenie-Pop-Balladen hören. Und vor allem frage mich nicht, ob ich einen Film gesehen habe und fasse ihn dann für mich zusammen.«

»Ich denke, das bekomme ich hin«, meinte Stefan stolz. »Möchtest du meine Positiv-/Negativ-Liste auch wissen?«

»Nicht wirklich«, sagte Liv, die Tempo zulegte und auf dem Weg an Stefan vorbeieilte.

»Aber was ist, wenn du etwas tust, das mir nicht gefällt?«, fragte er.

»Komm drüber hinweg oder lass mich fallen«, erklärte Liv und bemerkte eine andere Gruppe von Wanderern, die den Berg hinunter trabten. Sie bewegten sich seltsam.

Sie hielt an, diesmal streckte sie den Arm aus, um Stefan aufzuhalten.

Er verkrampfte sich. »Was ist?«

Liv zeigte nach vorne. »Mit diesen Sterblichen scheint etwas nicht in Ordnung zu sein.«

Stefan schielte auf die Gruppe. Sein Mund klappte auf. »Nein, das kann nicht sein.«

»Ich glaube, doch«, sagte sie. »Zieh deine Waffe. Es sieht aus, als bekämen wir es mit Zombies zu tun.«

Kapitel 34

Clarks Nerven ließen ihn zittern, als er durch die *Vergessenen Archive* blätterte. Es schien nicht richtig zu sein, dass er in Livs Wohnung saß, während sie hinter dem skrupellosen Mörder her war, der ihre Eltern getötet hatte.

Er wusste jedoch, dass es richtig war, ihn zurückzulassen. Sie konnten nicht beide gehen. Er war nicht für Kämpfe oder Abenteuer geschaffen. Er war als Ratsmitglied durch und durch geboren worden.

Wie viele Geschichtsbücher waren auch die *Vergessenen Archive* nicht sonderlich interessant. Ja, anfangs war es faszinierend gewesen, zu erfahren, wie der Große Krieg zwischen Sterblichen und Magiern begonnen hatte. Ein Mann, ein Sinclair, hatte sich gegen die Sterblichen Sieben gestellt und erklärt, dass sie sich nicht in Dinge einmischen sollten, von denen sie nichts wussten. Von da an war alles eskaliert, bis der Krieg nicht mehr aufzuhalten war.

Als die Magier den Krieg gewannen, unternahm dieser Gründer viele Schritte, um die Sterblichen für immer aus dem Haus zu verbannen. Einer davon war die Signalübertragung vom Matterhorn aus. Dann hatte er die wahre Geschichte in den *Vergessenen Archiven* versiegelt und diese auf Hoher See versenkt, damit sie niemals wieder gefunden werden konnten. Aber vorher tat er etwas, das sicherstellte, dass er unglaublich mächtig und daher fast unmöglich zu töten sein würde.

»Die Gründer des Hauses haben eine einzigartige Kraft, die durch ihre Adern fließt«, hieß es in dem Buch. »Wenn daher ein Mitglied des Hauses das Leben eines anderen nimmt, sei es ein Ratsmitglied oder ein Krieger, absorbieren sie dessen Lebenskraft und machen sich dadurch noch stärker.«

Clarks Kopf schoss hoch. »Das bedeutet …«

Seine Augen richteten sich wieder auf den Text, und er überflog die Seite. Es gab nur einen Weg, die Macht zu bekämpfen, die ein Zauberer gestohlen hatte, wenn er ein anderes Mitglied des Rates ermordete. Es war nicht kompliziert, aber ohne dieses Wissen wäre Liv zum Scheitern verurteilt.

Sie hatte keine Ahnung, dass Adler für sie unmöglich zu töten sein würde. Wie sollte sie auch? Aber er hatte ihre Eltern, Reese und Ian ermordet, was bedeutete, dass er ihre Macht absorbiert hatte und viel stärker war, als er sein sollte.

Clark sprang von seinem Platz auf dem Sofa auf und suchte verzweifelt nach dem Überall-Block. Er musste Liv warnen, bevor es zu spät war.

Kapitel 35

Was immer die Sterblichen, die sich Liv und Stefan näherten, übernommen hatte, war dunkle, böse Magie. Die Menschen, eigentlich eher Monster, wurden vorwärtsgetrieben. Ihre Augen waren blutunterlaufen und ihre Münder hingen offen vor sichtlichem Hunger. Sie krallten sich aneinander und schossen nach vorne. Ihre Gesichter waren aschfahl und hohe Schreie quollen aus ihren Kehlen.

»Ich denke, wir sollten versuchen, sie zurückzuschlagen«, sagte Stefan und hob dabei seine Hand.

Liv erwartete etwas Explosives aus seiner Handfläche, das die Bestien treffen sollte, was ihnen einen Vorteil verschaffen könnte. Doch es geschah nichts.

Stefan schaute auf seine Hand, als wäre mit ihr etwas nicht in Ordnung. Wieder positionierte er sie in Richtung der sich nähernden Zombies. Wieder passierte nichts.

»Deine Magie wurde verschlossen«, erkannte Liv sofort. Sie hob ihre eigene Hand und schickte einen Windstoß auf die Zombies. Es funktionierte, diesmal flogen sie einige Meter zurück und krachten gegen scharfe Felsen.

»Nun, das ist in Ordnung«, sagte er knapp und überhaupt nicht abgeschreckt. »Adler kann meine Magie sperren, aber das wird mein Dämonenblut nicht aufhalten.«

Blitzschnell verschwand er und bewegte sich schneller, als Livs Augen es verarbeiten konnten. Sofort war er auf der anderen Seite des Bergkamms und schlachtete die Zombies mit beeindruckender Anmut ab. Sie schüttelte den Kopf und lächelte trotz allem. Es war etwas Bewundernswertes an einem Mann, der sich nicht so leicht entmutigen ließ. Viele wären in Panik geraten oder hätten sich beschwert. Nicht Stefan Ludwig. Sekunden, nachdem er herausgefunden hatte, dass er keine Magie besaß, war er direkt in den Kampf gesprungen.

Liv eilte ihm nach. »Hey, ich will auch noch meinen Spaß haben!«

* * *

Ein Rasseln war das Erste, was Adlers Aufmerksamkeit erregte. Es war ein leises Geräusch, aber er wusste, dass es nicht richtig war.

Er verließ seine Position bei den Fenstern, wo er weitere Zombies auf Olivia und Stefan gehetzt hatte und eilte zu der magischen Technik in der Mitte der Einrichtung.

Die große Maschine strahlte ein lautes Summgeräusch aus. Rauch schoss seitlich von den Drähten nach oben.

»Oh, verdammt!«, schrie er und zeigte mit dem Finger auf das kleine Feuer, das ausgebrochen war. Es geschah nichts.

Er konnte nicht verstehen, was die Ursache des Problems darstellen könnte und es gab keinen Grund, warum er seine Magie nicht haben sollte. Wieder versuchte er, das Feuer zu stoppen, aber seine Magie war zu schwach, um etwas auszurichten. Das ergab keinen Sinn.

Als er sich verzweifelt umsah, fand er eine Decke. Wie ein einfacher Sterblicher ging er an die Arbeit und versuchte, das Feuer manuell zu löschen. Das Signal wurde immer noch gesendet, aber irgendetwas stimmte definitiv nicht damit. *Vielleicht war es das, was seine Magie beeinflusste?*, fragte er sich. Er war in der Lage gewesen, die Zombies zu erschaffen, aber das könnte daran liegen, dass er aus der dunklen Magie im Inneren des Matterhorns schöpfte.

Adler schloss die Augen und sog diese Kraft in sich hinein. Dann zeigte er mit dem Finger auf die magische Technik. Sofort hörte das Summen auf, das Feuer erlosch und das Signal verstärkte sich wieder.

Adler beugte seine Finger und beobachtete, wie die Schwärze in seinen Fingerspitzen begann und sich über seine Hände durch die Venen weiter ausdehnte. Er hatte dunkle Magie in sein System eingelassen. Es gab keine Möglichkeit, sich jetzt davon zu befreien, aber das war in Ordnung. Auf diese Art war Talon so weit gekommen und Adler war bereit, sich ihm anzuschließen und das Haus der Sieben zu führen.

Kapitel 36

Der Kampf gegen die Zombies glich dem Abschlachten von Dämonen, nur dass die Dämonen dümmer, aber stärker waren. Es gab also Vor- und Nachteile, erkannte Liv, während sie ihr Schwert aus dem Bauch eines Zombies zog und es schwang, um einem anderen den Kopf abzuschlagen.

Obwohl Stefan ziemlich viele getötet hatte, hatte sich die Zahl der Zombies verdoppelt, als sie dazustieß. Sie kamen einfach immer wieder.

Mit dem Rücken zu Stefan begutachtete Liv die Lage. »Irgendwelche guten Ideen, wie wir diese Typen loswerden können?«

»Ich habe sogar mehrere«, sagte er, stürzte sich nach vorne und stieß einem Zombie sein Schwert in die Brust, während er einem anderen einen Seitwärtstritt versetzte und ihn den Steilhang hinunterschickte.

Liv nutzte die Gelegenheit, um ein paar Feuerbälle auf drei sich nähernde Zombies loszulassen. Adler musste aus jedem Sterblichen auf diesem Berg einen wandelnden Toten gemacht haben. Liv hatte sofort Gewissensbisse wegen der Sterblichen, die unschuldig zu einem Opfer dieses Krieges wurden. Alles, was sie tun konnte, war, an ihnen vorbeizukommen und zu hoffen, den Rest der Menschheit retten zu können.

»Also, diese Ideen«, hakte Liv nach, warf einen Feuerball über ihre Schulter und schlug einen Zombie nieder, der im Begriff war, sich auf Stefan zu stürzen.

Er blickte überrascht über die Schulter. »Hey, danke.«

»Kein Problem«, meinte sie und verschnaufte ein wenig, während sich die nächste Welle von Zombies näherte.

»Ich denke, du musst diesen Weg einschlagen«, wies er in die Richtung, wo sich der Weg gabelte.

»Warum?«, fragte Liv und schickte weitere Feuerbälle aus, um das Vorankommen der Monster aufzuhalten. »Der Gipfel ist auf der rechten Seite.«

»Und ich vermute, dass diese magische Technologie, wo immer sie auch sein mag, nicht an diesen ausgetretenen Pfaden liegen wird«, erklärte Stefan.

»Gutes Argument«, erkannte Liv. »Eigentlich hätte ich daran denken sollen, dass es völlig versteckt liegen muss. Es muss einen Weg geben, es sichtbar zu machen.«

»Ich bin sicher, du kannst deine Magie einsetzen, um es herauszufinden«, sagte Stefan, wischte seine Klinge ab und bereitete sich auf die nächste Zombiewelle vor. »Das muss toll sein.«

Liv zwinkerte ihm zu. »Wir holen deine Magie zurück.«

»Mach dir keine Sorgen um mich«, sagte er selbstbewusst. »Mir wird es gut gehen. Aber du kannst nicht hierbleiben und Zombies bekämpfen …«

»Aber …«

»Liv, du musst da rauf und das Signal stoppen«, wandte Stefan ein. »Die Sterblichen sind in Gefahr und das bedeutet, dass auch die Magie in Gefahr ist. Dass ich keine Magie habe, ist kein Drama, wenn sie auch sonst keiner mehr hat.«

»Aber ich kann dich doch nicht hierlassen.«

»Natürlich kannst du das«, stellte er fest. »Ich werde die Zombies aufhalten. Du schaust, dass du an ihnen vorbeikommst und schnappst dir Adler. Ich schaffe das schon.«

Liv wusste, dass er recht hatte, aber sie wollte es sich nicht eingestehen. Schließlich nickte sie widerwillig. »Gut, aber lass mich dir wenigstens bei dieser nächsten Gruppe noch helfen.«

»Geh schon«, ermutigte er. »Und keine Feuerbälle mehr. Wir wissen nicht, wie lange du noch Magie haben wirst. Mir passiert schon nichts.«

Liv wollte ihn nicht verlassen, aber sie wusste, dass sie es tun musste. Sie warf Stefan einen letzten Blick zu, bevor sie den Weg hinaufsprintete, der vom Gipfel wegführte.

* * *

Clark kritzelte verzweifelt auf den Überall-Block.

Liv, bist du da?

Einen Augenblick später erschien eine Antwort auf der leeren Seite.

Ich bin im Moment ziemlich beschäftigt.

Clark schrieb schnell eine Antwort. *Es ist wichtig.*

Wichtiger als nicht von Zombies gefressen zu werden?, fragte Liv.

Sogar im Kampf macht sie Witze, dachte Clark und schüttelte den Kopf. *Ja, aber lass dich trotzdem nicht von Zombies fressen.*

Was ist los, Bruder?

Er atmete aus. *Es geht um Adler. Er ist mächtiger, als wir dachten.*

Einen Augenblick später erschienen Livs Worte. *Daher die verdammten Zombies.*

Clark nickte. *Ja, aber das ist noch nicht alles. Man kann ihn nicht einfach töten, da er die Energie unserer Familie absorbiert hat, als sie gestorben sind und er ist dadurch stärker geworden.*

DIE AUSSERGEWÖHNLICHE KRAFT

Oh, Scheiße!

Schnell schaute Clark in die *Vergessenen Archive* und stellte sicher, dass er die Informationen korrekt weitergab. *Es gibt jedoch einen einfachen Weg, ihn zu bekämpfen.*

Ich bin ganz Ohr, antwortete Liv.

Es wird dir nicht gefallen.

Clark konnte fast sehen, wie die Augen am anderen Ende der Welt gerollt wurden.

Das habe ich vermutet, schrieb Liv. *Was muss ich tun?*

Man kann ihn nicht mit Magie töten, erklärte Clark.

Ich dachte mir schon, dass du so etwas Lächerliches sagen würdest, schoss Liv zurück.

Er wollte schon lachen. Ihre Antwort war beeindruckend, wenn man bedachte, dass sie sich im Kampf befand.

Liv, du musst dein eigenes Blut vergießen.

Oh, Alter, das ist so eklig, schrieb Liv.

Und dann musst du Adler mit deinen eigenen Händen töten.

Lange Zeit kam keine Antwort. Als sie schließlich durchkam, wurde der Druck in Clarks Brust etwas leichter.

Das hatte ich sowieso vor.

Kapitel 37

Liv schob den Überall-Block zurück in ihren Umhang. Sie war dankbar, dass ihr der Anblick von Blut nichts mehr ausmachte. Mit ihren Erfahrungen im Kampf gegen Dämonen und andere Bösewichte hatte sie das ziemlich schnell hinter sich gelassen. Dennoch mochte sie den Anblick ihres eigenen Blutes immer noch nicht. Doch was auch immer nötig war, um die Welt vom letzten Sinclair zu befreien, es würde sich lohnen. Sie träumte von einer Zukunft, in der die Sinclair-Familie im Haus ersetzt wurde. Eine andere magische Familie würde kommen, eine, die nicht bis ins Mark korrupt und machthungrig war.

Oft schaute Liv über ihre Schulter und beobachtete Stefans Kampf mit den Zombies weiter unten am Berg. Sie war so weit gewandert, dass es mittlerweile schwer war, Details zu erkennen, aber er stand immer noch und das war das Wichtigste. Sie tröstete sich mit der Tatsache, dass das Dämonenblut ihn heilen sollte, wenn er von einem Zombie gebissen würde. Es war unglaublich hilfreich, wenn dieses Blut durch die Adern floss und man im Begriff war zu sterben.

Der seltsame Wind von vorhin blies über Livs Wangen und schickte sie einen Schritt rückwärts. Sie hielt inne und spürte, dass die Dinge nicht so waren, wie sie schienen. Sie hob ihre Hand hoch und versuchte, die Gegend vor sich freizulegen. Sie musste sehen, was tatsächlich da war und nicht den Schein, der alles verdeckte. Wie auch immer, sie hatte

DIE AUSSERGEWÖHNLICHE KRAFT

keine Magie zur Verfügung. Sie wusste in ihrem Innersten, dass sie nicht verschlossen war. Das wäre unmöglich gewesen. Wie ein Wasserhahn, der aufgedreht wurde, konnte sie fühlen, wie Magie durch sie hindurchsickerte. Es war aber einfach nicht viel davon zu spüren.

Das war Adlers Werk. Er tötete die Sterblichen und nahm die Magie von dieser Welt. Sie musste ihn aufhalten.

Liv schloss die Augen und konzentrierte sich auf das, wovon sie wusste, dass es die reinste Form ihrer Magie war. Es war das Einzige, was ihre Magie wiederherstellen konnte, wenn alle Sterblichen verschwinden würden. Diese Quelle war zeitlos. Sie war allumfassend. Sie war unendlich.

Es war die Liebe, die sie für ihre Familie empfand.

Mit geschlossenen Augen wiederholte Liv die Worte, die ihre Mutter ihr beigebracht hatte. Diejenigen, die mächtiger waren als jeder Zauberspruch auf der Welt: »*Familia est sempiternum.*«

* * *

Es gab nur wenige Dinge auf der Welt, die so unglaublich waren wie Liv Beaufont. Stefan würde sich für diese Frau tausend Zombies ohne Magie mit Freuden stellen. Allerdings hätte er sich mit diesen speziellen Monstern vielleicht etwas überfordert fühlen sollen. Sie kamen immer wieder, krochen über die felsigen Steilwände und huschten aus Höhlen. Er hatte keine Ahnung, wo sie herkamen. Adler musste jede tote und lebende Person auf diesem Berg zum Zombie gemacht haben.

Als die Kräfte ihn fast verließen, lockte Stefan sie den Berg hinunter und versuchte, sie von dort wegzubringen, wohin Liv gegangen war. Er sah keine Zombies auf dem

Weg, den sie genommen hatte. Sie waren hinter ihm her und er musste dafür sorgen, dass das auch so blieb.

Er zog sein zweites Schwert und zerschnitt einen Zombie nach dem anderen. Es waren jedoch immer mehr bereit, ihn anzugreifen.

Aus dem Gleichgewicht geworfen, als ein Zombie ihm die Beine wegzog, stürzte Stefan mehrere hundert Meter kopfüber rollend den Abhang hinunter. Der Sturz hätte ihn getötet, wenn sein Dämonenblut nicht gewesen wäre. Er sah einen tiefen Schnitt an seinem Unterarm, als er versuchte, aufzustehen. Dieser schloss sich fast sofort wieder. Er holte seine Schwerter von dort, wo sie im Dreck stecken geblieben waren und blickte nach oben. Eine massive Wand von Zombies näherte sich. Es war egal, dass Stefan Dämonenblut hatte. Er war schwer zu töten, aber es war nicht unmöglich. Mehrere hundert Zombies sollten genügen, um ihn zu töten.

Er drückte seine Finger auf seine Lippen und küsste sie. »Liv, ich hoffe, du schaffst es. Und ich hoffe, du weißt, wie erstaunlich du immer für mich warst.«

Stefan hob seine Schwerter, bereit, auf einen Schlag loszulegen. Aber etwas flackerte in der Ecke seines Blickfeldes und zog seine Aufmerksamkeit auf sich.

Neben ihm stand eine schwarz-weiße Katze so beiläufig, als ob sie auf einen Bus wartete.

»Hmmm, hast du dich verlaufen?«, fragte Stefan die Mieze.

Das Tier sah ihn mit einem verschmitzten Grinsen an. »Nein, aber ich glaube, du könntest etwas Hilfe gebrauchen, es sei denn, du möchtest einen vorzeitigen Tod erleiden.«

»Eigentlich möchte ich das nicht«, gestand Stefan. »Kennst du jemanden, der helfen kann?«

DIE AUSSERGEWÖHNLICHE KRAFT

»Ich kann«, meinte die Katze. »Zum Glück bist du in ein Gebiet gekullert, in dem ich dir behilflich sein kann.«

»Und wer bist du?« Stefan bemerkte stirnrunzelnd, dass er mit einem Tier sprach.

»Ich bin Livs bester Freund und du bist jemand, von dem sie nicht möchte, dass er stirbt. Das sind die beiden einzigen Gründe, warum ich jetzt mit dir spreche.«

Eine Katze? Hier ist eine Katze, die mir mit hundert Zombies helfen möchte?, dachte Stefan besiegt. Er zuckte die Achseln und versuchte, sich zu konzentrieren.

Stefan nickte und bereitete sich auf die erste Welle Zombies vor. »Gut, okay, Kätzchen. Dann zeig mir mal, was du kannst.«

Kapitel 38

Liv wusste sofort, dass ihre Magie zurückgekehrt war. Sie konnte fühlen, wie sie durch ihre Adern floss wie das Blut ihrer Familie. Es war ein und dasselbe.

Sie wusste auch aus einem zweiten Grund, dass ihre Magie wieder da war, denn auf dem Hügel über ihr hatte sich aus dem Nichts ein großes Gebäude materialisiert. Von dort aus konnte sie deutlich einen roten Lichtstrahl sehen, der in die Welt hinaus gesandt wurde.

Mit einem tiefen Atemzug machte sie einen Schritt nach vorne. Es war an der Zeit, das endlich zu beenden.

* * *

Liv hat die besten Freunde, dachte Stefan, als er einem Zombie sauber den Kopf abtrennte. In einer schnellen Bewegung schwang er sich herum, schlug auf drei weitere Zombies ein und schickte sie einige Meter weit zurück.

Er hatte bezweifelt, dass das kleine Kätzchen eine große Hilfe sein konnte. Mann, hatte er sich geirrt! Als er nicht hinschaute, hatte sich das Tierchen in einen riesigen schwarzen Panther verwandelt, mähte Zombies nieder und tötete sie schneller als er. Innerhalb weniger Minuten hatten er und sein neuer Freund mit den Zombies kurzen Prozess gemacht.

Stefan blickte stolz zum Gipfel hinauf, er hoffte, dass Liv gerade dort war. Vielleicht war heute doch nicht sein letzter

Tag auf dieser Erde. Er würde mit Freuden tausend Zombies abschlachten, wenn dies zur Folge hätte, dass er an der Seite von Liv Beaufont weiterkämpfen konnte.

Es gab niemanden sonst auf der Welt wie sie.

Er erhaschte einen Blick, als der riesige Panther einen Zombie überrannte, einen anderen mit seiner Pranke aufschlitzte und seine Zähne in einen dritten versenkte.

»Liv hat die absolut coolsten Freunde«, stellte Stefan beeindruckt fest.

✯ ✯ ✯

Die Tür zur Einrichtung war nicht verschlossen, was Liv gedankenlos erschien. Sie schob sie auf und atmete ein. Die Dämpfe, die von der magischen Technik in der Mitte des Raumes ausgestoßen wurden, verbrannten fast ihre Lungen. Ein heißer Wind zirkulierte durch den Raum und brannte auf ihrem Gesicht. In der Mitte des Raumes stand der Mann, den sie töten wollte.

Kapitel 39

Adler Sinclairs langes weißes Haar fiel ihm über den schmalen Rücken. Er hatte die Hände neben sich ausgestreckt und das Kinn angehoben, während er den roten Strahl bewunderte, der direkt durch die Öffnung im Dach in die Welt hinausschoss. Es war das Signal, das die Sterblichen davon abhielt, Magie zu sehen. Es war das, was sie umbrachte.

Liv hob ihre Hand, aber fast augenblicklich wurde sie von einer unsichtbaren Kraft in die Luft gerissen und wieder auf den Boden zurückgeworfen. Ihr Kopf schlug hart gegen den Stein, sodass sie Blut schmecken konnte.

Die Gestalt, die größer zu sein schien als Adler, drehte sich um. Es war tatsächlich der Mann, den sie zu hassen gelernt hatte, aber er war anders. Mächtiger. Die Adern in seinem Gesicht schimmerten schwarz, besonders um seine stechenden Augen herum, die jetzt rot glühten.

Alles, was Liv denken konnte, war, dass er irgendwie dreckig war, aber die Verwunderung war ihre Zeit und Aufmerksamkeit nicht wert. Sie hatte dringendere Angelegenheiten.

»Du bist also an den Zombies vorbeigekommen, ja?«, fragte Adler, vorwärts schreitend, der heiße Wind rauschte an seinen Gewändern vorbei.

»Welche Zombies?« Liv hob sich auf die Beine.

Er zog eine Grimasse. »Du warst von Anfang an eine Nervensäge für mich. Ich habe stets bedauert, was mit deinen Eltern und deinen Geschwistern geschehen ist, aber ich werde genießen, was ich dir antue.«

»Du meinst, als du sie ermordet hast?«, schrie Liv. Die reine Wut entfesselte sich zum ersten Mal.

Mit einer knappen Bewegung seines Handgelenks wurde Liv kraftvoll in die gegenüberliegende Steinmauer geworfen. Ihr Kiefer schlug dagegen und sie rutschte desillusioniert zu Boden.

»Oh, dein loses Mundwerk war schon immer dein Manko«, erklärte Adler.

Liv wischte mit der Hand über ihren Mund und entfernte das Blut. Unbeeindruckt drückte sie sich wieder hoch. »Warum hasst du die Sterblichen so? Warum willst du, dass sie verschwinden?«

Die Frage ließ Adler innehalten, wie Liv es beabsichtigt hatte. Er hatte ein riesiges Ego und deshalb musste er seinen Standpunkt erklären. Ihn legitimieren.

»Wir haben sie nie gebraucht«, meinte er selbstgefällig. »Sie sind reine Verschwendung. Ursprünglich sollten sie Sklaven für die magischen Rassen sein. Aber sie haben sich erhoben und Positionen im Haus eingenommen; schließlich sind sie dann zu weit gegangen.«

»Sie sollten nie unsere Sklaven sein«, knirschte Liv mit zusammengebissenen Zähnen.

Adler lachte völlig humorlos. »Du denkst ständig, du hättest so viel Ahnung. Immer versuchst du, mir vor dem Rat die Schau zu stehlen. Deine Bestrafung wird lang und schmerzhaft werden.«

Liv war nicht überrascht, als ihre Füße vom Boden abhoben und sie gegen das Fenster auf der anderen Seite des Raumes flog. Glücklicherweise nicht durch das Fenster, aber sie zerbrach es mit ihrer Wirbelsäule. Als sie zu Boden fiel, regnete das zersplitterte Glas auf sie herab. Liv bedeckte ihr Gesicht und drehte sich auf den Bauch.

Da es offensichtlich keine Auszeit gab, griff Adler Liv am Nacken und zerrte sie auf die Beine. »Ich habe viel zu hart gearbeitet, als dass du alles ruinieren darfst. Die Beaufonts scheinen zu glauben, dass es ihr Recht ist, die Wahrheit aufzudecken, aber bald wird das keine Rolle mehr spielen. Bald werden die Sterblichen alle tot sein und Magie wird herrschen.«

Liv tat das Einzige, was ihr zur Verfügung stand und trat wild mit den Füßen, wobei sie Adler direkt am Schienbein traf. Er jaulte vor Schmerz und ließ sie fallen, als er nach seinem Unterschenkel griff.

Liv verdrückte sich schnell, lief an der Quelle des Signals vorbei und studierte sie. Die Stromquelle lag zum Glück am Boden. Sie brauchte nur nah genug heranzukommen.

Wie ein Wind, der über den Boden wehte, stand Adler im nächsten Augenblick vor ihr und betrachtete sie mit diesen blutunterlaufenen Augen. »Ich werde es genießen, dich zu töten. Es wird meine Kraft nur noch verstärken.«

»Die Sache ist die«, sagte Liv, als sie um ihn herumschaute, »ich hatte noch nicht wirklich geplant, zu sterben. Und wegen der Kraft die du gestohlen hast? Ich bin hier, um sie mir zurückzuholen.«

Adler, der ihre Witze eigentlich nie gemocht hatte, lachte diesmal. Dann hob er seine Hand, die mit schwarzen Adern übersät war. Aber Liv war bereits vorbereitet. Sie hielt ihre Handfläche in die Luft und blockierte den Zauber, den er auf sie geschossen hatte. Sie konnte ihn nicht mit Magie töten, aber sie konnte sich damit verteidigen.

Ununterbrochen schossen Blitze zwischen Adler und Livs Händen hin und her, während sie versuchte, ihn zurückzuhalten. Er war unglaublich stark, eine Kraft, wie sie sie noch nie zuvor erlebt hatte und doch konnte sie ihn um einige Meter zurückstoßen. Als er fast an der hinteren Wand angelangt war, duckte sie sich hinter die magische Technik, schob das Gerät, das John ihr gegeben hatte, fix in die Stromquelle und startete das Virus.

Bevor der Albino sie lokalisieren konnte, rollte Liv hinter dem Gerät hervor und zog Bellator aus der Scheide.

Wenn Adler eingeschüchtert sein sollte, so verbarg er es gut. Er sah ihr Schwert gelangweilt an und kommentierte dies mit höhnischer Stimme. »Glaubst du wirklich, dein kleines Schwert kann mir etwas anhaben?«

Liv schüttelte den Kopf. »Nein, mein riesengefertigtes Schwert kann das nicht.«

Seine Augen wurden schmal. »Was machst du mit einem von einem Riesen gefertigten Schwert?«

»Ich benutze es, um dich zu Fall zu bringen.« Sie drehte Bellator um und ritzte mit der Klinge über ihre Handfläche. Das Blut tropfte von ihrer Handfläche auf den Boden und landete mit seltsamen Rauchfahnen.

Das verwirrte Adler offensichtlich und er runzelte die Stirn. »Was ist das für eine Magie?«

Liv trat vor und ließ Bellator laut scheppernd fallen. »Das ist keine Magie, Mister Sinclair.«

Er ging mehrere Meter zurück, seine Angst war bei jedem seiner Schritte zu spüren. Er war verwirrt und bei einem Mann, der immer wissen musste, was vor sich ging, war das der beste Weg, ihn aus dem Gleichgewicht zu bringen. Mit jedem Schritt schien er zu schrumpfen und seine Augen wurden blasser.

Liv ließ ihr Blut auf den Boden tropfen und sandte Rauch nach oben. Sie presste ihre Finger in die Handfläche, wodurch das Blut schneller floss. Mit jedem Tropfen zerfiel die Kraft in dem Mann vor ihr.

»Mein Blut ist das gleiche wie das, das durch die Adern von Guinevere Beaufont floss. Du hast sie getötet und meine Mutter von dieser Welt genommen«, sagte Liv tränenerstickt.

Adler stolperte über einige Drähte und fiel auf seinen Hintern.

»Theodore Beaufont war der beste Mann, den ich je gekannt habe und du hast ihn aus reinem Egoismus getötet«, fuhr Liv fort, ihr Blut floss weiter und hinterließ eine Spur.

Adlers Haut war zu ihrem gewohnten Aussehen zurückgekehrt, transparent und dünn. Er schüttelte den Kopf. »Nein! Nein!« Er hob seine Hand, aber es geschah nichts.

»Meine Schwester Reese war eine kreative Seele, die erstaunliche Dinge hätte schaffen können, aber das konntest du nicht zulassen, oder, Mister Sinclair?«

Der Rauch von Livs Blut umhüllte sie wie ein Vorhang und gab ihr das Gefühl, mächtig zu sein. Unterstützt. Geliebt.

Adler hatte sich bis zur hintersten Mauer zurückgezogen. Plötzlich fielen ihm die Haare aus und sein Gesicht war von Falten überzogen. Welche Magie auch immer hier am Werk war, sie war nicht normal. Sie war das reine Verderben.

»Und Ian«, begann Liv. »Er war mutiger als du oder Decar oder irgendein anderer Krieger da draußen.«

»Decar ...« Adlers Augen leuchteten auf.

»Ja, wenn dein Bruder noch am Leben wäre, könntest du ihn beschwören und aus seiner Kraft schöpfen, genau so, wie ich dir die Kraft meiner Familie entziehe.« Liv neigte ihren Kopf zur Seite und öffnete die blutige Handfläche. »Aber er ist tot. Meine Riesen-Freunde haben ihn getötet und wir halten die wahre Geschichte in Händen.«

»Nein!«, schrie Adler verzweifelt, aber es war zu spät.

DIE AUSSERGEWÖHNLICHE KRAFT

Liv hob ihn mit Magie in die Luft, so wie er es mit ihr getan hatte. Als er hoch genug war, setzte sie die Magie aus, die ihn band und ihr durch das Blut ihrer Familie geschenkt wurde. Liv legte ihre Hände um Adler Sinclairs Hals und drückte zu, um seine Sauerstoffzufuhr zu unterbrechen. Seine schwachen Versuche, sie zu bekämpfen, waren vergeblich. Liv war eine unglaublich starke Kriegerin für das Haus. Jede Mission, auf die er sie geschickt hatte, um ihr Leben zu gefährden, hatte sie auf diesen Moment vorbereitet und sie stärker gemacht als den Schwächling vor ihr.

Nach nur einem kurzen Augenblick erschlaffte Adlers Körper. Es war nicht das große Ende, wie sie es sich vorgestellt hatte, aber es funktionierte. Liv trat zurück und ließ den leblosen Adler zu Boden fallen, sein Hals war mit ihrem Blut bedeckt. Es verwandelte sich in Rauch, der den Albino entzündete und in eine Fackel verwandelte.

Liv sprang rückwärts und fächelte den Rauch weg.

Über die Schulter schaute sie zu dem magischen Sender. Der riesige Leuchtstrahl war verschwunden. Das kleine Gerät hatte funktioniert. Das Signal war tot.

Das durch Adlers Leiche angefachte Feuer wuchs stetig. Liv nahm Bellator und rannte durch die Tür. Sie war nur wenige Meter vom Gebäude entfernt, als eine Explosion sie nach vorne schleuderte. Sie rollte sich zusammen und bedeckte ihren Kopf. Als sie sich umdrehte, war sie sich einer wichtigen Sache absolut sicher.

Dieses Stück magische Technik würde zum Glück nie wieder funktionieren.

Kapitel 40

Der Rat schwieg eine lange Zeit. Schließlich blickte Haro auf, reines Erstaunen auf seinem Gesicht. »Alles, was du hier vorträgst, ist wahr?«

Liv erwischte Stefan dabei, wie er sie anstarrte, bevor sie nickte. »Ja, es ist alles wahr. Bald werden sich die Sterblichen von dem Versuch erholen, dass sie getötet werden sollten. Dann werden sie zum ersten Mal seit über einem Jahrhundert wieder Magie sehen können.«

Clark zeigte die *Vergessenen Archive*. »Ich habe den Inhalt dieses Werkes hochgeladen und es jedem von euch zugeschickt. Es wird alles erklären, was ihr wissen müsst.«

Raina schüttelte den Kopf. »Das ist so … seltsam. Haus der Vierzehn? Warum wussten wir das nicht?«

»Adler Sinclair hatte lange Zeit daran gearbeitet«, erklärte Liv. »Er hat meine Familie ermordet. Er tat alles, was er konnte, um die Wahrheit zu vertuschen.«

»Aber warum?«, fragte Hester.

Liv hob ihr Kinn und rief die Kraft herbei, die sie auf dem Gipfel des Matterhorns gespürt hatte. »Weil er Angst davor hatte, dass die Sterblichen die Magie verändern würden, aber was wir wissen müssen, ist, dass die Magie nur wegen der Sterblichen überhaupt existiert. Sie sind der moralische Kompass, den wir in diesem Haus brauchen, um unsere Macht zu regulieren.«

»Geht es hier darum, Magie zu registrieren?«, fragte Lorenzo.

»Nein«, verdeutlichte Clark. »Das ist das Gegenteil von dem, was wir brauchen. Das ist Kontrolle, die nichts anderes geschehen lässt, als die Macht an diejenigen abzugeben, die nicht dafür qualifiziert sind. Stattdessen müssen wir uns zusammenfinden. Es fängt damit an, dass die Sterblichen ins Haus kommen. Dann Elfen, Gnome, Riesen und wer auch immer uns helfen wird, die Gerechtigkeit zu wahren.«

»Du kannst doch nicht wirklich darauf anspielen, dass wir neben den Sterblichen auch noch andere magische Rassen an diesem Ort dulden sollten?«, fragte Bianca kreischend.

Liv warf Emilio einen Blick zu. »Das möchte ich unbedingt vorschlagen. Wir müssen aufhören, uns über die Verwässerung unserer Blutlinien Gedanken zu machen und uns stattdessen darum kümmern, einander zu achten.«

»Das wird seine Zeit brauchen«, meinte Haro vorsichtig.

»Dann wird es das«, erklärte Liv mit Autorität. »Aber wir fangen heute damit an.«

»Wer bist du, dass du uns vorschreiben willst, was heute oder sonst wann beginnt?!«, schrie Bianca.

Liv streckte beiläufig ihre Hand aus und ein holografisches Bild von Vater Zeit erschien. »Ich habe verfügt, dass Liv Beaufont, Kriegerin für das Haus der Vierzehn, die Aufgabe hat, die Sterblichen Sieben zu suchen und sie an ihren rechtmäßigen Platz zurückzubringen. Sobald sie an ihrem Platz sind, erwarte ich, dass das Haus der Gerechtigkeit dienen wird, wie es immer beabsichtigt war. Jeder, der sich meinem Befehl widersetzt, wird seine Zeit auf der Erde dramatisch verkürzt sehen. Wenn ihr Fragen, Bedenken oder Anregungen habt, wendet euch bitte an meine Elfen-Delegierten.«

Liv schloss ihre Handfläche, als Papa Creolas Ansprache zu Ende war. »Nun, ich sage, dass du dich in dieser Sache mit Vater Zeit auseinandersetzen musst, Bianca. Du solltest ihn wirklich zur Schnecke machen. Ich bringe dich direkt zu ihm.«

»Das ist lächerlich!«, brüllte Bianca, stand auf und rannte aus der Kammer des Baumes.

Liv schüttelte bedauernd den Kopf und verbarg das Grinsen, das so dringend um Freilassung bettelte.

Haro lehnte sich nach vorne. »Das ist eine Menge zu verdauen für den Rat. Es gibt jedoch keine Möglichkeit, die Beweise, die du vorgelegt hast, zu widerlegen. Kriegerin Beaufont, du hast deine Befehle. Ihr anderen Krieger, eure Aufgabe ist es, den Sterblichen behilflich zu sein, sich an die Veränderungen zu gewöhnen, die auf sie zukommen werden.«

»Der Rest von uns wird die vergessene Geschichte auffrischen müssen und ich schlage vor, dass wir anschließend alle wieder zusammenkommen. Es hat viel Verrat unter unseren Mitgliedern gegeben, aber ich hoffe, dass wir das hinter uns lassen können, um eine bessere Zukunft für die Sterblichen und die magischen Rassen zu schaffen.«

»Auf ein besseres Morgen«, sprach Hester und die anderen im Raum wiederholten ihre Worte; Livs Brust zog sich zusammen und machte ihr klar, dass Happy Ends tatsächlich möglich waren.

Kapitel 41

Die Knochen knirschten unter Talons Fuß, als er versuchte, einen Schritt vorwärts zu machen. Er beugte sich wieder zu Boden. Die Öffnung zur Schwarzen Leere war weit entfernt und er war immer noch so schwach. Ja, er konnte die Dinge im Haus von diesem Ort aus kontrollieren, aber er konnte sie nicht so beeinflussen, wie er es musste.

Decar war verschwunden.

Adler war tot.

Er war alles, was die Sinclairs noch hatten.

Und er müsste schneller stärker werden, wenn er seinen Plan noch umsetzen wollte.

Talon hatte diesen Krieg einmal gewonnen und er würde es wieder tun. Ein Mädchen konnte vielleicht die Sterblichen zurückbringen, aber es würde nicht von Dauer sein. Alles, was er tun musste, war warten, sich erholen und magische Reserven schöpfen und eines Tages wäre er stark genug, um wieder aufzustehen.

In der Zwischenzeit müsste er jemanden wecken, der ihm helfen konnte.

Mit dem Gesicht auf dem kalten Steinboden liegend, suchte er in seinem Kopf nach dem Mädchen, mit dem er durch sein Blut verbunden war, dem Kind von Adlers verstorbener Schwester – ein Waisenkind, das unentdeckt geblieben war. Sie war jedoch eine Sinclair und sie war mächtig. Nur ein junges Mädchen, aber eine Illusionistin und die rechtmäßige Person, um die Rolle als Sinclair-Kriegerin für das Haus der Sieben einzunehmen. Er würde sie brauchen, um weiterzukommen, um das zu übernehmen, was rechtmäßig ihm gehörte.

Talon zog sie zu sich mit einer Kraft, der kein Sinclair widerstehen konnte.

Auf der anderen Seite des Globus erwachte Kayla Sinclair plötzlich mit Schweißperlen auf der Stirn. Sie hatte einen merkwürdigen Traum gehabt. Aber es war kein Traum gewesen.

Sie schob ihre Decken zurück und stand ruckartig auf, die langen weißen Haare fielen ihr über die Schultern. Obwohl sie sich nicht sicher war, warum, wusste sie, dass sie sofort nach Los Angeles musste. Sie wurde im Haus der Sieben gebraucht. Es gab eine Rolle, die besetzt werden musste und sie war ihr Geburtsrecht.

DIE AUSSERGEWÖHNLICHE KRAFT

Kapitel 42

Nun, das war doch einfach«, sagte Stefan, als der letzte Rat die Kammer des Baumes verließ. Ausnahmsweise war Liv nach dem Treffen zurückgeblieben und hatte ihnen gesagt, dass sie dort etwas Zeit zum Nachdenken bräuchte. Stefan war auch geblieben, jetzt standen sie sich gegenüber und die Lichter des Baumes funkelten über ihren Köpfen.

»Ja, wir mussten nur gegen ein paar hundert Zombies kämpfen, einen Verrückten töten und die gesamte Bevölkerung der Sterblichen aufwecken«, meinte Liv beiläufig.

»Ich bin nicht einmal ins Schwitzen gekommen«, stellte er mit einem Augenzwinkern fest.

Am Rand ihres Blickfeldes sah Liv, wie Jude aus der Dunkelheit heraustrat. Sie verkrampfte sich.

»Was ist?«, fragte Stefan und spürte ihre Anspannung.

»Ach, nichts. Es ist nur so, dass Jude und ich gerade einige Vertrauensprobleme bewältigen müssen«, bekannte Liv, als Diabolos neben dem weißen Tiger landete. Sie entspannte sich etwas.

Stefan zeigte auf die andere Seite des Raumes, wo zwei grüne Augen im Dunkeln leuchteten. »Ich glaube, du bist sicher, solange dein bester Freund in der Nähe ist.«

Überrascht, dass Plato sich vor einem anderen zeigte, nickte Liv. »Ja, ich habe wirklich Glück gehabt. Ich habe die besten Leute in meinem Leben.«

»Ich glaube, wir sind die Glücklichen«, meinte Stefan und griff nach Livs Umhang. Er zog sie näher heran und sie ließ es zu.

Von allem, was geschehen war, war dies der überraschendste Teil. Liv hatte erwartet, den Tod ihrer Eltern rächen zu können. Es gab nie eine Realität, in der sie nicht bis zum Tod gekämpft hätte, um das zu beenden, was sie begonnen hatten und sie würde nicht aufgeben, bis die Sterblichen von der Gehirnwäsche erlöst waren. Aber Liebe? Das hatte nicht in den Karten gestanden. Oder zumindest hatte sie es nicht erwartet.

Stefan hob Livs Kinn und blickte ihr mit leiser Ehrfurcht in die Augen. Sie konnte sich kein besseres Happy End vorstellen und doch wusste sie, dass es noch lange nicht vorbei war. Es gab noch so viel zu tun, wiederherzustellen und zu reparieren.

Als der Dämonenjäger seine Lippen auf ihre legte, entschied sie sich für ein ›gerade jetzt absolut glücklich‹. Der morgige Tag würde seine eigenen Herausforderungen und Abenteuer bringen und sie wäre bereit, sich ihnen mit ihrem Team an der Seite zu stellen.

FINIS

Liv Beaufont kehrt zurück in Band 9

—

Wie hat Dir das Buch gefallen? Schreib uns eine Rezension oder bewerte uns mit Sternen bei Amazon. Als Indie-Verlag, der den Ertrag weitestgehend in die Übersetzung neuer Serien steckt, haben wir nicht die Möglichkeit große

DIE AUSSERGEWÖHNLICHE KRAFT

Werbekampagnen zu starten. Daher sind konstruktive Rezensionen und Sterne-Bewertungen bei Amazon für uns sehr wertvoll, denn damit kannst Du die Sichtbarkeit dieses Buches massiv für neue Leser, die unsere Buchreihen noch nicht kennen, erhöhen. Du ermöglichst uns damit, weitere neue Serien parallel in die deutsche Übersetzung zu nehmen.

Am Endes dieses Buches findest Du eine Liste aller unserer Bücher. Vielleicht ist ja noch ein andere Serie für Dich dabei. Ebenso findest Du da die Adresse unseres Newsletters und unserer Facebook-Seite und Fangruppe – dann verpasst Du kein neues, deutsches Buch von LMBPN International mehr.

Sarahs Autorennotizen

Ich bin gerade auf einem Flug nach New Orleans, während ich diese Notizen schreibe. Nach fast acht Jahren fliege ich zurück nach Hause, um meine Familie zu besuchen. Ich habe darum gebeten, dass meine Eltern Lydia und mich auf eine Sumpf-Tour mitnehmen. Ziemlich sicher bin ich mir, dass dies zu einigen großartigen Inspirationen für das nächste Buch führen wird. Ich erwarte eine Kampfszene in den Sümpfen und im French Quarter und eine ganze Menge Wortspiele darüber, dass Liv sich »versumpft« fühlt.

Adler ist also weg, aber ein neuer Bösewicht erhebt sich, um seinen Platz einzunehmen. Und der Gottmagier... Ich bin gespannt auf den dritten Handlungsbogen dieser Serie. Es ist erstaunlich, wie sehr alle Fortschritte gemacht haben. Und einige der Enthüllungen in dieser Folge haben mich tatsächlich überrascht. Ich habe das Wiedersehen mit Livs Mutter nicht kommen sehen oder das Geheimnis um die Beaufonts.

Und Plato. Verdammt! Dieser Kater hat mich irgendwie zum Weinen gebracht. Er hat irgendein Geheimnis und ich will verdammt sein, wenn ich nicht einmal weiß, was es ist. Ich habe 49 Bücher geschrieben und die allerbesten Enthüllungen waren die, die ich nie kommen sah. Und sie ergaben total Sinn, wenn ich so zurückblicke. Das geschah mit der Schwarzen Leere in dieser Serie. Ich war gezwungen, sie in das erste Buch einzubauen. Ein Schriftstellerkollege, dem ich davon erzählte, sagte: »Oh, das sollte folgendes sein...«. Ich dachte: »Nein, ich weiß, dass es nicht so sein wird, aber ich bin mir nicht sicher, was es sein soll«. Das habe ich oft beim Schreiben, obwohl ich ganz sicher kein Panster bin, also ein Autor, der nur das absolut Notwendigste vorrausplant. Ich

DIE AUSSERGEWÖHNLICHE KRAFT

plane jedes Buch locker. Aber ich lasse immer Raum für ein bisschen spontane, kreative Freiheit.

Es war wie bei Buch fünf, als der Gottmagier vorgestellt wurde. Du kannst mich korrigieren, wenn ich da falsch liege. Ich kann mich nicht ganz erinnern. Wie auch immer, ich hatte diesen schönen Aha-Moment, als ich erkannte, was die Schwarze Leere sein sollte. Sie war immer dort, wo der Gottmagier sich versteckte, aber ich kannte sie nicht, was bedeutet, dass sie es für dich als Leser noch besser macht, oder zumindest hoffe ich das. Und ich hoffe, dass es auch bei Platos Geheimnis so sein wird. Ich wusste auch nicht, dass Plato diesen Deal mit Livs Eltern hatte, bis zu diesem Buch und ich war schockiert. So funktioniert Kreativität.

Ich habe kürzlich mit jemandem gesprochen, der sich fragte, ob ich eine gequälte Schriftstellerin bin, der von meinen Charakteren gesagt wurde, sie solle ihre Geschichte schreiben. »Manchmal« ist die Antwort. Aber ich denke auch gerne, dass ich ein Medium bin, ein Geschichtenerzähler, wenn du so willst, der beauftragt wurde, die Geschichten von Leuten zu erzählen, die ich nicht kenne. Vielleicht sind sie in einer anderen Dimension oder einem anderen Reich oder was auch immer. Und aus welchem Grund auch immer, ich habe Zugang zu dem Kanal, der ihre Geschichten überträgt. Wie auch immer, das lässt mich wahrscheinlich verrückt klingen. Aber das tut auch das Bekenntnis, dass ich Stimmen höre, und das tue ich.

Und dann ist da noch die Sache mit Stefan. Ich habe das total kommen sehen. Ich habe mich eigentlich darauf gefreut. Einige von euch Lesern haben nach der Romanze gefragt. Ich hoffe, es war das, was du wolltest und wann du es wolltest. So eine Romanze ist heikel. Sie muss zur richtigen

Zeit kommen und wenn wir bereit dafür sind. Das gilt für uns im literarischen Sinne und auch im wörtlichen Sinne.

Wie auch immer, um ehrlich zu sein, Romantik zu schreiben ist nicht mehr wirklich mein Ding. Ich habe früher Liebesdreieckskram für Jugendliche geschrieben. Seitdem bin ich davon losgekommen. Den Göttern sei Dank. Aber ich merke, wie sehr ich diese romantische Spannung in einer Geschichte vermisst habe. Neulich habe ich Lydia erzählt, dass jede gute Geschichte eine Romanze hat. Sie hat natürlich eine Grimasse geschnitten und so getan, als ob sie sich übergeben müsste.

Ich brauchte nur acht Bücher, um eine Romanze einzuführen. Ich wusste, dass Stefan und Liv irgendwann zusammenkommen würden, aber es musste einen Sinn ergeben. Liv musste am richtigen Ort sein. Und etwas, das ich gelernt hatte, tat ich auch.

Nun, wer kann einem großen, dunklen und gutaussehenden Dämonenjäger widerstehen? Ich nicht. Wenn jemand einen Freund, Bruder, Cousin hat, der Stefans Beschreibung entspricht, dann melde mich an. Ich bin mir fast sicher, dass ich so jemanden nicht in der Dating-App finden kann, nicht dass ich klauen würde.

Ganz im Ernst, ich habe eine Beziehung mit einem Typen beendet, ein paar Tage bevor ich dieses Buch beendet habe. Ich wusste, dass ich diese romantischeren Szenen schreiben würde und machte mir Sorgen, wie mein Beziehungsstatus meine Kreativität beeinflussen würde. Ja, so funktioniert mein praktisches Gehirn. Ich mache mir Sorgen, wie sich mein Privatleben auf mein Gehirn zum Schreiben auswirken wird. Vielleicht sind meine Prioritäten aus den Fugen geraten. Ich kann fast garantieren, dass sie das sind.

DIE AUSSERGEWÖHNLICHE KRAFT

Wie auch immer, erzähl es niemandem (ich weiß, dass du das nicht tun wirst, weil du so gut bist und wir Freunde sind), aber ich mache mir Sorgen, wie sich die Trennung auf dieses Buch auswirken würde. Würde ich eine Krise durchmachen? Würde ich im Verarbeitungsmodus sein? Würde ich nachlassen, weil ich von Schuldgefühlen oder Besorgnis oder was auch immer für Emotionen Menschen mit Herz haben, verzehrt wurde?

Nun, es hat sich herausgestellt, dass alles geklappt hat, sowohl die Trennung als auch das Buch. Ich habe die Romanze mit Stefan vor diesem Buch nicht wirklich gespürt. Und dann *bam!* fand ich mich total verknallt in den Jungen, als ich über ihn und Liv bei der Hochzeit schrieb und dann auf dem Matterhorn. Anscheinend habe ich, als ich den echten Kerl aus meinem Leben herausgeschnitten habe, Platz für einen fiktiven Freund gemacht. Ich bin damit eigentlich völlig einverstanden. Buchfreunde lassen ihre Kleidung nicht auf dem Boden liegen, kauen mit offenem Mund und singen schlecht (und ruinieren dadurch mein Lieblingslied). Na ja, vielleicht machen Buchfreunde solche Sachen, aber ich kann einfach das Buch schließen und puff, weg sind sie.

Michael neigt dazu, von meinen Dating-Mätzchen unterhalten zu werden, deshalb ließ er mich ein Buch über sie schreiben. Wie auch immer, ich werde für eine Weile das langweiligste Single-Girl sein. Auf diese Weise kann ich mich auf Stefan und Liv und den nächsten Handlungsbogen in der Serie konzentrieren. Ich liebe meine Charaktere. Sie sind meine besten Freunde (sag das nicht meinen echten Freunden).

Während ich von New Orleans zurückkehre (ich bin jetzt mit den Autorennotizen fertig), freue ich mich darauf, zurückzukommen und die nächste Woche damit zu verbringen, mich in meinem Haus einzuschließen und zu schreiben. Lydia fährt mit ihrem Vater in den Urlaub. Das arme Mädchen muss immer wieder auf Reisen gehen, aber sie scheint sich darauf zu freuen. Sie reist genauso viel wie MA. Wie auch immer, ich darf mich einsperren und schreiben. Manche mögen denken, dass das ein einsames Geschäft ist, aber nicht für mich. Ich bin nur allzu glücklich, allein rumzuhängen und zu arbeiten. Das ist das Schöne daran, zu lieben, was du tust. Und ihr alle macht es umso besser. Danke, dass du die Bücher unterstützt und absolut fantastisch bist!

Sarah Noffke
29. Juni 2019

Michaels Autorennotizien

DANKE, dass du nicht nur diese Geschichte, sondern auch diese Autorennotizen liest.

(Ich denke, ich habe es gut hinbekommen, immer mit »Danke« zu beginnen. Wenn nicht, muss ich die anderen Autorennotizen bearbeiten.)

Meist zufällige Gedanken

Ich wünschte, ich könnte ein paar krasse Photoshop-Arbeiten machen. Wenn ich könnte, würde ich diese Dating-App finden, die Sarah nicht benutzt (uh huh) und ein paar dunkle, große, dämonenjägerartige Typen mit Photoshop bearbeiten und ihr beweisen, dass sie die Kerle nicht schnell genug zur Seite wischen kann.

Nicht, dass ich Sarah einen Streich spielen würde oder so … (Oh ja, ja, das würde ich gerne.)

Sarah ist die sprichwörtliche Autorin. Sie mag es, zum Schreiben allein gelassen zu werden, ihre besten Freunde sprechen alle in ihrem Kopf mit ihr …

Und sie sagt die falschen Dinge zur richtigen Zeit. Das kommt davon, dass sie die ganze Zeit allein bleibt und mit den Leuten in ihrem Kopf redet.

Siehst du, wie sich der Kreis schließt?

Sarah ist einer dieser Menschen, die ich eines Tages sein möchte, wenn ich groß bin. Eine rechthaberische (aber lustige) Person, die ihre Meinung äußert und sich (größtenteils) nicht darum kümmert, was passiert.

Ich? Ich mache mir zu viele Sorgen.

Außer wenn ich über Sarah spreche … (Eigentlich ist das nicht wahr. Vor ein paar Büchern sprach sie über meinen berüchtigten Fuß-in-Mund-Moment), in dem ich darüber sprach, wie nicht-groß sie ist – der klassische Moment von "VERDAMMT!"

Zum Teufel, Sarah ist Liv, außer dass ihr Kater nicht wirklich so cool wie Plato ist.

IN 80 TAGEN UM DIE WELT

Einer der interessanten (zumindest für mich) Aspekte meines Lebens ist die Fähigkeit, von überall und jederzeit arbeiten zu können. In der Zukunft hoffe ich, meine eigenen Autorennotizen wieder zu lesen und mich an mein Leben als Tagebucheintrag zu erinnern.

Zuhause in Las Vegas, NV, USA

Ich stelle meine XBOX auf. Eigentlich ist das meine erste XBOX seit vielen Jahren. Ich arbeite (praktisch) seit 3 1/2 Jahren ununterbrochen, und jetzt bin ich bereit, etwas zu haben, das mir hilft … äh … ›an meiner Fantasie zu arbeiten‹.

Was leider nicht allzu weit von der Wahrheit entfernt ist.

Meine Mutter fragte sich (gegenüber meinem Bruder, mir gegenüber gab sie es erst später zu) damals, als ich beim Kurtherianischen Gambit ungefähr für Buch 12 oder so schrieb, was passieren würde, wenn mir die Ideen ausgehen?

Ich lachte und sagte ihr, dass das kein Problem sein würde.

Hunderte von Geschichten später ist es ein bisschen ein Problem. Stephen King erwähnt in seinem Buch 'On Writing', dass er sich Zeit nimmt, andere Geschichten zu lesen und daran arbeitet, den Brunnen der Kreativität zu füllen.

Er hat recht.

Ich habe alles Mögliche getan, um meine Kreativität zu verjüngen.

Zufälligerweise ist diese monatliche Anstrengung eine nagelneue XBOX.

Hoffentlich habe ich nicht das falsche Spielsystem gewählt – was bedeutet, dass ich vielleicht eine PS4 hätte kaufen müssen.

Wir werden sehen.

WIE DU BÜCHER, DIE DU LIEBST, VERMARKTEN KANNST

Schreibe Rezensionen über sie oder erwähne sie in den sozialen Medien, damit andere deine Gedanken mitbekommen und mal in die Bücher reinschauen, erzähle Freunden und den Hunden von deinen Feinden (denn wer will schon mit Feinden reden?) davon ... Genug gesagt ;-)

Ad Aeternitatem,
Michael Anderle
13. Juni 2019

Danksagungen von Sarah Noffke

Mein Lieblingsteil beim Schreiben eines Buches ist die Erstellung der Seite mit den Danksagungen. Es erinnert mich daran, dass das Schreiben eines Buches keine Einzelleistung ist. Ich sitze vielleicht allein und schreibe, aber das fertige Produkt ist das Ergebnis der Unterstützung und Ermutigung eines Stammes von Menschen.

Vielen Dank an die Leser, die die Bücher kaufen, lesen, rezensieren und empfehlen. SIE sind es, die uns am Schreiben halten. Ich bin immer inspiriert von den Botschaften, die ich von den Lesern erhalte. Ich danke euch, dass Ihr meine Schreibarbeit unterstützt und meinem Leben so viel Reichtum bietet – aber nicht auf das Geld bezogen, sondern auf Erfahrungen und Erlebnisse, die mein Leben als Autorin erst möglich machen.

Danke an meine LBMPN-Familie für die Unterstützung. Steve, Michael, Lynne, Moonchild, Jennifer und so viele andere, die sich für die Veröffentlichung des Buches und darüber hinaus einsetzen.

Vielen Dank an die Beta-Leser, die schon früh so viele wertvolle Einblicke geboten haben. Vielen Dank an John, Chrisa, Kelly, Martin und Larry.

Vielen Dank an das JIT-Team für all das großartige Feedback. Eine neue Serie ist immer aufregend und nervenaufreibend. Michael und ich dachten, wir hätten eine großartige Idee für eine neue Welt, aber wir wissen es erst wirklich, wenn wir objektives Feedback erhalten. Was würde ich ohne all die großartigen Leser tun?

Ich danke meinen Freunden und meiner Familie. Das Schreiben ist ein seltsamer Beruf. Ich arbeite zu seltsamen Zeiten, führe Selbstgespräche, habe eine fragwürdige

DIE AUSSERGEWÖHNLICHE KRAFT

Ernährung, werde unruhig wegen der Fristen. Aber die wunderbaren Menschen in meinem Leben zeigen weiterhin ihre Ermutigung und Nachdenklichkeit, egal was passiert. Es ist für mich nie verloren, denn ich weiß, dass ich nicht das tun würde, was ich liebe, wenn mich nicht mit all diese wunderbaren Menschen anfeuern würden.

Wie bei allen meinen Büchern geht der letzte Dank an meine Muse Lydia. Ich habe mein erstes Buch geschrieben, damit ich meine Tochter stolz machen konnte und es hat nie aufgehört. Ich schreibe jedes Buch für dich, meine Liebe.

SOZIALE MEDIEN

Möchtest Du mehr?
Abonnier unseren Newsletter, dann bist Du bei neuen Büchern, die veröffentlicht werden, immer auf dem Laufenden:
https://lmbpn.com/de/newsletter/

Tritt der Facebook-Gruppe und der Fanseite hier bei:
https://www.facebook.com/groups/ZeitalterderExpansion/
(Facebook-Gruppe)
https://www.facebook.com/DasKurtherianischeGambit/
(Facebook-Fanseite)

Die E-Mail-Liste verschickt sporadische E-Mails bei neuen Veröffentlichungen, die Facebook-Gruppe ist für Veröffentlichungen und ›hinter den Kulissen‹-Informationen über das Schreiben der nächsten Geschichten. Sich über die Geschichten zu unterhalten ist sehr erwünscht.

Da ich nicht zusichern kann, dass alles was ich durch mein deutsches Team auf Facebook schreiben lasse, auch bei Dir ankommt, brauche ich die E-Mail-Liste, um alle Fans zu benachrichtigen wenn ein größeres Update erfolgt oder neue Bücher veröffentlicht werden.

Ich hoffe Dir gefallen unsere Buchserien, ich freue mich immer über konstruktive Rezensionen, denn die sorgen für die weitere Sichtbarkeit unserer Bücher und ist für unabhängige Verlage wie unseren die beste Werbung!

Jens Schulze für das Team von LMBPN International

DEUTSCHE BÜCHER VON LMBPN PUBLISHING

Das kurtherianische Gambit
(Michael Anderle – Paranormal Science Fiction)

Erster Zyklus:
Mutter der Nacht (01) · Queen Bitch – Das königliche Biest (02) · Verlorene Liebe (03) · Scheiß drauf! (04) · Niemals aufgegeben (05) · Zu Staub zertreten (06) · Knien oder Sterben (07)

Zweiter Zyklus:
Neue Horizonte (08) · Eine höllisch harte Wahl (09) · Entfesselt die Hunde des Krieges (10) · Nackte Verzweiflung (11) · Unerwünschte Besucher (12) · Eiskalte Überraschung (13) · Mit harten Bandagen (14)

Dritter Zyklus:
Schritt über den Abgrund (15) · Bis zum bitteren Ende (16) · Ewige Feindschaft (17) · Das Recht des Stärkeren (18) · Volle Kraft voraus (19)

Kurzgeschichten:
Frank Kurns – Geschichten aus der Unbekannten Welt

In Vorbereitung:
...die restlichen Bücher bis Band 21

Aufstieg der Magie
(CM Raymond, LE Barbant & Michael Anderle – Fantasy)

Unterdrückung (01) · Wiedererwachen (02) · Rebellion (03) · Revolution (04)
In Vorbereitung sind die restlichen Bücher bis Band 12 aus dem Kurtherian-Gambit-Universum

Das zweite Dunkle Zeitalter
(Michael Anderle & Ell Leigh Clarke – Paranormal Science Fiction)
Der Dunkle Messias (01) · Die dunkelste Nacht (02)
In Vorbereitung sind die restlichen Bücher bis Band 4
aus dem Kurtherian-Gambit-Universum

Der unglaubliche Mr. Brownstone
(Michael Anderle – Urban Fantasy)
Von der Hölle gefürchtet (01) · Vom Himmel verschmäht (02) ·
Auge um Auge (03) · Zahn um Zahn (04) ·
Die Witwenmacherin (05) · Wenn Engel weinen (06) ·
Bekämpfe Feuer mit Feuer (07)
In Vorbereitung sind die restlichen Bücher dieser
Oriceran-Serie

Die Schule der grundlegenden Magie
(Martha Carr & Michael Anderle – Urban Fantasy)
Dunkel ist ihre Natur (01)
In Vorbereitung sind die restlichen Bücher bis Band 8
diese Oriceran-Serie

Die Schule der grundlegenden Magie: Raine Campbell
(Martha Carr & Michael Anderle – Urban Fantasy)
Mündel des FBI (01)
In Vorbereitung sind die restlichen Bücher bis Band 9
diese Oriceran-Serie

Die Chroniken des Komplettisten
(Dakota Krout – LitRPG/GameLit)
Ritualist (01) · Regizid (02) · Rexus (03) ·
Rückbau (04) · Rücksichtslos (05)
In Vorbereitung sind die derzeit verfügbaren Teile

**Die Chroniken von KieraFreya
(Michael Anderle – LitRPG/GameLit)**
Newbie (01)
Anfängerin (02)
In Vorbereitung sind die restlichen Bücher bis Band 6

**Die guten Jungs
(Eric Ugland – LitRPG/GameLit)**
Noch einmal mit Gefühl (01)
Heute Erbe, morgen Schachfigur (02)
In Vorbereitung sind die restlichen Bücher der Serie

**Die bösen Jungs
(Eric Ugland – LitRPG/GameLit)**
Schurken & Halunken (01) in Vorbereitung
In Vorbereitung sind die restlichen Bücher der Serie

**Die Reiche
(C.M. Carney – LitRPG/GameLit)**
Der König des Hügelgrabs (01)
In Vorbereitung sind die restlichen Bücher der Serie

**Stahldrache
(Kevin McLaughlin & Michael Anderle –
Urban Fantasy)**
Drachenhaut (01) · Drachenaura (02) ·
Drachenschwingen (03) · Drachenerbe (04) ·
Dracheneid (05) · Drachenrecht (06) ·
Drachenparty (07) · Drachenrettung (08)
In Vorbereitung sind die restlichen Bücher bis Band 15

Animus
(Joshua & Michael Anderle – Science Fiction)
Novize (01) · Koop (02) · Deathmatch (03) ·
Fortschritt (04) · Wiedergänger (05) · Systemfehler (06)
In Vorbereitung sind die restlichen Bücher bis Band 12

Opus X
(Michael Anderle – Science Fiction)
Der Obsidian-Detective (01)
Zerbrochene Wahrheit (02)
Suche nach der Täuschung (03)
In Vorbereitung sind die restlichen Bücher bis Band 12

Unzähmbare Liv Beaufont
(Sarah Noffke & Michael Anderle – Urban Fantasy)
Die rebellische Schwester (01)
Die eigensinnige Kriegerin (02)
Die aufsässige Magierin (03)
Die triumphierende Tochter (04)
Die loyale Freundin (05)
Die dickköpfige Fürsprecherin (06)
Die unbeugsame Kämpferin (07)
Die außergewöhnliche Kraft (08)
Die leidenschaftliche Delegierte (09)
Die unwahrscheinlichsten Helden (10)
Die kreative Strategin (11)
Die geborene Anführerin (12)

Die einzigartige S. Beaufont
(Sarah Noffke & Michael Anderle – Urban Fantasy)
Die außergewöhnliche Drachenreiterin (01)
Das Spiel mit der Angst (02)
In Vorbereitung sind die restlichen Bücher bis Band 24

**Die Geburt von Heavy Metal
(Michael Anderle – Science Fiction)**
Er war nicht vorbereitet (01)
Sie war seine Zeugin (02)
Hinterhältige Hinterlassenschaften (03)
In Vorbereitung sind die restlichen Bücher bis Band 8

**Weihnachts-Kringle
(Michael Anderle –
Action-Adventure-Weihnachtsgeschichten)**
Stille Nacht (01)